STIFTUNG
PREUSSISCHE
SEEHANDLUNG

Seit 1993 lesen an einem Wochenende im November vierundzwanzig junge Autorinnen und Autoren in der literaturWERKstatt berlin vor einem gespannten Publikum und einer kritischen Autoren-Jury. Sie sind noch ganz am Anfang ihrer schriftstellerischen Karriere, keiner ist älter als 35 Jahre, sie suchen nach einer ernsthaften Herausforderung in der Literaturszene und nehmen deshalb am *Open Mike* teil.

Der *Open Mike* ist ein internationaler Wettbewerb junger deutschsprachiger Literatur. Schon längst ist er über die Grenzen Deutschlands hinaus bekannt geworden. Die Zahl der Einsendungen aus der Schweiz, Österreich und aus Übersee belegen das.

Nach 9 Jahren *Open Mike* gibt es auch schon Vorbilder für die Teilnehmer. Zum Beispiel die Bachmann-Preisträgerin von 1999, Terézia Mora, die erfolgreich am 5. *Open Mike* teilnahm und danach bekannt wurde. Auch Julia Franck, 2001 neben Adolf Muschg und Jens Sparschuh Mitglied der Jury, war 1995 Preisträgerin und ist nunmehr eine erfolgreiche Autorin. Weitere inzwischen anerkannte Autorinnen und Autoren zählten in den vergangenen Jahren zu den Preisträgern, u.a. Kathrin Röggla und Tim Krohn (1993), Karen Duve (1994), Tobias Hülswitt (1998) oder Jochen Schmidt (1999).

Die vorliegenden 24 Textbeiträge sind aus nahezu 800 Einsendungen von Lektorinnen und Lektoren renommierter Verlage ausgewählt worden, erstmals gab es im Jahr 2001 einen Lektor speziell für Lyrikeinsendungen. Der mit insgesamt DM 9000,- dotierte Preis ging 2001 an Nico Bleutge, Erika Anna Markmiller und Tilman Rammstedt.

Der *Open Mike* ist eine Gemeinschaftsveranstaltung der literaturWERKstatt berlin und der STIFTUNG PREUSSISCHE SEEHANDLUNG. Mit freundlicher Unterstützung der Pro Helvetia, taz. die tageszeitung und DeutschlandRadio Berlin.

9. open mike

Internationaler Literaturwettbewerb
junger deutschsprachiger Autorinnen und Autoren

Alle gelesenen Wettbewerbstexte

Der Allitera Verlag ist ein BoD™ Verlag der Buch & medi@ GmbH, München. Dieser Verlag publiziert ausschließlich Books on Demand in Zusammenarbeit mit der Books on Demand GmbH, Norderstedt, und dem Hamburger Buchgrossisten Libri. Die Bücher werden elektronisch gespeichert und auf Bestellung gedruckt, deshalb sind sie nie vergriffen. Books on Demand sind über den klassischen Buchhandel und Internet-Buchhandlungen zu beziehen.

Weitere Informationen über den Verlag und sein Programm unter:
www.allitera.de

Der Verlag dankt der Projektleiterin Angelika Ludwig für die tatkräftige Unterstützung.

März 2002
Allitera Verlag
Ein BoD™ Verlag der Buch & medi@ GmbH, München
© 2002 für die Anthologie: Allitera Verlag, München
© 2002 Texte: bei den Autoren
© 2002 Fotos: Fotografenbüro Gezett, Berlin
Gerald Zörner & Cathrin Bach
Heinrich-Roller-Str. 24, 10405 Berlin
foto@gezett.de / www.gezett.de/autoren
(über 1000 Schriftsteller- und Autorenportraits)
Redaktion: Heike Hauf
Umschlaggestaltung: Kay Fretwurst unter Verwendung eines Fotos vom Fotografenbüro Gezett
Herstellung: Books on Demand GmbH, Norderstedt
Printed in Germany · ISBN 3-935877-26-9

Inhalt

Julia Franck *Vorwort* · 7

Nico Bleutge *peilung* · 11
Erika Anna Markmiller *Miniatur in f-Moll* · 21
Tilman Rammstedt *Ausflug mit L.* · 30
Niklas Bender *Dr. Jazz* · 41
Ruth Johanna Benrath *Neun kurze Texte* · 47
Jan Christophersen *Was fangen wir jetzt an?* · 55
Crauss. *Kleist Schiller* · 61
Martin Felder *Nach langen Jahren* · 67
Andreas Filipovic *Vor dem Denken* · 76
Mia Frimmer *Klappe zu. Affe tot.* · 82
Andreas Haslinger *Wellengang* · 89
Martin Heckmanns *Neulich unterwegs* · 94
Dorothea Klein *Apfel im See u.a:* 105
Sten Kühlk *Die Selbstmordmesse* · 112
Juraj Miler *Ivan im Tal der Toten* · 120
Nils Mohl *Diese Art Tag, diese Art, ihn zu meistern* · 127
Thomas Naedler *Die Kirsche* · 133
Andreas Neuenkirchen *Touristen in der Horrorsozialwelt* · 142
Stephan Potratz *ännchen* · 150
Stefanie Richter *Aufsuchen* · 162
Paula Schneider *Baby Tom* · 168
Tanja Schwarze *Die Sache mit A.* · 176
Torsten N. Siche *Eine Frage des Stils* · 183
Herbert Christian Stöger *Bewegung lebhaft lau* · 192

Die Autoren · 202
Die Jury · 206

Julia Franck
Vorwort

Wie kann sich ein Autor anmaßen, über die Texte eines anderen zu urteilen? Das fragte ich mich, als man mich bat, in die Jury zum 9. *Open Mike* zu treten. Ich erinnerte mich an mein eigenes Zittern – die Angst, die ich vor wenigen Jahren an eben jenem Ort in der literaturWERKstatt in Pankow hatte. Aber ich erinnerte mich auch an all jene Konstruktionen über Glück und Zufall und Subjektivität, die ich mir ausgedacht hatte, um diese Anspannung und ein mögliches Scheitern zu ertragen. Solche Konstruktionen erlauben es zu urteilen – das Bewusstsein, nicht mehr und nicht weniger als ein einfacher Leser zu sein, einer, der bestimmte Vorlieben in sich trägt und der eine gewisse Lesart und ein ästhetisches Empfinden entlang aller gelesener und geschriebener Texte entwickelt hat. Und doch war für mich der *Open Mike* eine Art Nadelöhr in die Welt der Schriftstellerei, was alles Zittern aus Angst und jedes Glitzern in Hoffnung rechtfertigt. Im ganzen deutschsprachigen Raum findet sich wohl kaum ein Wettbewerb, der so demokratisch und vorerst anonym jedem Text eine Chance gibt. Um zum *Open Mike* eingeladen zu werden, benötigt der Autor keinerlei »Beziehung« und nicht den geringsten Sympathie-Bonus, die Texte werden kodiert und ihr Verfasser verschwindet in der ersten Runde ganz hinter der Zahl, so dass kein bestimmtes Geschlecht und kein Alter, weder ein spezieller Bildungsnachweis, noch eine passende Herkunft, geschweige denn eine ansehnliche Publikation vorhanden sein muss – einzig ein Text, der überzeugt. Die wirklich mühevolle Arbeit der Vorlese verdanken wir den Lektoren. Sie sind es, in deren Köpfen die Texte zum ersten Mal widerhallen. Die Vorauswahl trafen Michael Braun (Kritiker, der sich ausschließlich durch die Lyrik las und von 188 Einsendungen zwei Autoren vorschlug), Susanne Eversmann (Antje Kunstmann Verlag), Angelika Klammer (Jung & Jung), Dirk Vaihinger (Nagel & Kimche), Günther Opitz (Fischer) und Joachim Unseld (Frankfurter Verlagsanstalt). Sie mussten von insgesamt 793 Einsendungen

24 Kandidaten nominieren. Jeder Autor erhielt für fünfzehn Minuten die Gelegenheit, seinen Text vorzulesen.

Dagegen hatten wir drei Juroren eine leichte Aufgabe. Gemeinsam mit Adolf Muschg und Jens Sparschuh setzte ich mich an einem Wochenende im November 2001 an einen schmalen Tisch in der gut beheizten literaturWERKstatt und durfte 24 Texte hören und lesen. Draußen schien eine weiße Novembersonne auf den Schnee und die schwarzen Bäume im Garten der Villa, in den Pausen drängten sich die Autoren und Zuhörer auf die Terrasse, sprachen und schwiegen mit weißen Wolken vor den Mündern. Der eine zitterte, in den Augen des anderen glitzerte es, Agenten, Lektoren und Redakteure steckten diesem oder jenem eine Visitenkarte zu, Kritiker hielten sich mitunter schweigsam zurück und vielleicht dachten sie nach, Fotografen sprangen dazwischen und rissen an manchem Pullover, und wir drei liefen eilig, voll des Gehörten, die kleine Treppe hinauf in den ersten Stock, wo sich die Herren ihre Pfeifen anzündeten und Ausrufe der Anerkennung oder der Verwunderung geflüstert wurden.

Am Ende des zweiten Tages einigten wir uns in unserer Dachkammer erstaunlich schnell auf die Preisträger und wollten doch auch solche Texte benennen, die uns darüber hinaus interessierten und bewegten. Der furiose Monolog von Mia Frimmer ließ sich unabhängig und eigenwillig hören – und erst beim Lesen wurde deutlich, er lässt sich immer wieder aufs Neue fügen, nahezu willkürlich zusammensetzen. Berührt haben uns auch die eher konventionell erzählten Geschichten und Ausschnitte von Dorothea Klein, Andreas Filipovic und Torsten N. Siche.

Doch wenn man einem Text geradezu verfällt, dann geraten die eigenen Worte erstaunlich umständlich, dann möchte man nur eins, auch andere an diesem Lesevergnügen teilhaben lassen – begeistert waren wir bei Tilman Rammstedt, der uns in die Jahreszeiten eines Verliebtseins mit L. entführte. Nico Bleutges Gedichte ließen uns Bilder nicht nur sehen, sondern auch fühlen und hören – sie überzeugten uns. Und schließlich waren wir von Anna Erika Markmillers Text angetan, der streng formal eine Familientragödie abhandelte. Diese drei wurden die Preisträger des 9. *Open Mike* im November 2001. Aber lesen Sie nur selbst.

Julia Franck

Die Preisträger: Nico Bleutge, Erika Anna Markmiller, Tilman Rammstedt

Nico Bleutge
peilung

danke, wir wünschen

gute fahrt auch, drück die nase hinters glas
und fang den blick bevor der rhythmus
über kleinigkeiten stolpert: spuren, schnell
gekappte drähte, eine landschaft unterm strich
der kalten hände, stop, wir halten und du gehst
vorbei, als wolltest du ... zurückbleiben,
bitte!

peilung

der blick steckt das feld ab sein schweifen
nimmt sich die zunge zum maß die greift ein

silbig sand auf und kreuz und blech und schild
um schild kratzt sie die namen zusammen

farbschichten blöcke strähnen von lehm
auf den gräbern verschmiert ... *unser vater*

schütze seine trockene haut eine hölzerne
ziffer ... *die hände* der blick schmilzt langsam

kriechen die finger den stein entlang schleifen
und kränze rosen aus grobem vergilbtem

stoff streicht die spuren ein licht fällt noch
senkrecht auf die granitfläche der staub hält

die namen verschlossen der mund sucht
was morsch ist feucht zu machen und still

löst haut sich vom gaumen die stimme

dieser fleck auf dem photo, dein daumen,
seine schlieren machen den horizont weich

und darunter das meer, blauer schaum,
der hinter die linse sickert ... mit ihm das tuch,

der geschwollene blick, weißt du noch, ihre augen
suchten den grund ab, nach steinen, vielleicht

übersah sie den eigenen fuß vor dem meinen,
der dünne stoff hielt den kopf zusammen,

dann ging er durchs bild, ein anderer körper
im kreuz eines anderen körpers, ritzte die haut

und die arme griffen nach hinten, daneben
hing etwas fest in den fingerspitzen, haare

aus plastik, folien, durchnässte streifen papier
fremd in den wellen, doch deutlich genug

um ein tuch zu sein, in das ich sie drückte
weich wie der daumen auf einer photografie

rezeptur I

es wird geraten
formen aus weißblech zu bestreichen die grate
an den fingerkuppen

gleiten hellrote fasern ins fleisch mit dem stichel
die randrisse schließen
zum betupfen der einstiche gleichmaß an gelb

dringts in den stichkanal
austrocknen längs der streichnähte mehlig
einflocken vor der wahl

trägt sich der ring schwer auf dem teig ein
oder zwei abdrücke
mit dem schnittrad lösen wies fein fährt in linien

kurvts rundungen ab
auf die glühstäbe achten farblich der vorglut
gleich früher erregung

entgegen stimmts die heizkammer regelrecht
ab auf die temperaturen
in blickweite wie sie die luftspur bedrängen

hängts an der dicke
der schnittränder finger schlagen das fleisch
stückweise ein

legen weiche bandagen an rote ringfinger
zeigen spielräume
vor dem schlingen der knoten stichts heiß

an der öffnung
wachsam sein glühende heizstäbe lassen
in fingerhaut spuren zurück

eine kuppel ein schnitt

grauer plan ein halbkreis
unter kuppeln schräg gewicht
eines bogens höhe die sich
raum ausmißt

trägt sich der bau bedeckt
in färbung: mildes blau ein rot
ton kleiner kammerzweig
verästelt ins feinste bis

stränge nach zarter drehung
mehrere querschnitte zwischen
den schenkeln das maß
ziffern und richtungen deuten

fluß an von winzigem durch
kanäle gedrückt ein windungs
zugriff nurmehr: verhäutetes nähte
bündig den saum läuft ein auge

einzeln entlang

strähnen

leicht sagt sichs leicht
vom geruch diese klinische
luft sagt essenzen aus haut nebst

den achseln metallstaub sonst
geruchlos die luft nennt sich klinisch
lateinisch gefäßpräparat

mit den lachsroten strähnen und drähten
verteilt daran an gehärteten fasern
schleifen sich bauchhöhlen blicke zurecht

diese spreizenden blicke die stirnfalten
streichen brauen scheu
bleiben haften wie die pupillen darunter

an glasigen strängen lackiertes
war einmal *feucht, funkelnd, frisch*
nach dem schnitt aus der leiste gequollen

muskeln vergilbte blicke lateinisch
listen begriffe organe auf
den schnitt geometrischer blöcke

suchen sich feuchte blicke darin die
wandern entlang an den namen gleiten
übers brustbein lautlos mit

silben dazwischen
drängen weich die gerüche
in körper zurück in die offenen

leiber rollen sich ein ziehen staub ab
verschließen gefäße und weichen
zurück in klinische leichtigkeit

rezeptur II

unter den daten rücklings
korrekter dosierung schluckt sich das zungenfell
wie von selbst hinab

ins innere schleichts dort an den magenwänden
abwärts meldet die sprache
veranlagung etwa im falle schwerer epilepsie

gilt es verzicht zu leisten
oder wenn die muskeln schwach sind die fibrillen
dünn über knochen gespannt

könnens glas nicht mehr halten verstärk die ration
zum losen behelf bald
kommts wieder zum vorschein das pelzige fellchen

feuchtes auch rät man an
schwellungen abschwellen zu lassen an knöcheln
wucherts hervor mit den lappen

sparsam heißt es verfahren die lagen straff anlegen
die elle in der fluchtlinie
beider hände halten den druck falls es hart wird

möglichst erhöhen die dosis
noch einmal angleichen reibe das fell mit der haut
warm an den fleckigen stellen

den zuckungen gegensteuern taub an den knöcheln
hängt haut still die zunge
im mund auf dem zungengrund fest kleben blaue

dragees in den hohlen wangen
die wirkstoffe freisetzen langsam die feuchten
fangen zu wirken an

wärme

wärme kommt mit dem nebel.
bald drückt der bauch sich fest
unters hemd. der verlängerte körper
geht dir so langsam davon (er geht auf
in der hand, eine feuchte blase, wasser
lagert sich ein) und du scheust dich
von einem andern blick zu sprechen.

drei skizzen

(1)

nebel, die schmalen zeilen
der bäume, ein hochsitz, nach einer weile

ein zweiter, vom zugabteil aus
schneiden die augen ins leere

klebriger seiten, saugen sich fest
an den worten: *das rauschende wasser*

war still

(2)

dämmernder see. und die gischt reibt sich
wund an den ufern, nur das leise schnarren

der takelage auf den segelbooten
mit der handvoll gelber jacken, die starr

vor dem wind hängen

(3)

dieser blick zwischen mir
und der dunstigen scheibe

griff er hinaus, ein flacher schnitt
in die falten der landschaft

bei Oostende

nacht im sand, und das meer
streut nägel ans ufer, das dröhnen

der tanker weit draußen, weißer dampf
und laternen, die häuser

spiegeln den grund

Erika Anna Markmiller
Miniatur in f-Moll

*gewidmet einem unvollendeten Versuch über die
f-Moll-Passacaglia von Max Reger*

eins

Ich liege auf dem Rücken, Arme und Beine ausgestreckt, die eine Hälfte weich auf Gras, die andre hart auf Steinen. Meine Augen sind geschlossen, aber ich fühle die Sonne im Gesicht, Abendsonne, und die denk ich mir so rot wie einen Streichholzkopf. Hinter meinen Lidern ist alles rot; das kommt vom pulsierenden Blut, beunruhigt mich nicht weiter. Nie mehr Unruhe, nur noch Gelassenheit, entspanntes Warten. Mein Kopf liegt auf der harten Hälfte; ich habe Schmerzen, bin aber voller Ruhe.

Ich bin sehr klein, man kann mich leicht übersehen; ich schlüpfe überall durch, falle nirgends auf. In meiner abwartenden Rückenlage kommt mir das dichte Gebüsch sehr gelegen, das mich vollständig verbirgt. Schon als Kind lag ich oft stundenlang starr, fast atemlos und wie tot, um nicht entdeckt zu werden. Dann lag ich auf dem Dachboden, Rücken und Arme an die staubigen Dielen gepresst; die Luke stand offen und ließ vereinzelt Geräusche zu mir heraufdringen.

Mein Vater, der Klavier spielte, ich kann mich gut an den scheppernden Klang des verstimmten Instruments erinnern. Da sitzt er, mein Vater, ich seh ihn genau; mit bleichen, knotigen Händen spielt er Klavier. Sehnen spannen sich unter der Haut, wechseln sich ab, auf und nieder; nervöse Hände, die immer etwas tun müssen. Er musste Klavier spielen, um mit seinen Kopfschmerzen fertigzuwerden; hätte er nur aus Freude gespielt, wäre mehr aus ihm geworden. Seine Handgelenke ragten stets aus langen schwarzen Ärmeln, schwarz alle Tage, als sei das Klavierspiel ein Zwang, ausgeübt zwischen Knochenweiß und Ärmelschwarz; Tastenzwang in Elfenbein und Ebenholz.

Mein Vater war einsam in seiner Welt aus Kopfschmerz und Schwarz-Weiß. Das Klavier spielte er viele Jahre lang mit scheppernder Wut. Dann: Nordfriedhof.

zwei

Als Kind liebte ich Miniaturen. Modelleisenbahn, Modellautos, Modellhäuschen, kleine Puppen, kleine Möbel, kleine Gebrauchsgegenstände. Oben auf dem Dachboden war alles Miniatur. Ein Miniaturklavier, das mein Vater mir geschenkt hat; es sieht ganz genauso aus wie sein eigenes, schwarz lackiert mit goldenem Schriftzug. Auch mein wirklicher Vater an seinem wirklichen Klavier schien von dort oben wie eine Miniatur, aber ich hatte noch einen zweiten Vater, so groß wie meine Kinderhand. Der kleine Vater war ein Püppchen mit Drahtskelett, das man zurechtbiegen konnte; ich hatte ihm ein schwarzes Hemd geschneidert und ihn auf einem Miniaturschemel an sein Miniaturklavier gesetzt. So gut wie der kleine Vater hat der große nie gespielt.

Ich besaß noch mehr; zum Beispiel eine kleine Mutter, die war etwas kürzer als der kleine Vater. Sie trug ein geblümtes Kleid und eine Hochsteckfrisur aus hellblonden Flachshaaren. Die große Mutter hat dasselbe Flachshaar, stellte ich befriedigt fest, und immer trägt sie Kleider mit Blumenmuster. Meine Mutter war streng und mochte das Geklimper meines Vaters nicht, weil er dann noch weniger mit ihr sprach als sonst.

Da liege ich, auf dem Dachboden, unten klimpert das Klavier und die Waschmaschine summt. Immer im Rhythmus, jeden Nachmittag, die Trommel rollt und schleudert, wäschefrisch und weichspülduftig; die Mutter muss waschen, um das Schweigen des Vaters zu ertragen. Jedesmal kommen weiße und hellblaue Wäschestücke heraus, zum Trocknen im Hof aufgehängt. Den Hof kann ich von dort oben auch sehen, aber dazu muss ich aufstehen und an die Fensterluke gehen.

Unten wehen weiß-blaue Wäschefahnen im Wind; der Himmel leuchtet dazu in denselben Farben. Windweißblau macht Wunden heil. Aber wenn die Düsenjäger kommen, muss ich die Luke schließen; ich fürchte mich vor dem Lärm, der mir in die Eingeweide fährt und mein Trommelfell erschüttert. Grollender Donner, blaues Feuer, so dachte ich immer. Blaues Feuer lodert am

Himmel. Einmal brach ein Flieger durch die Schallmauer; ich nässte mir vor Angst in die Hosen und schrie. Das blaue Feuer rollte lange Jahre durch meine Adern; Panik in Gestalt blauer Blitze.

Die Miniaturmutter bediente eine Miniaturwaschmaschine, musste vor dem Grollen der Düsenjäger fliehen und vor Modellflugzeugen Angst haben, die ich über ihrem Kopf kreisen ließ. Dass sie Angst hatte, wollte ich so. Mütter, die sich nicht fürchten, sind mir unheimlich.

Damals waren die Augen meiner Mutter kornblumenblau, ihre Haare flachsblond, fast weiß. Aber zuletzt: Nordfriedhof.

drei

Die Sonne ist rot; ich kann es fühlen, ohne die Augen aufzuschlagen. Rote Flecken mit Blau und Schwarz, dazwischen weiße Lichtblitze. Rot war der Rock meiner Schwester, als sie zum Tanzkurs ging, und rot war das Röckchen der kleinen Schwester auf meinem Dachboden. Die daumenlange Püppchenschwester war böse und gebrauchte zotige Schimpfwörter. Auch den Freund meiner Schwester gab es in Miniatur; der berührte sie an verbotenen Stellen und war fast noch garstiger als die kleine Schwester selbst.

In Wirklichkeit war meine Schwester viel größer als ich, fünf Jahre älter und überheblich wie große Schwestern sind. Mein Vater rühmte die Schönheit meiner Schwester, was mich stets ärgerte, weil ich nichts Schönes an ihr erkennen mochte; meine Mutter schalt sie, weil sie immerzu rote Miniröcke trug, die sie selbst genäht hatte. Manchmal trennte sie auch die Naht an den längeren Röcken auf und machte sie kurz; dann saß ich dabei und versuchte, ihr ins Gesicht zu spucken, meiner schönen Schwester. Sie mochte mich trotzdem irgendwie. Jüngere Geschwister sind so lächerlich, dass man sie mögen muss, glaube ich. Jedenfalls hatte ich nur diese eine Schwester und niemanden, den ich meinerseits lächerlich finden konnte.

Auf dem Dachboden steht die kleine Schwester an ihr Miniaturbügelbrett gelehnt und frischt mit ihrem Miniaturbügeleisen den roten Minirock auf; ich lasse sie währenddessen nackt dort stehen. Der nackte rosa Puppenhintern meiner Puppenschwester macht mir ein angenehm juckendes Gefühl zwischen den Schenkeln. Hin und wieder lasse ich sie auch einen neuen roten Rock nähen, denn eine Miniaturnähmaschine besitze ich auch. Wenn ich genug vom Bügeln und Nähen habe, lege ich die kleine Schwester auf den Rücken und ihren garstigen Puppenfreund auf sie drauf. Was sie da machen, ist mir nicht so ganz klar, aber ich denk mir was Schreckliches. Ich kann die beiden von einer bestimmten Ecke des Dachbodens aus hören; sie wimmern, als hätten sie Schmerzen. Vielleicht tun sie sich absichtlich weh, denn sie machen das immer wieder, und dann kommt dieses komische Gewimmer. Vater und Mutter tun, als wüssten sie nichts davon.

Meine Schwester trug andauernd diese roten Röcke, und rot waren auch ihre Lippen, mit klebriger Farbe bemalt. Meine Schwester war blond wie die Mutter, fast weiß, und angeblich sehr schön. Heute allerdings: Nordfriedhof.

vier

Dachboden im Abendlicht; der kleine Vater spielt seit Stunden in f-Moll und verdirbt mir die Sonnenröte. Spiel nur zu, f-Moll ist eine blaue Tonart, du machst mir meine Sonne kaputt und machst sie violett, aber spiel zu; deinen Kopfschmerz mag ich noch viel weniger. Trommelnde Waschmaschine, bis spät in die Nacht wäscht sie heute, wäscht sich auch kaputt, und die weiße Wäsche wird blau, das habt ihr davon. Ich liege auf dem Rücken und halte die Püppchen hoch, den Vater samt Klavier, die Mutter samt Waschmaschine. Halte sie hoch und dicht an meinen Mund, um sie zu tadeln. Und wo ist die Schwester? Die ist ausgegangen, das freche Ding. Mit ihrem Freund. Puppenschwester und Puppenfreund liegen im Staub hinter mir; ich kann sie nicht sehen, werde sie später bestrafen müssen.

Meine Miniaturfamilie hatte ich gern. Die Kleinen waren genauso dumm wie die Großen, aber ich mochte sie, weil sie klein und greifbar waren; man konnte ihnen zürnen, und sie nahmen sich's zu Herzen. Ganz anders als die großen Schatten von Vater, Mutter, Schwester. Hinauf ging ich, um sie klein zu haben, denn in groß waren sie nicht zu begreifen. Vom Dachboden aus waren alle klein; damit konnte ich was anfangen. Ich plante sogar, eine

Miniatur unseres Hauses zu bauen, um die Familie nicht nur von oben zu hören, sondern sie jederzeit in ihren Räumen beobachten zu können. Leider wurde nichts daraus, weil die Puppen eines Tages fort waren, und mit ihnen Klavier, Waschmaschine, Nähmaschine, Bügeleisen; alles war fort. Ich blieb alleine auf dem Dachboden.

Steine und Gras im Abendlicht; meine Lider sind noch immer geschlossen, mein Kopf tut weh wie der meines Vaters. Aber bald wird er nichts mehr fühlen, dieser Kopf. Dann ist ein für allemal Schluss mit dem Klaviergeklimper des Vaters, mit dem Schelten der Mutter, dem Trommeln der Wäsche, dem Fluchen der Schwester.

Bevor die Puppen weg waren, hatte ich schon fast alles beisammen für das Puppenhaus. Zum Beispiel hatte ich ein kleines blaues Telefon, das war sehr wichtig. Die Puppenschwester sitzt ewig vorm Telefon rum und wartet, dass ihr garstiger Freund anruft; das ist meine Lieblingsszene, da kann ich sie verspotten, und sie schämt sich. Meine große Schwester schämte sich in Wirklichkeit nie, sie war ekelhaft schamlos.

Eine Uhr hatte ich auch, eine ganz kleine, die aber richtig ticken und schlagen konnte. Die Miniatur einer Standuhr. Zwölf Kaputtschläge macht die Uhr, vier für jeden. Dich – krieg – ich – noch, schlägt die Uhr, dreimal hintereinander. Alles geht kaputt, weil die Uhr schlägt und schlägt; so macht eine Uhr, die kann eben nicht anders.

Ich hatte einen Traum, bevor die Puppen weg waren. Das hab ich auf dem Dachboden geträumt, weil ich dort eingeschlafen war. Nachher kam meine Mutter und gab mir eine aufs Maul, da hatte ich vergessen, die Hausaufgaben zu machen. Zu alt zum Spielen sei ich, sagte sie, längst viel zu alt, was diese Idiotie eigentlich soll und was ist mit der Schule. Mit dreizehn spielt doch kein Mensch mehr mit Puppen.

Im Traum sitzt der Vater am Klavier, seine armen Knöchel mit den hässlichen Adern sind schon ganz steif, aber spielen muss er, spielen, immerzu. Nicht mit Puppen, sagt meine Mutter, mit Puppen spielen bloß kleine Mädchen, eine Schande ist das; ein Klavier ist keine Puppe, aber Spielen ist trotzdem Unfug. Wenn's nicht die Puppe ist, dann ist es eben das Klavier, was macht das für einen Unterschied. Der Vater spielt und will, dass ich auch spiele, die Mutter will's nicht; da stellt sie die Waschmaschine aufs Klavier und glaubt, davon muss das Klavier kaputtgehen, tut's aber nicht.

Die Mutter sitzt auf dem Klavier und trommelt mit den Fersen gegen den Klavierkasten, sie tobt und schreit und wirft den Kopf hin und her, ich will aber nicht spielen! Will nicht, will nicht, waschen will ich, muss man ja dauernd waschen, ist ja alles dreckig, ein Dreck ist das hier, ein Saustall, und ihr spielt bloß, unnütze Bagage; und sie schreit so laut, dass der Vater noch wilder spielen muss.

Vater spielt und Mutter wäscht, am Klavier und auf dem Klavier, die Waschtrommel poltert den Takt dazu, und blau wird die Wäsche, weil der Vater unbeirrt in f-Moll spielt. Drecksbande, schreit die Mutter, und Affenhaus, schreit die Schwester, die mit den Fäusten gegen das Klaviergehäuse hämmert. Der Vater schweigt und spielt. Ich sitze unter die Tastatur gekauert, versuche, die Beine des Vaters fest zu halten, die unentwegt auf und nieder gehen; seine großen schwarzen Schuhe treten auf die Pedale und treten mir auf die Finger, meine Schwester fängt auch an, mich zu treten, mich und das Klavier, und der Vater schlägt zurück, Hacke, Spitze, Hacke, Spitze.

Da kommt die Schwester mit dem Bügeleisen, sie bügelt das Klavier, bügelt heiß und mit Dampf den Lack vom Klavier, das schwelt und stinkt erbärmlich, und dann brennt das Klavier; da bügelt die Schwester den Vater und Dampf und Rauch und lichterloh das schwarze Hemd, und bügelt die Mutter, geht Flachshaar in Flammen, geht Körper in Fläche. Vater und Mutter platt wie Papier, das Klavier brennt.

Und da krieg ich eine Wut, so weiß und blau wie das Feuer der Düsenjäger, so rot und schwarz wie Schwesternblut und Vatermord, krieg ich eine Wut, eine so gemeine Wut. Der Klavierkasten schreit und ich schrei dazu und alle schreien, und plötzlich geht das Klavier hoch, weil ich drunter sitze und stemme, hoch den Kasten, energisch mit beiden Armen. Ich stemme alles hoch, Vaterklavier und Muttermaschine und Schwesternhintern, spielt der Vater Klavier auf dem Schwesternhintern und kreiselt die Mutter im Schleudergang auf den Tasten, geht das ganze Ding in die Luft. Fliegendes Klavier aus dem Fenster, ich schmeiß euch alle aus dem Fenster, hab ich immer gesagt, und dann zünd ich alles an.

Anzünden tu ich euch, Nordfriedhof.

fünf

Jetzt wird die Sonne violett, Abendsonne in f-Moll. Das ist hart auf den Steinen, mein Rücken wird taub, meine Wirbelsäule wird kalt wie der Stahl unter meinem Nacken. Eine Stahlschiene ist auf den Steinen, die ist dort verankert. Allein liege ich, fest am Anker.

Mit dreizehn spielt man nicht mehr mit Puppen, deshalb war ich mit dreizehn allein auf dem Dachboden. Alles war weg, einfach so, über Nacht. Ich wusste nicht, wer meine kleine Familie weg getan hatte, konnte mir's auch nicht denken. Sonst konnte ich mir alles denken, sogar ein brennendes Klavier, das aus dem Fenster fliegt, aber *das* konnte ich nicht denken. Nicht den leeren Dachboden. Und weil ich mir nichts denken konnte, lag ich stumm und ohne Gedanken.

Durch die Dachluke hörte ich die alten Geräusche herauf dringen, Geklimper, Getrommel, Geschrei. Aber ich merkte, jetzt klingt alles anders. Irgendwie neu und irgendwie falsch.

Wo ist der Vater? Den hat das Klavier gefressen. Wo ist die Mutter? Die schleudert in der Waschtrommel, die geht in hellblaue Stücke. Wo ist die Schwester? Die ist auf dem roten Mond, da kommen die bösen eitlen Schwestern hin.

Lange lag ich und rührte mich nicht. Dann kam Bewegung in mich, und ich kroch zur Bodentreppe und sprach aus der Dachluke. Die Kleinen sind fort, sprach ich, was soll jetzt werden? Ihr wisst, dass ein Klavier fliegen kann, sprach ich, also sagt mir, habt ihr ein Klavier aus dem Fenster fliegen gesehen? Niemand hörte meine Rede, da flog ein schwarzes Ding durchs Fenster, das war aber nicht das Klavier. Das war die Sonne, und die war schwarz. Der schwarze Sonnenball brannte und wurde so groß, dass ich nichts mehr sehen konnte.

Und als ich nicht mehr denken und sehen konnte, kamen die Düsenjäger. Ich hörte sie nicht, ich fühlte nur eine Druckwelle. Dass es die Düsenjäger waren, wusste ich trotzdem. Und ich wusste noch was. Wenn die Kleinen fort sind, wird's nicht lange dauern, bis die Großen auch fort sind. Die Kleinen sind weg. Jetzt müssen die Großen auch weg.

Mein Vater ging als Erster. Beim Abschied nahm er sein f-Moll mit; das beunruhigte mich sehr. Ohne f-Moll hatte auch die Waschtrommel keinen Sinn mehr, obwohl sie noch viel wütender trommelte als zuvor. Ich konnte das Trommeln der Waschmaschine nicht mehr ertragen, denn es trommelte die Düsenjäger herbei, und ohne f-Moll war das blaue Feuer nicht auszuhalten. Deshalb verstummte dann auch die Waschtrommel, und mit ihr verstummte das Schelten der Mutter. Da blieben noch Bügeleisen, Nähmaschine und Minirock, rosa Schwesternhintern und komisches Gewimmer; das wollte ich noch erfahren, was es damit auf sich hatte. Dann kam die Schwester weg; die wusste noch gar nicht, dass sie gehen musste, da war sie schon fort.

Alle waren fort. Aber den leeren Dachboden konnte ich mir noch immer nicht denken, auch das leere Haus nicht. Das war ja nicht nur leer, das Haus; da waren auch die bunten Farben verschwunden, und das Haus war ganz schwarz. Das hat der schwarze Sonnenball so gewollt, der hat das alles weggebrannt mit seinem schwarzen Streichholzkopf.

Es muss doch zu denken sein, sprach ich laut aus der Dachluke, aber es dachte sich nicht, wollte partout nicht gedacht sein. Wollte mich selbst nicht mehr denken. Nicht-da-Sein kann man sich einfach nicht denken. Da war's Mittag und die Flieger kamen. Obwohl ich alles getan hatte, um Ruhe zu schaffen, kamen die Düsenjäger zurück. Einer brach durch die Schallmauer und drückte mich auf die Dielen, die nass wurden von meiner Angst.

Nach der Angst war's auf einmal so still, dass ich Schmerzen bekam. Statt meiner früheren Gedanken war nur noch die schwarze Sonne in meinem Kopf, und ich hielt meine letzte Rede vom Dachboden. Das habt ihr jetzt davon, sprach ich, seid ihr jetzt zufrieden, da unten im Nordfriedhof.

sechs

Die rote Sonne wird schwarz, bald sieht man nichts mehr. Mein Nacken ist kahl, ist Stahl, ist Schiene, ich liege still am Schienenstrang, die eine Hälfte weich auf Gras, die andre hart auf Steinen. Ich bin sehr klein, das ist mein Vorteil. Ich bin klein, die Bahn ist groß; man kann mich leicht übersehen, zumal im Dunkeln. Mein Körper verschwindet unter dem Gebüsch; da ist nur mein Kopf, mein gedankenloser Puppenkopf auf der Modelleisenbahn, versteckt unter Modellbüschen. Ich kann die ratternde Bahn schon spüren, die Gleise vibrieren.

Nicht mehr denken, kann man nicht denken ohne Kopf, das denkt sich nicht, das geht einfach weg. Erst groß und dann klein und dann weg. Vater, Mutter, Schwester, alle wegradiert. Schwarzer Kopf saugt ein, saugt Weiß und Blau und Rot ins Schwarze. Gut so, geht weg, muss alles weg. Groß klein weg, groß klein weg, groß klein weg, weg.

Die Bahn kommt, groß klein weg, sagt die Bahn. Jetzt kann ich sie sehen, die Lichter, die weiß hervorstechen; ganz winzig sieht sie aus, wird aber größer, wird auf einmal riesig. Wird rollen über Stock und Stein, wird schneiden Hals über Kopf, wird kappen meinen schwarzen Streichholzkopf. Die Bahnlinie kenne ich, die hält auch am Nordfriedhof.

Tilman Rammstedt
Ausflug mit L.

Sommerausflug mit L.

Niemanden schien es zu interessieren, ob und wie und wann Dinge oder Menschen zusammentrafen. Die Jahreszeiten rutschten einem durch die Finger, und wenn man im Mai jemanden fragte, was er im Sommer vorhabe, hieß es: Wegfahren, wenn es geht, und sei's nur an die Ostsee. Das war die allgemeine Situation. Genauer waren es L. und ich, die nicht zusammentrafen, oder wenn, dann nur örtlich und zeitlich, ohne damit viel anfangen zu können. Genauer war es natürlich auch L., die, von mir im Mai nach ihren Sommerplänen befragt, mit dieser kräfteraubenden Unverbindlichkeit antwortete, so dass es unmöglich war, irgendeine Position zu verlassen.

Man schlief nicht miteinander. Auch wenn es dafür wenig Gründe gab. Zahllose Nächte gemeinsam auf der 120-cm-Matraze, nur so viel Körpernähe, wie dort nicht zu vermeiden war, hin und wieder Küsse zur Begrüßung, zum Abschied, doch dabei nie eine bedenkliche Sekundenzahl erreicht, in der die Lippen aufeinander lagen, nie eine Zunge die Schwelle übertreten lassen, die Tabuzonen für die Hände auf dem Körper des anderen waren bekannt.

Erst Mitte Juli, nach einer weiteren 120-cm-Nacht, einem weiteren Frühstück, bei dem man leicht vergisst, dass wieder nichts geschehen war, was man in irgendwelche Kategorien hätte einordnen müssen, traute ich mich wieder, nach dem August zu fragen, dem August, in dem Berlin beinah so unerträglich wie im Januar wird, dem August, in dem man entweder vor dem Sommer kapituliert oder ihn unterwandert, dem August, der in L.s Kalender mit einem Buntstift als möglicher Ferienmonat markiert war. Das hatte sie schon Anfang des Jahres getan, als sie noch Kanada, Ostafrika oder zumindest Portugal als Ziele dieses Urlaubs angab. Von der Ostsee war damals noch keine Rede.

Auch jetzt nicht, auch Mitte Juli nicht, auch nicht bei diesem

Frühstück mit mehr Zigaretten als nötig, einen Bademantel um L.s Körper geworfen, den Körper, den ich in der Nacht wieder nur an unproblematischen Stellen berührt hatte. Die Ostsee wurde nicht erwähnt. Sie stand plötzlich in einer Reihe mit Kanada, mit Ostafrika und Portugal, wurde zu einem entfernten Ziel, über das man sich im Winter Gedanken macht, auch wenn der Winter Mai hieß.

Der Juli zählt nun aber definitiv nicht mehr zum Winter, da konnte auch L. sich nichts vormachen, und die Buntstiftmarkierung wurde plötzlich zur Bedrohung, zu einem Dokument des Scheiterns, einem Scheitern, das L. verachtete und ihr schlechte Laune bereitete, und mit einer schlecht gelaunten L. wollte ich nicht wegfahren, selbst wenn ich es dürfte, selbst wenn es nur an die Ostsee wäre, für drei Tage, vielleicht eine Woche. Und weil L. gut gelaunt in ihrem Bademantel aussah, weil wir keine Zigaretten mehr hatten, weil die Sonne schien, und es zwar nicht heiß aber immerhin Sommer war, schlug ich vor, das zu tun, was Liebespaare an solchen Tagen machen, was das Letzte wäre, was ich mit L. machen wollte, wenn wir ein Liebespaar wären, weil es dann so gezwungen aussähe, was jetzt aber erlaubt war, weil wir kein Liebespaar waren, und wir vielleicht nur deshalb nicht miteinander schliefen und uns nichts über die Augen und Hände des anderen erzählten, um diese Dinge tun zu können, diese Dinge, die sonst Liebespaare tun. Ich schlug vor, einen Ausflug zu machen.

Nicht an die Ostsee, denn dafür war es zu spät, dafür hätte L. dann eine Tasche packen müssen, und plötzlich wäre es eine Reise geworden. Nicht die Ostsee also, sondern Rheinsberg, Chorin, der Spreewald oder zumindest Köpenick. Ungewohnt schnell einigten wir uns auf Köpenick, vielleicht, weil man auch ohne Eisenbahn nach Köpenick kommt, und mit einer Eisenbahn hätten wir dann schließlich auch ebenso gut an die Ostsee fahren können, oder nach Portugal.

In Köpenick gibt es eine Tramstation, die ›Freiheit‹ heißt, und an der L. aus diesem Grund unbedingt aussteigen wollte, was ich albern fand. Sie meinte, ich sei langweilig. Ich meinte, sie sei kitschig, und dann war die Tram schon weiter gefahren, mit L., die beleidigt war, und mit mir, der sich schämte. Wären wir ein Liebespaar, hätten wir uns jetzt wohl gestritten. So schwiegen wir nur, was nicht weiter auffiel. Dass man mit guten Freunden auch gemeinsam schweigen kann, weiß ich. Was daran so besonders sein soll, weiß ich nicht. Mir fallen nur wenige Dinge ein, die einfacher erscheinen als Schweigen. Und auch wenn die Frage, ob L. und ich nun gute Freunde seien oder nicht, mich stets in Bedrängnis bringt, so schweigen wir manchmal gemeinsam, was ja schließlich einfach ist, und manchmal reden wir gemeinsam, was beinah genau so einfach ist, und manchmal ist es einer von uns, der redet während der andere schweigt, und das ist in den meisten Fällen vielleicht die beste Lösung. Schön hier, sagte L. zum Beispiel in diesem Fall, und ich sagte nichts.

Wir setzten uns ans Wasser, auch wenn es das gleiche Wasser war, das wir beinah jeden Tag sahen, ohne einen Ausflug zu machen. Außer dem Wasser gibt es in Köpenick auch noch ein Schloss, ein berühmtes Rathaus und viele Häuser, die bunt und lächerlich klein sind. All das interessierte nicht. Wir saßen am Wasser, L. summte vor sich hin, die Sonne schien vor sich hin, das Wasser plätscherte vor sich hin, ich sah ihnen dabei zu. Alle hatten ihre Beschäftigungen, und wir begannen, uns zu langweilen. Langeweile heißt bei Ausflügen zwar nicht Langeweile sondern Entspannen, aber das half wenig. Es gab keine Schiffe, denen man nachschauen konnte, und auch keine Wellen, wie es sie gegeben hätte, wären wir an die Ostsee gefahren, um uns ans Wasser zu setzen, Wellen, die einem das Gefühl vermitteln, irgendetwas würde geschehen. Ich merkte, wie L. unruhig wurde, doch weil man bei einem Ausflug nicht sofort nach der Ankunft wieder umkehren kann, um ins Kino oder irgendwo anders hinzugehen, blieben wir sitzen und aßen Schokolade.

Ich versuchte mir vorzustellen, wie es wäre, L. jetzt zu küssen. Es gelang nicht. Man kann nicht plötzlich mit solchen Vorstellungen anfangen, nur weil einem langweilig ist. Der Kuss selbst erschien dabei gar nicht so problematisch, auch Küssen gehört schließlich zu den einfacheren Tätigkeiten im Leben, vielleicht sogar zu denen, die einfacher sind, als gemeinsam zu schweigen; schwieriger war es, sich vorzustellen, was wir anschließend gemacht hätten, außer weiter aufs Wasser zu schauen. Irgendwann hätten wir dann wohl gelacht, doch nicht sehr echt, und dann hätten wir uns noch einmal geküsst, weil uns nichts anderes eingefallen wäre, weil man beim Küssen nicht sprechen muss, weil Küssen auf jeden Fall einfacher ist als Sich-geküsst-Haben, und am Abend hätten uns dann die Lippen wehgetan, und die Verabschiedung wäre umständlich geworden. Wir saßen dicht beieinander, die Entfernung zwischen unseren Mündern betrug vielleicht zwanzig Zentimeter. Ich konnte ihre Creme mit irgendwelchen hauteigenen Coenzymen riechen, und als sie sich zu mir umdrehte und mich ansah, fand ich sie auf einmal fast hässlich. Für Sekunden zwar nur, zwei, höchstens drei, dann drehte sie sich wieder weg, und wir rauchten eine Zigarette, an beinah einem gemeinsamen Ort, zu beinah einer gemeinsamen Zeit. Das heißt nicht viel.

L. im Winter

Jetzt ist Winter, sagt L., und ich glaube ihr. L. kennt sich aus mit den Jahreszeiten. Frühling, Sommer, Herbst, Winter – das sind nicht nur Worte für sie, das sind Kategorien, in denen man die Welt wahrnimmt, wenn man nur aufmerksam genug ist. Den Winter erkennt man daran, dass alle bei Heißgetränken zusammensitzen, um über Kohleöfen zu reden, und darüber, wo man Sylvester verbringt. Im Winter steigt man in die U-Bahn, und wenn man wieder ins Freie tritt, ist es dunkel. Das hat mir L. erklärt. Sie hat mir auch erklärt, dass der Winter die beste aller Jahreszeiten ist, die klarste, die ehrlichste, dass es die Jahreszeit ist, der man noch am ehesten trauen kann, weil man nicht geblendet wird von der Sonne, nicht von den bunten Blättern und auch nicht von den Hormonen. Ich höre L. bei all dem aufmerksam zu, auch wenn ich weiß, dass sie mir im Frühling, wie sie es immer tut, erklären wird, dass der Frühling die beste Jahreszeit sei, im Sommer ist es dann der Sommer und im Herbst der Herbst. Manche würden sagen, L. sei unentschlossen; sie selbst sagt, sie gehe halt mit der Zeit.

Ich mache mir sonst wenig Gedanken um die Jahreszeiten. Im Herbst ziehe ich einen Mantel an, im Frühling ziehe ich ihn wieder aus. So einfach ist das. Dennoch mag ich den Winter gerne, weil L. dann zur Winter-L. wird, und die Winter-L. bereitet viel Freude. Die Winter-L. ist stets eingepackt in Pullover und Mäntel, in Schals, Handschuhe, Muffs und Ohrenwärmer. Die Winter-L. nimmt viel Platz ein. Die Winter-L. kann sich kaum bewegen in ihrem Kälteschutz. Die Winter-L. braucht immer mehrere Minuten, um sich aus ihrer Rüstung zu schälen, Minuten, in denen ich beobachten kann, wie aus der Winter-L. allmählich wieder die L. wird, die ich aus dem Herbst, dem Frühling und Sommer kenne.

Mit der Winter-L. treffe ich mich häufig zu Heißgetränken, und wir reden nicht über Kohleöfen und nur manchmal über Sylvester; wir wissen ja auch so, dass es Winter ist. Ich weiß das, und L. weiß das besonders. Mit der Winter-L. rede ich über andere Dinge, doch ich gebe zu, nicht immer ganz aufmerksam zu sein, weil die Winter-L. sich nie entscheiden kann, ob es ihr zu warm oder zu kalt ist, und deshalb zieht sie verschiedene Teile ihrer Verpackung im Laufe des Gesprächs immer wieder an und immer wieder aus, und dann lässt sie, mit Absicht, wie ich vermute, einen Handschuh fallen, und dann verheddert sie sich in einem Pulloverärmel, und der Schal hängt im Kaffee, und ich freue mich sehr, und die Winter-L. fragt: Hörst du mir überhaupt zu, und ich sage: Ja, aber das ist gelogen.

Wenn L. sagt, dass jetzt Winter sei, dann hat das seine Gründe. Der Winter bedeutet L. mehr als Kohleöfen und Sylvester, mehr als die Kälte und der Schnee und der Regen und der Schneeregen und die Dunkelheit, die immer zu früh kommt. Im Winter wird L. besinnlich, vorsätzlich, wie sie meint. Im Winter schaut sie mich lange an und erzählt mir von ihrer Schulzeit, von ihren Jugendlieben, ihren besten Freundinnen und anderen Dingen aus der Zeit bevor wir uns kannten, der Zeit, die mich, wenn ich ehrlich bin, nicht sehr interessiert. Nur im Winter wird mir bewusst, dass L. überhaupt über eine Vergangenheit verfügt, und nur im Winter fragt mich L. manchmal nach meiner. Ich glaube, sie tut das nur aus Höflichkeit, und ich antworte schnell und ausweichend – mir sind solche Fragen unbehaglich. Das merkt L. und wechselt das Thema. Wollen wir noch etwas trinken, fragt sie. Ich schlage vor, woanders hinzugehen, weil ich will, dass sie sich wieder einpackt in ihre Pullover und Schals und anderen Winterdinge, und dann packt sie sich ein, und ich denke daran, dass es in zwei Monaten schon wieder wärmer wird, dass dann eine Schicht nach der anderen aus L.s Verpackung verschwindet, und wenn sie dann schließlich, irgendwann im April wohl, sagen wird: Jetzt ist Frühling, trägt sie höchstens noch eine Jacke. Was schaust du so traurig, fragt sie. Ich denke an die Zukunft, sage ich. L. nickt verständnisvoll. Sie kennt sich aus mit den Jahreszeiten. Sie weiß, wie man im Winter denkt.

L.s Frühlingskleid

Jetzt hat sich L. auch noch den Frühling ausgedacht. Ich wende ein: Frühling kann man sich nicht ausdenken. Frühling gibt es schon. Und nur weil er so unzuverlässig ist, heißt das nicht, dass man ihn gleich neu erfinden darf. L. wendet ein, dass ich ein Besserwisser sei, und dass sie sich schließlich ausdenken dürfe, was sie wolle.

L. denkt sich vieles aus: die Wohnungen und Häuser, in denen sie mal leben möchte; Ehemänner und Lebensabschnittsgefährten, Berufe, ihre ganze Zukunft, und manchmal auch ihre Vergangenheit. Sie denkt sich Namen aus, für sich, für mich, für ihre Kinder und für Tiere, die es nicht gibt, die es aber geben sollte, findet L. Sie erfindet neue Gesetze, sogar neue Naturgesetze, manchmal auch ganze Planeten; Planeten, auf denen man Komplimente kochen kann, zum Beispiel. Ich finde das amüsant und manchmal ein wenig anstrengend, weil meine Rolle dabei klar ist: Ich muss mich für die Realität einsetzen. Ich bin der Anwalt der Wirklichkeit. Ist doch alles ganz okay so wie es ist, sage ich, und L. sagt: Ganz okay, ganz okay; du musst ja nicht mitkommen, wenn ich auf den anderen Planeten ziehe.

Heute hat sie sich also den Frühling ausgedacht. Seit Tagen schon beklagte sie sich über den real-existierenden Frühling, oder besser: den real-nicht-existierenden, da bisher nur vom Kalender vorgeschriebenen Frühling, hat diese Enttäuschung, diese Wut auf mich übertragen: Na, ist alles immer noch so superokay für dich, findest du deine Realität immer noch so toll. Bisschen nass ist sie, deine Realität, ein bisschen kalt, oder? Und ich habe sie unterbrochen: L., du redest Unsinn, und sie hat gesagt: Na, kein Wunder, wenn man sich nicht mal auf den Frühling verlassen kann. Der eigentliche Grund für ihre Wut hatte, glaube ich, etwas mit einem Kleid zu tun, einem Kleid, das sie sich vor ein paar Tagen gekauft hatte, und von dem sie mir seitdem erzählt; wie es aussieht, und wie sie darin aussieht, und wie gut sie sich vorstellen könne, damit zu spät zu einer Verabredung zu erscheinen, angerauscht zu kommen, und der, der vor dem Theater oder so auf sie wartet, will gerade mit seinen Vorwürfen beginnen, muss sich aber selbst unterbrechen, und statt böse zu sein, ist er entzückt: Wow, schönes Kleid. Steht dir gut, echt, soll er dann sagen. Ein guter Plan, findet L.

L. redet viel von dem Kleid, doch eigentlich geht es ihr um die Situation. Das Kleid dient nur als Vorwand. L.s Eitelkeit ist eine szenische Eitelkeit: Noch wichtiger als gut auszusehen ist ihr gut dazustehen. Ich bot ihr an, den Part des Wartenden zu übernehmen, und L. willigte ein. Aber nur, betonte sie, wenn ich es dann auch ernst meinte mit dem Entzücktsein.

Doch bisher hält sich der Frühling einfach nicht an Kalenderabmachungen, bisher lässt er Kleidertragen noch nicht zu, lässt L.s Szene nicht zu, und L. wurde immer ungeduldiger, und heute rief sie an und sagte: Es reicht. Jetzt denk ich mir meinen eigenen Frühling aus. Viel Spaß, dachte ich, sagte das aber nicht, sondern: Schön. Und wie sieht er aus, dein Frühling. L. zögerte. L. zögert selten. L. sagt lieber Unsinn als zu zögern. Wenn L. zögert, dann verheißt das nichts Gutes. Ich weiß nicht genau, sagte sie schließlich. Erst habe sie gedacht, man müsste den Frühling bestellen können, wie beim Teleshopping, wie eine Pizza oder Blaskapelle. Sie würde auch dafür bezahlen. Praktisch, doch ein wenig zu passiv, und deshalb fand sie dann, Frühling solle keine Zeit, sondern ein Raum sein, kein kleiner Raum, kein Zimmer, sondern ein ganzes Land oder so, in das man dann fahren könne, umsonst natürlich. Blöd an der Idee sei nur, dass es dann wie Urlaub wäre, und Frühling im Urlaub, sagt L., sei ja einfach, Frühling müsse im Alltag sein, und der ganze Alltag könne ja nicht immer mitkommen, wenn man nach Frühling fahren möchte, alle hätten ja Termine, Verpflichtungen. Herrje, sie wisse nicht, wie sie ihn sich ausdenken solle, aber ausgedacht hätte sie ihn sich schon, nur halt noch nicht so konkret. Und jetzt solle ich doch mal etwas sagen.

Geht es um das Kleid, fragte ich. Nein, sagte L. Vielleicht ein bisschen, sagte L. Und wenn schon, sagte L. Ich schlug vor, dass sie es jetzt gleich anziehe, egal wie kalt es sei. Ich würde mich sofort aufmachen und an der Ecke auf sie warten, bis sie viel zu spät erscheint, angerauscht kommt, und dann bin ich entzückt und sage meinen Satz auf. L. war einverstanden. Du musst es dann aber auch ernst meinen, sagte sie noch einmal, sonst bringt das alles nichts.

Das war vor zwanzig Minuten. Ich lasse mir noch etwas Zeit, sie soll ruhig noch ein wenig frieren in der Realität. Dann werde ich losgehen, und natürlich wird sie erzürnt sein über meine Verspätung, und natürlich wird sie gut aussehen in dem Kleid, und natürlich wird sie mir nicht glauben, wenn ich den Satz aufsage, und natürlich wird sie darüber klagen, wie kalt es sei, aber dann können wir irgendwo anders hingehen, etwas Warmes trinken und in Ruhe den Regen betrachten. Den Frühling haben wir dann hinter uns.

Der Herbst, L. und ich auch

Die Blätter geben ganz schön an mit ihrem Buntsein, sagte L. am Tag nach der Nacht, in der wir aufhörten, nicht miteinander zu schlafen. Der Tag war ein Oktobertag mit Oktobersonne in einem Oktoberpark. Lass uns den Herbst anschauen, hatte L. gesagt am Morgen, diesem Oktobermorgen, als wir dann doch beim Frühstück saßen, und gar nichts so anders schien, wie wir es wohl beide befürchtet hatten, als wir ein paar Stunden zuvor versuchten einzuschlafen, und unsere Haut sich dabei plötzlich an Stellen berührte, die in anderen Nächten noch mit Stoff bedeckt waren. Wir saßen beim Frühstück, L. trug ihren Bademantel, ich trug eines ihrer Hemden, und dennoch war es ungewohnt, die gewohnten Dinge zu tun, die Rituale, Tätigkeiten, in denen wir uns auskannten, in denen wir gut waren. Gut waren wir im Kaffeetrinken, gut waren wir im Musikaussuchen fürs Frühstück, gut waren wir im gemeinsamen Zähneputzen. Das hatten wir trainiert. Da waren wir ein eingespieltes Team. Nicht gut waren wir jedoch im Miteinanderschlafen. Nicht gut waren wir im Hände-über-den-Körper-des-anderen-wandern-Lassen, überhaupt nicht gut waren wir im beiläufigen Kondomhüllen-Aufreißen, richtig schlecht waren wir sogar im Einander-hinterher-im-Arm-Halten. Das funktioniert so nicht, hatte L. gesagt, und ich hatte ihr Recht gegeben, und dann drehten wir uns um, voneinander weg, und wünschten uns eine gute Nacht, und als L. nach einer Zeit, vielleicht einer halben Stunde, vielleicht einer ganzen, fragte, ob ich auch nicht schlafen könne, sagte ich: Doch, das könne ich ganz vorzüglich, und dann zog sie mir die Bettdecke weg, und wir standen auf und schauten dem anderen nur kurz auf den unbekleideten Körper. L. kochte Kaffee, ich suchte Musik fürs Frühstück aus. Es war halb fünf.

Um halb sieben hatte L. schon zweimal neuen Kaffee gekocht, und ich hatte schon zweimal neue Musik ausgesucht, und als klar wurde, dass der Oktobertag ein sonniger Oktobertag werden würde, waren wir beide froh, die Wohnung verlassen zu können, die Wohnung, in der sich das Sofa befand, auf dem wir, wie schon so oft, nebeneinander gesessen hatten, am Abend vor der Nacht, dem Sofa, vor dem noch die Weingläser standen, aus denen wir tranken, als L. mir wieder einmal von einer gescheiterten Affäre erzählte, sich über den Mitgescheiterten lustig machte, und mir zeigte, wie unbeholfen er immer ihre Nähe gesucht hätte, mit den Füßen anfangend, die sich, wie zufällig, berührten, den Händen, die immer neue Ausreden suchten, in ihr Haar, was jetzt beim Vormachen mein Haar war, zu gelangen, und von da abrutschend an ihre Wange, meine Wange, dann der tiefe Blick, der, bei aller Übertreibung, doch nicht nur die Parodie eines Blickes war; wieder die Hand, die den Hals findet, und ich plötzlich merkte, dass es nicht mehr allein ums Vormachen ging, immer weniger ums Vormachen ging, dass das Vormachen viel zu lange dauerte, dass sie ihre Rolle gut spielte, dass ich nicht Zuschauer war, und als sich ihre Hand, die längst nicht mehr die Hand des Mitgescheiterten war, vom Hals wieder in meine Haare bewegte und dort einfach blieb, konnte nicht mehr geleugnet werden, dass wir uns in einer deutlichen Situation befanden, einer der Situationen, wie ich sie nicht zum ersten Mal mit L. erlebte, bei denen wir aber immer einen Hinterausgang gefunden hatten, um in die Gewohnheit, die Undeutlichkeit zurückzukehren, dass wir uns aber diesmal immer weiter von diesem Hinterausgang entfernten, so weit, dass eine Rückkehr in die Gewohnheit, in die Undeutlichkeit viel zu auffällig gewesen wäre, um wirklich zu gelingen, und der nächste Schritt eigentlich klar war, an mir war: meine Hand in ihr Haar, an ihre Wange, ihren Hals zu führen. Genau das sah meine Rolle an dieser Stelle vor, um noch halbwegs im Spiel zu bleiben, und genau das war mir unmöglich, da mein linker Arm zwischen dem Sofa und L.s zu mir gedrehtem Oberkörper festsaß, und ich in der rechten Hand immer noch, lächerlicherweise, das Weinglas hielt, mich an ihm festklammerte, eine Behinderung, die ich nicht beheben konnte, ohne die Position zu ändern, und ein Ändern der Position konnte zu diesem Zeitpunkt leicht missverstanden werden.

Meine Hände blieben also an ihrem aussichtslosen Platz, ich musste die Reihenfolge ändern, und statt der Hände bewegte ich den Kopf, und L. bewegte ihren, und dann stießen unsere Nasen aneinander, und dann war mein Mund an ihrem Kinn, und dann an ihrem Mund, auf ihrem Mund, der sich öffnete und die Lippen, trocken von Wein und Zigaretten und Reden über gescheiterte Affären, tasteten sich ab, bis dann ihre Zunge die Trockenheit vertrieb und meine Zunge herauslockte und sich für einige Sekunden nichts außer ihnen berührte, was sehr seltsam und auch ein wenig vulgär ausgesehen haben muss.

Das dachte ich jedenfalls in diesen Sekunden, und L. anscheinend auch, denn ihre Hand kam zurück in mein Haar, entschlossener, zog meinen Kopf näher an sie heran, etwas zu entschlossen, weil dies meine ohnehin nicht sehr stabile Haltung aufbrach, mich den Wein aus dem Glas, das ich immer noch wie einen Trostpreis fest hielt, verschütten ließ, hauptsächlich auf L.s Hose. Na, nicht so stürmisch, sagte sie. Entschuldigung, sagte ich. Nicht schlimm, sagte sie, nahm mir das Glas aus der weinnassen Hand, stellte es auf den Boden und zog mich vom Sofa. Guter Zeitpunkt, sagte sie dabei. Wozu, wollte ich fragen, konnte es mir aber denken. Ich ging in die Küche, um mir die Hände zu waschen. L. ging ins Schlafzimmer. Rotwein auf die Hose. Was für ein billiger Trick. Von dir hatte ich wirklich mehr erwartet, hörte ich sie von dort. Als sie nach dem, was mir wie ein paar Minuten vorkam, nicht zum Sofa zurückkehrte, folgte ich ihr ins Schlafzimmer, und die Dinge, in denen wir nicht gut waren, begannen.

Wir wussten beide, was zu tun war, wir kannten beide die Bewegungen und die Reihenfolge, die richtigen Laute und Blicke, das Tempo, die Körperstellen, die wichtig sind, und die, die nur auf dem Weg zu den wichtigen liegen. Nichts davon war neu, doch neu war, dass L. und ich die Beteiligten waren, das war sogar sehr neu, und ich kam mir lächerlich vor, das zu tun, was ich auch sonst in diesen Situationen tat. Bei aller Einmaligkeit hat man dann doch nur miteinander geschlafen. Die Körper lösen sich voneinander und der andere Körper war L.s Körper. Wir hatten uns nicht verwandelt, kein Bann war gebrochen, keine Spannung gelöst; wir lagen nebeneinander, unser Atem beruhigte sich, L. holte sich ein Glas Wasser und legte sich dann wieder so dicht an mich, dass wir uns nicht anschauen mussten.

Im Oktoberpark schauten wir uns auch nicht an, nicht häufig jedenfalls. Wir hielten uns nicht an den Händen, vermieden jede Berührung, und als L., schwindelig von der Müdigkeit wohl, über irgendetwas stolperte und sich kurz an mir fest halten musste, sagte sie ›Verzeihung‹. Wir redeten nicht über die Nacht, wir redeten über den Herbst, und die Blätter und über Hunde, über

Joggen und Amerika. Ich weiß nicht mehr, wie wir auf Amerika kamen, wir waren beide noch nie dort, und als wir dann gar nicht mehr redeten und immer noch nicht die Uhrzeit erreicht war, zu der wir normalerweise aufstanden, sagte L., dass sie sich wieder hinlegen wolle, sie sei müde, sie habe jetzt genug Herbst gesehen, und überhaupt müsse man sich auch nicht so albern aufführen, wie wir es gerade taten. Wir sind doch schließlich erwachsen, sagte sie. Was hat das denn mit Erwachsensein zu tun, fragte ich, und L. meinte, wenn man erwachsen sei, brauche man halt seinen Schlaf.

Das Sofa stand immer noch in der Wohnung. Das war zu erwarten. Auch die Gläser auf dem rotweinbefleckten Teppich. Das Bett war nicht mehr warm, aber zerwühlt, und wir legten uns hinein, Rücken an Rücken. L. berührte noch kurz meine Schulter, bevor wir uns zum zweiten Mal eine gute Nacht wünschten. Ich spürte, wie sie auf dem Weg in den Schlaf ein paar Mal zuckte, und das beruhigte. Durchs Fenster schaute ich noch ein wenig auf die Oktobersonne. Nicht lange. Irgendwann am Nachmittag wachte ich auf. Ich hörte L., wie sie in der Küche Kaffee kochte. Ich ging zu ihr. Machst du Musik an, bat sie mich. Natürlich, sagte ich.

Das Publikum

Niklas Bender
Dr. Jazz

Hello sister give me Dr. Jazz, he's got what I need I'd say he has und warum hältst du dich nicht dran, verdammt es ist doch offensichtlich was ihr braucht, Berlin und du, dreckige Seelen mit Planierraupenplatz in der Mitte und verbratene Geschichten du weißt was ich meine, Wiedervereinigung, Frauen und so weiter, es gibt nur eins fang endlich damit an. Du musst das Jazz Age wiederbeleben dann kommen sie, die Flapper und auch der Rest. Wenn Jelly Roll Morton seinen Diamantzahn aus den Lautsprechern blitzen lässt, dann mein Sohn ist die Welt gerettet. Darum beginne mit *Livery Stable Blues*, 1917, rolle alles darüber auf, *Kansas City Shuffle* und *The Boy in the Boat*, ja meinetwegen auch mit Schriftstellern aber vor allem mit dem sanftrauen Klang einer Chicagoer Originalaufnahme die mehr nach Whiskey riecht als der beste Scotch und diese dreckige Metropole und dein verdorbenes Herz werden in freudestrahlende Charlestontempel verwandelt. Nun gehe hin in Frieden.

Mein Partygewissen Flo versuchte verzweifelt ein Schluchzen zu unterdrücken denn seine Prophetien beeindrucken vor allem ihn selbst, griff sich in die Hose und ging einen Kaffee holen. Langsam fingen sich die Leute, der Eindruck eines Jahrhundertereignisses oder einer Comedyshow legte sich, Gerede in der Redaktion des Uniradios und ich wusste nicht was mit mir anfangen. Ach ja und hier ist deine Technikerin und mach was draus, und ich konnte es nicht glauben, wieso wollte Flo ausgerechnet dass ich mit Judith arbeitete, die hübscheste Frau die je ein Schaltpult – und auch noch im glänzend schwarzen Cocktailkleid, mit Seitenschlitz und er hatte sie aus guten Gründen auf der letzten Radiofete erst um halb fünf aus der Garderobe gelassen. Wieso warum frag nicht sowas, ich bin halt eine Seele von einem Mensch. Flo, aber irgendetwas ... Mach dir keine Sorgen. Flo ... There's a change in the weather, there's a change in the sea and from now on there's a change in me. Ich werde versuchen dir zu glauben auch wenn es schwer fällt, und loslegen Berlin die Götter der Synkope nahen.

Da müssen mehr O-Töne rein, du kannst nicht so runterleiern, Alkohol, Flapper, enttäuschte Kriegsgeneration, wir nähern uns dem Thema, runterleiern wirklich, das kannst du nicht kannst du nicht. Wiederholst du dich immer. Tue ich das, tue ich das, ja tue ich das und trotzdem habe ich Recht, so sieht keine anständige Anmoderation aus, wenigstens Musik muss drunter und zwar schnelle sehr schnelle. Und sie hatte Recht und sie wiederholte sich, aber sie hatte Recht und das hatte sie, wiederholt. Also nahmen wir Geldklimpern mit rein für die boomende Wirtschaft und Reifenquietschen für die Bugattis, es wollte sich kein Äquivalent für Josephine Bakers Bananengürtel finden lassen, aber ein schönes Eisklimpern brachte Whiskey in die Speakeasies. Und Judith fing an zu lachen, ihre blasse Haut mit bläulichen Adernetzen bebte und die schwarzen Haare im Bubischnitt und wenn sie beim Rauchen lachte bekam ich weiche Knie. Von den grün verschleierten Augen ganz zu schweigen.

Ich schnitt die Aufnahmen und ließ die Hälfte abstürzen und Judith sagte, macht nichts, macht nichts, schnitt den Kram in der Hälfte der Zeit, vergoss dann ihren Milchshake über die Tastatur, was nur ein zwei Tonstücke löschte und wir waren nach vierundzwanzig Stunden weiter als am Anfang. Der Kaffee floss, es lief und klimperte, Judith blies Kamm zur Begleitung und wir kamen nicht mal bei den Gängen zur Toilette aus dem Takt. Wir hatten beim Ragtime angefangen, *Entertainer*, waren bei *Dinah* und weißen und schwarzen Jazzmusikern und Judith mochte die glatten New Yorker nicht, schmollte mit der Unterlippe und ich würde mir nie mehr vornehmen, *Ain't Misbehavin'* nicht zu spielen. Hin und wieder riefen wir einen Pizzaservice an.

Ich störte Leo in Leipzig beim Anbringen neuer Sicherheitsschlösser denn er hat unglaubliche Aufnahmen und die sollte er mir schicken. Ich stellte mir Charlie Johnson und Fats Waller zusammen, mit Orgeleinschlag, und Leo sagte, pass auf, Jazz ist tödlich denn mit Jazz kommt der Whisky und Schlimmeres, da hilft nur die totale Abrüstung, auch wegen der Frauen. Sonst stehst du morgens um acht nach einer Stunde Schlaf mit zitternden Händen in der Dusche, hast Rauchgeschmack im Mund und wagst nicht das Wasser anzudrehen weil du Angst hast dein Kopf könnte zerplatzen wenn der erste Tropfen aufprallt. Leo, hier geht es um mehr und um Judith und sie hat das Zeug zu einer Filmschauspielerin so kühl und rau und weich ist sie, ich glaube sie riskiert viel mit mir. Wer hier riskiert das bist du und vor allem deine Sendung, deine Ausstrahlung und das weißt du, das solltest du verstanden haben das habe ich dir doch inzwischen hinreichend bewiesen. Man soll Aufnahmen mit nichts durcheinander bringen das ist eine goldene Regel, und mit Jazz kommt alles durcheinander. Vielleicht hatte er Recht aber Judith lehnte sich über ein Schaltpult, der Beinschlitz ihres Kleides wurde zur Schlucht und ich ging zurück zur Aufnahme.

Die näherte sich langsam dieser Seite des Paradieses und als auch die Sonne aufging nach achtundvierzig Stunden Aufnahme und Schneidearbeit, schlug ich eine Dusche vor und einen kleinen Drink, wovon Judith nur letzteres gemeinsam nehmen wollte; yes, sure, OK, you got it, yeah, four or five times, four or five times, various delights, you're doing things right, four or five times, gehen wir, gehen wir, gehen wir, sagte Judith, ich brauche einen *Philipps Canadian Whisky*, der schmeckt wie Lagerfeuer, und sie zog an ihrer Zigarette und lachte und ich versuchte verzweifelt meine Knie standfest zu machen.

Um sechs Uhr morgens hatte der Schuppen immer noch offen oder schon wieder. Ich weiß nicht was ein Pariser Jazzlokal in Mitte zu suchen hat, ein Gott musste *La Paillote* verpflanzt haben, denn schließlich ist Paris heilig was sogar Martin eingesteht. Es war halb unterirdisch und dunkelrot beleuchtet mit Polstern die von uns nur die Köpfe übrig ließen. Dieser jemand der mir *La Paillote* beschert hatte, hatte dem Besitzer eine polnische Zigarette und den Lautsprechern Synkopen zwischen die Zähne geklemmt, beide so rauchig dass Judith sich eine Zigarre anzündete, zur Feier des Tages. Sie schaute mich an aus ihren grünen Augen, von Nebel umspielt und abgründiger als die tiefste Häuserschlucht im Frühdunst eines Partymorgens. Und wer da an Fitzgeralds New York-Vision dachte wenn nicht ich und wie die Stadt alles verheißt und ... Warum machst du diesen Jazzkram, erzähl mal, wie kommt es und gibt es einen Grund warum die Sendung so wichtig ist, superwichtig, Flo redet schon seit Tagen von nichts anderem mehr und sie kriegt die beste Sendezeit und warum du, erzähl mal. Ja weißt du die Stimmung im Jazz Age war ähnlich wie heute nur dass ... Nicht wegen einem Krieg wirklich nicht, aber es bleibt nichts außer Feiern nachdem die Generation X sich selbst versteigert oder Kinder macht. Alles ist ein Puppenhaus und mir war schon als Kind beim Playmobilspielen langweilig, weil ich gemerkt hatte, dass das nicht mehr funktioniert und sich totläuft, wenn ich mir überlege, was ich da eigentlich tue oder wenn ich die Welt zum x-ten Mal verwurste aber mir fällt auch nichts Besseres ein. Mit zwölf war ich verloren, lag am Sonntagmorgen in meinem Bett, habe in die sonnigen Staubwolken meines Zimmers gestarrt und mich wehmütig gefühlt, weil das Leben ohne mich ablief, aber aufstehen ist keine Lösung, dann wird alles profan und Martin sagt, wenn ich ihm sowas erzähle, du willst je unschuldig gewesen sein, vade retro satanas, Sündenpfuhl.

Ich weiß nicht woher ich plötzlich Rauchgeschmack im Mund hatte, das musste Judiths Zunge sein ihr Mund klebte auf meinem und ich dachte daran, wie mir Martin eine Räucherwurst in den Mund geschoben hatte, weil ich schnarchte was ihn störte, während er verzweifelt am Fenster saß und auf Inspirationen wartete. Das geht nicht, das kannst du nicht tun, das ist die einzige schottische Vollmondnacht die ich dieses Jahr zu sehen kriege, hatte er gesagt, und die brauche ich für meinen Geschichtenzyklus, da muss eine Balkonszene rein mit einer Supermarktverkäuferin im Pyjamakittel und wenn ich mir das jetzt nicht anschaue und den Geist aufsauge dann wird das nie etwas. Und ich war sauer, weil ich Vegetarier bin und fragte ihn, ob er mir nicht wenigstens Räuchertofu in den Mund hätte schieben können und wir stritten uns eine halbe Stunde, wurden beide hungrig und gingen auf einen kleinen Mitternachtsimbiss in die Küche wo wir bis zum Frühstück blieben.

Dieses Räucherfleisch war quicklebendig und ich hatte diesmal nichts dagegen, es schob sich an meinen Zähnen und der linken Backeninnenseite entlang in meinen Rachen, um von da aus synchron mit dem Kontrabass den Takt gegen meine Backenzähne zu klopfen. Nicht unangenehm, wirklich nicht, obwohl ich mir nicht sicher war, ob sie mich begehrte oder mir einfach nur den Mund stopfen wollte. Charlie Parker freute sich und ich dachte dass *Permanent Vacation* einen ganz neuen Sinn bekommen könnte, lusttechnisch, während eine kühle gelbe Hand unter meinen Hemdknöpfen entlang glitt. Ich erkundete den Schlitz in ihrem Cocktailkleid in allen seinen Dimensionen, was ein zwei mehr waren als gedacht.

Judiths Zunge verließ meinen Mund und ich dachte jetzt würden lange Blicke unter ihren Wimpervorhängen in meine geröteten Augen fallen, aber sie beugte sich tiefer und knöpfte mein Hemd auf, tunkte ihre Zunge in meinen Bauchnabel. Sie verschwindet unter dem niedrigen Tisch und mein Reißverschluss mit ihr während Davis zu einem Trompetensolo ansetzt. Und wie, alles wird hotsy tosy now und das rote Licht noch schummriger, ich sehe Rauchkreise um meinen Kopf ziehen, fühle mich dem Himmel, Paris und New York nahe und sage, Judith, dein Name sei Flapper und hiermit ist das Jazz Age offiziell eingeläutet. Der Barman blickt hin und wieder rüber und sein Gesicht bleibt unbeweglich, aber ich bin mir sicher, dass er die letzte polnische Zigarette in der Hälfte der Zeit geraucht hat.

Miles geriet ins Stocken, ins Stocken, Stocken geriet er, die Platte musste einen Sprung haben und eierte und wiederholte sich immer immer, wieder und wieder, und noch mal von vorne, vorne, und der Barbesitzer fluchte und legte schließlich bösartig Abba auf. Judiths Gesicht erschien mit verschmiertem Lippenstift und Tränen an den langen Wimpern. Was ist, was hast du, willst nicht wenigstens du deine Improvisation fortsetzen. Ich – ich – ja ich – kann nicht, ich, es tut mir Leid, ich muss an meinen Ex denken, dem ich immer zu Miles Davis, ja das habe ich, zu Miles Davis und es schmerzt immer noch, obwohl er mich schon vor zwei Jahren verlassen hat, verlassen. Zwei Tränen fielen von ihren Wimpern und liefen über blasse Wangen um unter ihrem Grübchenkinn zu verschwinden und ich fühlte Mitleid aufsteigen, hatte aber genug von Non-Storys und es ging um eine Vision darum drückte ich ihren Kopf wieder unter den Tisch. Da spürte ich ein Zwicken im Schritt und versprach ihr sie rauszulassen, wenn sie wieder ausspucken würde was sie drohte im Mund zu behalten. Sie kam unter dem Tisch heraus, warf die Haare zurück, sagte, an die Arbeit lass uns gehen, natürlich zahlt Monsieur, und der Schlitz ihres Cocktailkleides schloss sich für immer als sie weich und unbarmherzig auf die Tür zuging.

Eine Welt ohne Flapper ließ nur eine Jazzsendung mittlerer Reichweite zu, etwas Fitzgerald mit yellow sparkling cocktail music und sentimentalen Erinnerungen, ein paar gepfefferte Hemingway-Zitate und die obligatorische lost generation von Gertrude Stein. Ein jämmerliches Ende aller Jazzwunder, Flo sagte, prima und als Nächstes darfst du die Wettervorhersage für Berlin/Brandenburg machen, mal im Ernst, kann man senden, aber wo ist sie geblieben deine Vision, was soll aus dieser Stadt, was soll aus dir werden mit Schröder, Sackgasse und ohne Synkopen. Ich hatte keine Antwort, Flo seufzte und nahm einen Sack mit Styroporkugeln, die er wie Äpfel bemalt hatte um sie in die Spree zu werfen und Passanten zu Fatalismus zu befragen.

Judith schaute mich höchstens noch in Spiegeln oder Fensterscheiben an und kommunizierte über Mikros und Zettel, obwohl wir viele lange Tage zusammen verbrachten, unter der Erde in schalldichten Aufnahme- und Schneideräumen. Ihre Augen wurden grüne Tümpel die hinter geheimnisvollen Rachewolken vor sich hin faulten und brüteten. Hin und wieder gab es auf einem Schaltbrett einen Kurzschluss der mich halb exekutierte und ihre Mundwinkel zuckten dabei in die falsche Richtung. Die Sendung beendete ich in einem Zustand von Überreizung, ständig auf Funkenregen und ein plötzliches Weltende gefasst, das nervöse Augenzucken wurde ich erst einige Wochen später wieder los. Ich lag sehr betrunken neben dem Radio auf dem Boden als der Kram an einem Donnerstag spät nachts gesendet wurde.

Ruth Johanna Benrath
Neun kurze Texte

Foto mit Schultüte

Sie ist ungefähr genau sechseinhalb und schulreif. Wie viele Vierecke entdeckst du in der Bildmitte, kreuze an. Aus Anstand gegenüber dem Testverfahren beschloss sie es ernst zu nehmen: schulreif.
Ihr Vater, August 1937, exakter Seitenscheitel, hatte es leichter. Den Arm um den Kopf gelegt, die Hand berührt das Ohr, Prüfung bestanden. Und die Zusatzfrage: Wie viele Räder hat ein Auto? Fünf. Mit einem Ersatzrad. Immer an die Katastrophe denken. Sie lag vor ihm. Steh auf in der überfüllten Straßenbahn für den Mann ohne Bein, E.K. I. Klasse. Mach einen Diener. Wie heißt der Bub? Adolf, aber nach dem Schwedenkönig. Die ganze Bahn hört mit.
Im gleichen Alter die Tochter, für reif befunden wie der rotwangige Apfel am Baum, sie ist nicht rotwangig. Sie steckt in Strumpfhosen mitten im Sommer. 37,8 Grad Celsius Körpertemperatur, Ponyfrisur. Die Strumpfhose ist rot, der Ranzen orange, Siebzigerjahre. Sie überragt ihre Schultüte mit sinnvollem Spielzeug und Fruchtschnitten nur um ein weniges. Unter dem Anorak hervor lugt die Armbanduhr am dazugehörigen Handgelenk, gut gelernt. Zum Greifen nahe die Freundin, gleiche Frisur, kürzeres Röckchen, ihr Ranzen hängt schief. Gegen die Sonne blinzelnd hält sie die Schultüte wie ein Baby im Arm. Für die Dauer eines Fotos verschmelzen die Schatten der Mädchen auf dem Schulhofbeton. Es ist August. Die Mütter hinter den Kameras spenden Beifall.
    Es liegt alles vor uns.

Ausflugsfoto

Mit dem Zeigefinger auf dem vergilbten Gruppenfoto, das alte Spiel: Finde die entschwundene Großmutter.
Fünfzehn Blicke geradeaus, nein sechzehn. Am Bildrand die Lehrerin mit Rucksack. Fünfzehn Wanderstöcke, ein umfunktionierter Schirm.
Der Fotograf hat Zeit gebraucht. Lauter junge Frauen. In freier Natur. Alle Blicke sind auf die Kamera gerichtet. Stillgestanden, meine Damen! ruft das Fräulein Lehrerin. Heute ist Wandertag der Schule für landwirtschaftliche Frauenbildung. Jonny, ich träum so viel von dir, ach komm doch mal zu mir, nachmittags um halb vier! Der Fotograf nestelt an seinem Stativ. Bitte, meine Damen, der Rock bedeckt das Knie! Alle sind auf einem riesigen Felsblock versammelt, die ideale Kulisse für Wandervögel. Jugend, Jugend, Träger der kommenden Taten! Meine Großmutter mit Handtasche. Um den Hals eine Krawatte gebunden, den Kopf umrahmt ein Glockenhut. Die neue Frau trägt jetzt Spangenschuhe. Vorwärts, Jugend kennt keine Gefahren! Auf hohem Absatz durch den deutschen Wald.
Der Fotograf stellt scharf. Eine im Kleid steht stramm, ihr Dutt salutiert. Eine schmiegt sich an die Nachbarin, sie schaut durch den Fotografen hindurch. Ihre Freundin hält einen Baumstumpf besetzt, Augenaufschlag gen Himmel. Meine Großmutter präsentiert ihren Schirm, das Bein angewinkelt, den Arm in die Hüfte gestützt. Haltung, meine Damen! Wenn der Fotograf abdrückt, zwinkert sie ihm zu. Sechzehn Blicke. Zwischen zwei Weltkriegen.

Heiner Müllers Grab

Unbeschriebenes Gras nichts Goldenes
Nichts als ein Name daumengroß Antiqua
Auf der Stele türmt sich der Nachlass
Der Verehrer alles was Herakles braucht
Im Land ohne Winter ein nasses Streichholz
Steinchen einzelne Glückspfennige ein
Schiefer Bleistift in den Rasen gerammt
So kommt kein Hund bis nach Hellas
Ohne Papiere auf allen Vieren immer die
Milchstraße entlang du brauchst Devisen
Das rote Strumpfband die Havanna für Z.
Und die Hölle liegt dir zu Füßen kläffend
Winselnd lässt sie sich in den Rachen greifen
Und spuckt dir die Geschwüre aus die ihren Magen
Bevölkern die Helden des letzten Jahrtausends
Noch unverdaut steigen sie aus dem Schlamm
Neugeborene Krieger die alte Brigade
Von Bauschutt weiß das Haar zu allem bereit
Auf der Suche nach Arbeit
Troja ist aufgebaut schleift Troja
Cäsar ist tot es leben die Cäsaren
Fegt die Asche weg
Von den Stufen des Kapitols schultert die Spaten
Der Führer schenkt den Juden eine Stadt
Der Bauherr des Dnjepr-Staudamms Sieger im letzten Krieg
Befiehlt den Steinen aufwärts zu rollen den Köpfen
Und nach Feierabend ins Theater
Trojas Tanz ums goldene Pferd Applaus im Parkett
Der Philosoph erzieht seinen Mörder Beifall in den höheren
    Rängen
Während Feuer gelegt wird im Foyer
Die Ausgänge sind bereits bewacht und
In der Garderobe wartet der Feind mit dem Pferdelächeln
Auf seinen Wink reißen sich die Schauspieler ihre Masken ab
Revolutionäre aller Länder Vorhang
Und grüßt mir den Mann der die Geschichte erfand
Im Gras liegend rauchend

Hicks!

Ab heute bin ich prosaisch. In ganzen Sätzen zu reden, sicher eine Frage des Alters. Aber mein Milchzahn ist und bleibt mein Souffleur, ich trage ihn in der Manteltasche mit mir herum. Er hört auf den Namen Habakuk, sich selbst nennt er Kalle, wahrscheinlich ein Pseudonym. Sein Spezialgebiet: Volksmund. Er spricht alle Dialekte vom 30-jährigen Krieg bis zum Bundeskanzler, akzentfrei. Sein Debüt: Die 96. These, er gibt sie als Trinkspruch zum Besten, was mir peinlich ist, besonders unter Fachleuten. Mühelos skandiert er Flüche, ein echter Veteran. Mich scheint er für seine Sekretärin zu halten und redet zu mir in Zungen. Vor allem bei Vollmond, da liege ich stundenlang wach, um seine Diktate zu entschlüsseln. Zwischen zwei Rülpsern meinte ich die Internationale herausgehört zu haben, verkürzte Fassung.

Langsam habe ich den Verdacht, er ist nicht mehr ganz nüchtern. Oder was halten Sie von Formulierungen wie dieser: Reden ist Schweigen, Silber ist Gold.

Vokabeln

Neuerdings nehme ich Unterricht in Esperanto, einer längst versunkenen Sprache. Ihre Überlieferung ist brüchig, ihre Grammatik umstritten. Dabei kann ich so gut deklinieren: ich wolke bruch, du wolkst bruch, wir wolken bruch. Ganz einfach. Einem polnischen Freund übersetzte ich alles fließend ins Deutsche, obwohl ich kein Deutsch kann, nur Zeichensprache. Wir erzählten uns ein Grimm'sches Märchen und waren sichtlich überrascht, es ging anders aus: Warum hast du so große Füße? Ich wusste es nicht, es hatte mich bisher niemand danach gefragt.

Ganz anders: Kranisch. Besteht aus nur acht Worten, lauter Himmelsrichtungen. Ein Litauer brachte es mir im Vorbeifliegen bei. Ich konnte so schnell nicht verstehen, was er meint. Vielleicht lud er mich nach Afrika ein, verpasste Chance. Und überhaupt: Was fliegt ein Balte nach Süden? Ich glaube, er friert. In Estland, höre ich, sei es noch kälter, die Russen sperrten das Gas und lägen immer noch in den Wäldern. So ein Leichtsinn. Vielleicht kennen sie sich nicht aus oder haben die falsche Landkarte. Mir ging es gestern genauso: Ich wollte nach Reval und landete in Tallinn, so ein Zufall. Man verstand mich, konnte mir aber nicht helfen.

Quod erat demonstrandum

Freischwimmer bis nach Indien, herzlichen Glückwunsch, Vasco da Gama! Ohne die Umwege eines gewissen K., lacht nicht. Die Umschiffung des Tellerrands endete als Vollbad, macht nichts, Magellan. Alle Katzen sind sterblich. Und die Erde ist rund, neuer Versuch. Die Entdeckung der Kartoffel, nicht dein Problem, Gagarin. Im Alleingang durchs All, gute Arbeit, Genosse: kein Gott, keine Katzen, zu dunkel für Kartoffeln.

Komm runter, Kosmonaut! Knips die Sonne aus und häng die Sterne auf, Juri Alexejewitsch. Gott ist eine Katze, die Erde ist eine Kartoffel.

Mut zur Erziehung

Meine Kinder verstehen mich nicht mehr. Und umgekehrt. Meine zwölf arbeitslosen Söhne wandern derzeit nach Ägypten aus. Ihr letzter Rundbrief war undatiert. Nach der Revolution, schrieben sie, wollen wir eine Tellerwäscherei aufmachen. Ich grüßte zurück und enterbte sie postwendend.

Meine Jüngste, die Nachzüglerin, übt zu existieren: Sie hält sich auf zwei Beinen auf. Zuschauern wirft sie Kusshände zu. Dabei rezitiert sie Crusoe. Später will sie FAZ-Leserin werden oder Erfinderin von Schaumstoffen. Oder beides. Ihre Lieblingstugend ist Sport, sie trainiert vor dem Aufwachen. Meine Tochter kann schon im Stehen schlafen, minutenweise auf einem Bein. Mit Spagaten misst sie unsere Wohnung aus. Papa, es wird eng in der Welt, piepst sie.

Kontaktanzeige

Plötzlich fiel mir ein zu heiraten. Aber es muss alles stimmen: Kasus, Numerus und Genus.
Ich entschied mich für eine Hochzeit im Plural, am besten trinitarisch, da hat man keinerlei Nachwuchssorgen. Nahe liegend wäre Vater-und-Sohn, es ginge aber auch selbdritt. Am liebsten im Nominativ, schlicht und ergreifend. Ich bin ein Wer-oder-Was, ich beuge mich nicht. Ich bin ein Selbstzweck, kein Fussel am Mantelkragen irgendeines Subjekts. Sollen sich doch die andern wie Elefanten an den Schwänzen fassen und hintereinander herdackeln, alte Dienstvorschrift. Ich bin ein Hauptwort, berüchtigt als Stoßseufzer, gefürchtet als Befehl. Man flüstert mich von Ohr zu Ohr diesseits und jenseits der Barrikaden. Bisher wollte sich niemand zu mir gesellen, deshalb hier noch einmal mein Kontaktwunsch: Suche ebenbürtiges Satzglied für gemeinsames Leben im Superlativ.

In Augenhöhe

Eine Treppenstufe gerät in sein Visier. Und noch eine. Sein Blick tastet sie ab, Zentimeter für Zentimeter. Sein Auge, der Suchscheinwerfer auf seiner Stirn, macht Meldung: Nichts, was das Bücken lohnte. Papierchen, Brösel, ein großer Tropfen Spucke. Er kann sein Auge auf ein Vergrößerungsglas einstellen. Im Speichelsee wimmelt es von Tieren, kleinen Schwimmern aller Art. Aber damit kann er sich nicht aufhalten. Mikroskop umrüsten, Navigation fortsetzen, alle Kräfte bündeln.
Man ist ihm zuvorgekommen. Sein Auge zittert, das Zielfernrohr vibriert bei jedem Schritt die Stufen hinauf. Der leergefegte Fußboden des Bahnsteiges kommt in den Blick. In seinem Revier ist die Reinigungsfirma jetzt stündlich im Einsatz, katzbuckelnd vor Preußens König. Dieser Flötenspieler, nicht einmal ein einziges U-Boot, knurrt er. Er trägt die kugelsichere Weste, viele Taschen, speckig, wasserdicht. Er muss das Feuer in Gang halten,

stündlich braucht es Nahrung. Er hat es in eine Pfeife gelockt, die aus seinem Mundwinkel hängt. Es glimmt nur noch vor sich hin. Den Tabak muss er sich zusammenklauben, Krümel für Krümel zwischen den Füßen der Reisenden. Der Fußboden ist blitzblank, Deutsches Reich. Er muss der Zeit voraus sein, v.- Tirpitz, Skagerrak, all die verlorenen Schlachten. Jede Stunde ein Zug nach Moskau. Er fährt sein Teleskop-Auge aus und misst den Abstand zwischen der obersten Treppenstufe und den nächsten zehn Fußbodenfliesen. Kein Zigarettenstummel in Sicht. Nicht aufgeben, in Deckung bleiben, abwarten. In Augenhöhe mit dem Feind hat er das Sprechen eingestellt. Bei der Ankunft des nächsten Zuges wird sich der Bahnsteig mit Menschen bevölkern, bunte Schatten, die an ihm vorüberwehen. Und damit alles, was ihnen aus der Hand fällt. Nur das, was brennt, interessiert ihn. In seiner Pfeife, die gleich erlischt, muss die Flamme züngeln, ein blaues Licht. Er muss es hüten, es ist der Anfang der Welt.

Er ist in Alarmbereitschaft. Er muss schneller sein als das Reinigungskommando. Deckschrubber, knurrt er, Kronenputzer. Pünktlich zur vollen Stunde fallen sie ein, die Herren, mit ihren Besen und Lappen. Auf ihn haben sie es abgesehen, er weiß es. Sie wollen ihn aus dem Tageslicht vertreiben, die Treppen hinunter, zurück in die Gänge, die zur U-Bahn führen, wo er früher seinen Dienst tat. Dabei ist er der Träger des Lichts.

Sie haben schon einmal versucht, ihm die Sonne zu entreißen, die er auf der Stirn trägt. Damals ist er des Bahnsteiges verwiesen worden, aus der oberen Welt zurück in den Schacht, wo man sich im falschen Licht durchs Gedränge schlängelt. Er ist nicht schnell genug gewesen, sein Suchsystem war überlastet. Er hatte sich gerade nach einer Zigarette gebückt, die erste Nahrung seit Stunden, als sie aufmarschierten, graublaue Uniformen mit dem Emblem am Revers. Die Besen aufgepflanzt rückten sie vor, in direkter Zielgerade auf ihn zu. Sekundenschnell musste er umdisponieren: Fang-Arm einfahren, neues Ziel anvisieren, Rückzug antreten. Aber der Notstrom brach zusammen, alle Funktionen fielen aus. Sein Bewegungsapparat versagte, er konnte sich nicht von der Stelle rühren. Die Uniformen kreisten ihn ein. Die Hände über der Stirn gekreuzt kniete er vor ihnen. Er war auf alles gefasst. Sie würden sein Auge zertrümmern. Er rief seinen Vater. Da ließ ihn die Statik im Stich, er sackte zu Boden. Stimmen beugten sich über ihn: Besoffen, stellt sich tot, muss weg. Er wurde die Fliesen entlanggeschleift, glatt wie Eis. Am Eingang zur U-Bahn ließen sie ihn liegen. Sein Vater, der Admiral, König der sieben Meere, hatte geschwiegen.

Zusammengerollt war er aufgewacht. Er hat daraus gelernt. Für ausreichend Verpflegung sorgen. Alles abschotten. Einen zweiten Zusammenstoß kann er sich nicht leisten. Er ist immer im Einsatz. Alle Lotsen an Bord, höchste Sorgfalt bei der Navigation. Die Gustloff ist ein Kahn dagegen. Er späht über die Fliesen, die See ist ein Spiegel, in dem sein Gesicht verschwimmt. Das Schiff beginnt zu schlingern, der Motor stottert. Er kann ihn nicht mehr ordnungsgemäß in Gang setzen, sein Antrieb wird schwächer. Das Feuer ist in Gefahr. Jede Stunde ein Zug aus Moskau. Er kann den Kurs nicht halten, das Steuer gehorcht ihm nicht mehr. Kurz vor der Bahnsteigkante kippt seine Flotte seitwärts, er fällt auf die Gleise. Von Ferne hört er den Zug, er reckt die Arme, er rudert mit den Händen durch die Luft. Er will nach dem Dreizack greifen, sein Vater reicht ihm einen Kranz aus Tang. Der Zug fährt ein, die Flamme zischt, bevor sie verlischt.

Jan Christophersen
Was fangen wir jetzt an?
Romanauszug

Keiner hat ihn kommen sehen, aber da steht er nun, eingefasst vom Rahmen der Küchentür und wie bestellt für ein Erinnerungsbild. So als erwarte er schon eine kleine Ewigkeit, dass wir ihn bemerken, steht er da und sieht uns an, doch wir müssen uns erst einmal an den Anblick gewöhnen, bevor wir verstehen, was vor sich geht.

Ein Mann in zerschlissener Uniform steht also bei uns in der Küche. Von Ohr zu Ohr verläuft über sein Gesicht ein grieseliger Bart, hinter dem der Mann lächelt und schmatzt, denn er ist aufgeregt wie wir. Über einer Schulter hält er einen Stock, daran baumelt ein graues Tuch, in dem er seine Sachen mit sich führt; es sind nicht gerade viele. Mit überkreuzten Beinen hat er sich gegen den Türpfosten gelehnt und stützt den freien Arm in die Seite. Ein Stiefel klopft dazu mit der Spitze auf den Boden, gleichmäßig und immer wieder. Tack, tack.

Das ist Paul Tamm, er muss es sein, und dies ist meine erste Erinnerung an ihn. Die ganze Zeit über haben wir auf ihn gewartet, ohne zu wissen, wann er kommt. Jetzt ist er zurückgekehrt. Und er wird auch bei uns bleiben. Die Chefin hat es versprochen.

»Wenn Paul wieder da ist«, hatte sie gesagt, »lassen wir ihn nicht wieder gehen.« Ob er denn überhaupt wieder weg wolle von uns, fragten wir sie. Und sie antwortete: »Nein, nein. Und selbst wenn, dann halten wir ihn einfach fest. Alle gemeinsam. Verspochen.«

Paul ist da. Paul ist zurück.

Angestrengt bemühen wir uns, diesen Gedanken zu denken, aber keinem von uns fällt es leicht. Schließlich hat das große Ereignis, vor dem wir jetzt stehen, bis vor ein paar Minuten noch irgendwo in unklarer Ferne gelegen. Bis dahin hatten Nils und ich nach dem Essen hinausgehen wollen, runter zum Tief. Der Nieselregen, der seit dem frühen Morgen niedergegangen war, hatte die Uferkante in ein quietschendes und sapschendes Feld verwandelt, und unser Vorhaben war es gewesen, mit nackten

Füßen und hochgekrempelten Hosenbeinen darüber hinwegzutoben, wie wir es manchmal taten. Unsere Aufgabe hätte darin bestanden, nicht auszurutschen und hinzufallen, weil der, der fiel, Verlierer war und dem anderen zur Strafe die Füße säubern musste.

Aber jetzt steht da plötzlich Paul Tamm in der Tür und alle unsere Pläne sind wie weggewischt. Was wird sein? Die Zukunft ist vom einen auf den anderen Augenblick vollkommen ungewiss.

Paul hat Schmutz ins Haus mitgebracht, und je öfter sein Stiefel auf den Boden trifft, umso mehr feuchte Sandklumpen brechen von der Sohle ab. Also ist er nicht über die Straße und den Vorplatz gekommen. Also war er unten am Tief. Hatte er sich dort vielleicht, ehe er zu uns ins Haus kam, allein aufgebaut und seinen Blick über die weite, platte Umgebung des Dorfes wandern lassen? Nein, angeschlichen hatte er sich von dorther, um uns mit seiner Rückkehr zu überraschen. Das ist ihm geglückt.

Paul ist da, denke ich. Paul ist zurück. Und wir sehen, wie er sich vom Türpfosten abstößt und gerade hinstellt; den Stock legt er vorsichtig beiseite. Dann breitet er feierlich die Arme aus.

Seinetwegen können wir ihn jetzt ruhig mal begrüßen, sagt er. »Wenn's recht ist ...«

Das Glück weiß ich noch, tiefes, warmes Glück, und wie es in mir aufstieg beim Anblick dieses Mannes, von dem man mir gesagt hatte, dass ich ihm vieles verdankte, wenn nicht alles. Und die Neugier weiß ich, die sich im gleichen Moment einstellte, denn dieser Mann, der an einem trübnassen Tag auf einmal in der Küche stand, der aus der Gefangenschaft entlassen worden und nach Hause zurückgekehrt war: Er würde mir all die Fragen beantworten, auf die sonst mit wortkarger Verlegenheit reagiert wurde. Was mit mir geschehen war? Keine Antwort. Und wo ich eigentlich herkam? Nichts. Und weshalb man mich in diese Familie gegeben hatte, die nicht meine war?

»Warte nur, bis Paul zurück ist«, bekam ich dann zu hören. »Er wird dir alles erklären, Jannis. Auf jede deiner Fragen gibt es eine Antwort. Bestimmt.«

Woran ich mich beim besten Willen nicht erinnere, ist Jubel, überschäumende Freude, die sich, wer weiß, in einem plötzlichen Kreischen Luft macht, einem überraschten Ausruf, Schluckauf. Das, denke ich mir, mochten sie sich in den zurückliegenden Jahren abgewöhnt haben, den schrillen Jahren, wie sie sie nannten, die nun vorbei waren, »Gott sei Dank«. Zurückhaltend, noch immer voller Zweifel lief die Begrüßung ab, und es war allein Nils, der sich einen Ausbruch erlaubte, als er vom Tisch aufsprang und im Schwung eine Tasse umfegte. Sie fiel zu Boden, schlug auf, zerbrach jedoch nicht.

»Guck mal, Mama«, sagte er, als er sich wieder gefangen hatte. »Das ist er doch, nicht? Das ist Paul.« Und er schritt auf Paul zu, der sich in die Hocke begeben hatte, um seinem Jungen in die Augen schauen zu können. Gegenseitig sahen sie sich an, einen langen Moment. Noch einmal drehte Nils sich dann zum Tisch um und sagte, so als könne er selbst nicht glauben, was er erkannt zu haben meinte: »Er hat einen Bart, aber er ist es trotzdem. Sie haben Papa entlassen!« Dabei schlossen sich Pauls Arme von hinten um seinen Bauch, und gemeinsam freuten sie sich und sahen zur Chefin, die noch immer am Tisch saß und saß.

»Du bist wieder da?«, fragte sie und erhob sich nun doch von ihrem Platz.

»Jawohl, ich bin zurück.« Paul richtete sich ebenfalls auf, jetzt waren sie auf gleicher Augenhöhe.

»Sie haben dich freigelassen?«

»Ja.« Er grinste breit und schmatzte.

»Heute schon?«

»Am Morgen, ja. Danach haben sie mich hier rausgefahren, freundlicherweise.«

»Wir haben dich noch gar nicht erwartet«, sagte die Chefin; mehr fiel ihr offenbar nicht ein.

Sie war enttäuscht. Das hatte sie sich in ihrer Vorstellung alles ganz anders ausgemalt, wenn ihr Paul nach Hause käme; wir wussten sogar, wie. Die versammelte Familie draußen vor dem Eingang des Krugs, die dem Pritschenwagen entgegenblickt, der sich auf der Betonstraße in Zeitlupe heranschleicht, um schließlich hier in Vidtoft, in diesem kleinen Dorf an der dänischen Grenze, seine letzte Fracht abzuliefern, den entlassenen Kriegsgefangenen Paul Tamm. In den Journalen, die sie monatlich verschlang und aus denen sie uns manchmal vorlas, gab es viele derartige Geschichten. Dort kehren glücklich lächelnde Soldaten in den Schoß der Familie zurück, man umarmt sich ausgiebig, und auf dem Küchentisch wartet bereits die erste Tasse echter Kaffee auf den Heimkehrer. Der echte Kaffee war deshalb wichtig, weil er dem Soldaten den Schritt zurück nach vielen schweren Jahren erleichterte, und wir hatten herausgefunden, dass in einer der Dosen im Küchenschrank eben dieser Kaffee bereitstand. Woher die Chefin den wohl hatte? Aber dies war nicht der einzige Grund, der sie zögern ließ mit der Begrüßung. Da war noch etwas.

Sie kannte ihn nicht wieder. Diese schlotternde und hängende Uniform, in der sich sein kantiger Körper verlor. Diese Falten, die sich über seine Stirn zogen. Das zentimeterkurz geschnittene Haar. Alt war dieser Paul geworden, und es fiel ihr offensichtlich schwer, ihn mit dem Paul in Übereinstimmung zu bringen, den sie in ihrer Erinnerung vor sich und auf den sie gewartet hatte.

Es lag wohl mehr zwischen ihnen als nur die vergangene Zeit.

Zumindest konnte ihrem Gesicht alles Mögliche abgelesen werden, nicht jedoch so ohne weiteres, was sie dann behauptete: »Aber ich freue mich. Ich freue mich wirklich, Paul.«

Ihr Kuss danach misslang auf ganzer Linie. Schon die Annäherung ihrer Gesichter verwackelte, weil sie sich nicht entscheiden konnten, wer in welche Richtung seinen Kopf neigen sollte. Die Chefin ließ ihren leicht nach links einknicken, die Augen hielt sie dabei geschlossen. Währenddessen hatte Paul seinen in eine rechte Lage gebracht, so dass sie mit den Nasen aufeinander geprallt wären, wenn nicht Paul, der die Augen im letzten Moment noch einmal öffnete, umgeschwenkt und seinen Kopf in die passende Position gebracht hätte. Das war fürs Erste geschafft! Ihre Lippen trafen sich, wie es sich für einen Kuss gehört. Aber die Chefin zuckte zurück und drückte eine Hand auf ihren Mund; dieser verdammte, unmögliche Bart, den sie nicht gewöhnt war. Paul grinste und strich ihr über die Wange. »Das müssen wir anscheinend alles erst wieder üben«, sagte er.

Dann endlich bin ich an der Reihe, darauf habe ich nur gewartet, und ich stehe von meinem Stuhl auf, als mich sein Blick trifft und er mir zulächelt.

»Wie ich sehe, ist mein Überraschungspaket heil angekommen«, sagt er und geht auf mich zu.

Ich bin zu aufgeregt, um etwas herauszubekommen. Obwohl ich Tage, Wochen auf diese Gelegenheit gewartet habe, weiß ich nicht, was ich als Erstes sagen soll von dem vielen, das gesagt werden muss, und ich merke erschrocken, dass ich zu flennen anfangen werde, wenn ich irgendetwas anderes tue, als stocksteif dazustehen. Es ist so vieles. Paul ist da, kann ich nur denken. Paul ist zurück.

»Schön, dich zu sehen, mein Freund«, sagt Paul und reicht mir die Hand.

»Guten Tag, Herr Tamm«, sage ich.

»Na sowas, was soll das denn werden? Bin ich etwa nicht mehr Paul für dich, dein Freund Paul?«

»Doch.«

»Dann sag es mal für mich, ich würde es gerne hören.«

»Hallo Paul«, sage ich, und er ist glücklich.

Jetzt erst begreife ich, dass dieses Gefühl, das mich kerzengerade vor ihm stehen macht, nichts anderes als Freude sein kann. Weil es stimmt, was sie über ihn gesagt haben. Er weiß alles über mich. Er wird bei mir sein. Ohne dass er ein weiteres Wort sagen muss, bin ich mir sicher. Aber ich bin gleichzeitig ratlos und voller Erwartung auf das, was kommt, und dies alles ist so schön, dass ich mir wünsche, es würde für immer so bleiben. Wir sehen uns an, lange, lange. Endlose Sekunden, in denen wir nur dastehen und gucken. Bis Paul zu sprechen beginnt:

»Da wären wir also alle beisammen ... Sogar mit Zuwachs sozusagen ... Wer hätte das gedacht ... Kaum zu glauben, nicht ...«

Paul redet, redet. Wir hören zu. Und auf einmal muss ich lachen, und ich kann gar nicht mehr aufhören, weil auch Paul zu lachen anfängt. Und die Chefin lacht. Und Nils lacht. Da nehmen wir uns alle bei den Händen und stehen und lachen – so froh sind wir und so verwirrt.

An dies alles kann ich mich erinnern, an unser Lachen, und an das andere auch. Paul eingerahmt von der Küchentür. Das Glück und die Neugier. Es ist sofort da, sobald ich daran denke, und indem ich auch das weitere erzähle, an das ich mich nicht erinnere, das aber da war, gewinnt dieses etwas hinzu. Es ist nur ein Gefühl, eine Empfindung, die aber nicht wegzureden ist, und sie zwingt mich zur Genauigkeit. Wie war das damals? War es so? Könnte es so gewesen sein? Oder anders? Dies und das ist sicher, aber der Rest?

An diesem Tag jedenfalls, der Paul nach Hause führte, muss es so oder so ähnlich gewesen sein. Anders kann ich es mir nicht denken. Da machte es auch nichts, wenn so vieles ungesagt geblieben war. Ich wusste jetzt, dass ich mich nur zu gedulden brauchte, dann würde ich schon alles erfahren, und dass hier von diesem Tag an mein zu Hause war.

Und wenn ich mich nun zusammennehme, wenn ich mich zurückversetze und hineinspringe in diese Zeit, dann höre ich da einen Satz. Er war auch schon vorher zu hören gewesen, die ganze Zeit über, seit Paul aufgetaucht war. In Wirklichkeit aber gehört er an diese Stelle.

Was fangen wir jetzt an?

Wer das gesagt hat, weiß ich nicht, und es ist nicht wichtig. Lediglich dass dieser Satz gefallen ist, damals, vielleicht auch nur in meinem Kopf – das ist sicher, denn damit endete unser Lachen und etwas Neues begann.

Das Leben.

Es begann damit, dass wir uns umschauten.

Crauss.

Kleist Schiller

Geschichte meiner Seele

[Octavio gekrümmt/ denkt an/ Kleist! –
erinnert sich sogleich der herrlichen Briefe]

krümmung,

mein sohn! MEIN sohn, der weg der ordnung (sohn! lass uns die alten, engen ordnungen/ gering nicht achten!), ging er auch durch krümmen, tausend krümmungen, er ist kein umweg [durch] hügel und täler und wasser, [stock und stein] und städte und dörfer, alles durcheinander: das ersteigen der berge, wie der weg zur tugend, ist besonders. besonders wegen seiner aussicht. mein sohn, der weg wendet sich bald zum ziel, zu dem rechten. darum schließe ich zuweilen die augen und denke an –

eifersucht,

mein sohn! lass! er IST kein umweg! er wendet sich bald zu dem rechten, bald zu dem linken und küsste bald den einen, bald den andern. [und aussen] herum schlich ein spion und krümmte sich in jede bastion [und er] verlor sich in die berge: grad aus geht des blitzes,/ geht des canonballs fürchterlicher pfad (keine erscheinung kann mir eine so wehmütige freude abgewinnen wie ein [solch gewitter) gerade aus und zurück der fürchterliche pfad]: schnell, auf dem nächsten wege [lauert], langt er an,/ macht sich zermalmend platz, um zu zermalmen,/ mein SOHN!

... und rache:

von osten her stieg auf ein held um zu zermalmen./ wie vor
schreck entfärbte sich die nacht und seine blitze warf ihm das un-
gewitter zischend zu: einen letzten, fürchterlichen donnerschlag.
und stieg herauf, und blickte herab auf die ihn umgaben: den einen, den andern. aber welch ein tag folgte diesem!

FALLOUT fällst aus
allen wolken, wenn sie deine gelassenheit
rühmen; ist doch wenigstens ein anfang. ist

noch ein paar trauben und liegst wie selbstverständlich
in wildfremden couches herum; die dame des hauses
lobt dich hoch. im blauen pailletkleid singst du *falling*

at my feet, all das ertragen die herren im publikum
und auch den drink zuviel am sonntagmorgen, nur
wenn du die perücke abnimmst, schimpfen sie FALLOT!

du kippst noch einen, schminkst dich ab,
weil bloß der schmächtige matrose jetzt noch bleibt
und eine weile schmachtet.

metaProduct: hallmackenreuther köln

gummierter amor kommt zum kunden/
dienst, STILecht im pflegestrumpf + legendär. der
hiphopFORD thematisch rot + weich.
das glas-entrée wird nachgefüllt mit JETZT, die
2verschalte anbietfrau im kleinen kreis: ab/
rundungserscheinungen ohne rück/
licht, spiegelver/ kehrtes viel/
fach-mosáikanisches durchlaufen einer scizze:
18 nach, die uhr schlägt spitz im fleische
babylonischer frisuren. [kugelalarm, KAKOSONISCH]

metaProduct: bauhaus dessau

LAUTer kleine schildchen, nach[t]ab/ tragung aphri/
kanisch, abends, ausgeruht socialistisches auf auf zu
neuen stühlen – immer noch vor nach/ wände ex.
tags dann pediktionen, BA^CHISCH abseitige gerüste einer ver/
trunkenen peripherie: breuer, gropius + klee im über
[ALL]

steppenwirtschaft

kasachisch recyclen nennt der bauer was sein sohn
vom triebwerk schneidet kein gedanke an die kühe
die sind sagt er in den weltraumtraum gefallen eine ohnmacht
wie sie jeder hier im dorf spürt bloß die kühe hätten einen
schwachen kreislauf wegen der strahlung undsoweiter

wir haben nur raketen im kopf ruft einer & freut sich wie ein mongole
über den konfettiregen der dem himmlischen blech hinterherweht
das beruhigt die nerven prometheus hat die götter angefeuert & jetzt
scheissen sie den schrot aus sagt er noch dann zieht er einem rind
am schwanz & leuchtet ihm mit einem halogenlicht in den arsch

über der stadt klebt
ein ballon. wir gehen auseinander,
um uns zu erinnern, sagst du; an
die schöne zeit und den wehen abschied. du
wirst heimlich astern setzen auf
das grab unserer beziehung, während
ich ein paar reminiszenzen spucke auf
gleis drei. zug um zug
vergeht mir jetzt der sommer,
der ballon ist trüb geworden in der gischt
des ersten herbstbruchs.

über der stadt klebt
ein ballon. wir sollten auseinander gehen,
um uns zu erinnern, sagst du, an
den schönen sommer und den wehen abschied. dann
drängt sich ein eisverkäufer
zwischen uns. platsch machts und das kind
heult. heute
kommen wir noch einmal heil davon,
vanilleflecke an den hosenbeinen.

Weltbeendung – schon wieder

Jetzt verzögern die Libellen ihren Flug
und aszendieren kehlkopfwärts. Rhapsodische
Stimmprismen springen durch meinen Mundraum, süss
noch, doch die dritte Wiederholung ist gewaltig: ein munkscher
Schrei stößt schon den Notstand aus. Die Zunge brennt gedehnt
und schlürft behaglich Gänsehautgeschichten; Seelenknochen
klappern um Gemäuer, live and unplugged fliegen Schatten
hinter meine Augen, auch wenn ich sie schließe. Gierig
koche ich die Zeitung aus nach Milderung. Ich lese:

Der Sommer geht vorüber, Wind kommt, Kaffee teuert.
Neuerdings geht Jesus kreuz-, ich denke: wirbellos. Er sei
nicht schuld an den Aposteln, die aus seinen Lenden speisen.
Jugendlichen operiert man böse Wörter aus dem Leibe. Neulich
wurde eine junge Schönheit tot im Männerpissoir gefunden. Lauter
Mundblut überm Tüll – der ganze heiße Ketchup an den Kacheln
usw. usf. Wir sterben, ja, und es ist bitter, ja vielleicht. Doch Hein
zum Freund hat nur, wer das apokalyptische Blau auch
genießen kann. Die schwere Lauge, eine Magmaart in 12 Mio. dpi.

Martin Felder
Nach langen Jahren

Eben hatte es draußen zu regnen begonnen, da klingelte das Telefon. Engelshand nahm es zuerst gar nicht wahr, denn er schaute, erstaunt über den plötzlichen Wetterwechsel, zum Fenster hinaus, und das Klatschen der handgroßen Tropfen übertönte das Geräusch des alten Apparats. Doch dann, wie von einer unsichtbaren Kraft geleitet, ging er von der Stube über den knarrenden Holzboden in das Büro und nahm den Hörer von der Gabel.

Er wollte zuerst seinen Ohren nicht trauen, als er merkte, wer die Person war, die ihn mitten im Nachmittag anrief. Es handelte sich um einen alten Studienfreund, den er, nachdem sie gemeinsam einige Jahre innigsten Kontakt gehabt hatten, aus den Augen verloren hatte, da er selber für einige Zeit ins Ausland gefahren, und wohl auch Krentz, so hieß der alte Bekannte, nicht in der Gegend geblieben war.

Er wunderte sich, wie Krentz wohl seine Nummer herausgefunden hatte, denn als recht berühmter Anwalt legte Engelshand Wert darauf, dass diese nicht jedem zugänglich war. Deshalb war sie auch nicht im Telefonbuch eingetragen. Doch noch bevor er fragen konnte, hatten sie weitere Gespräche auf den Abend verschoben. Mit einem anderen Studienfreund, dessen eigenartiger Name Funkel lautete, und den Engelshand zuletzt vor acht Jahren bei einer Beerdigung gesehen hatte, lud ihn Krentz zum Nachtessen ein, was er gerne annahm.

Nur mit dem Hemd bekleidet stand er vor dem Spiegel und knotete die Krawatte. Er zweifelte, ob es angebracht war, eine Krawatte umzubinden, denn in der Zeit, aus der er Krentz kannte, pflegte er mit Jeans und losen Strickpullovern herumzulaufen. Andererseits hatte sicher auch Krentz sich verändert, war wohl Anwalt, wie er, verteidigte Verbrecher oder zeigte reichen Familien, wie sie ihr Geld vor den Händen des Staates bewahren konnten. Dann würde es vielleicht respektlos wirken, wenn er halb angezogen erschien. Er kämmte das schwarze Haar und setzte sich dann im Schlafzimmer einen Augenblick aufs Bett. Seine Frau war jetzt bestimmt schon beim Nachtessen. Er hatte sie noch angerufen, nachdem er wusste, dass es vielleicht später werden würde. Sie war in Prag, besuchte ihre Mutter und würde am nächsten Tag zurückkehren. Er hatte alle Termine verschoben. Er wollte sie überraschen und am Flughafen abholen.

Er schloss die Augen. Er war müde, weil er versucht hatte, vorzuholen, was er am nächsten Tag verpassen würde. Er spürte, wie wohl es tat, ein paar Sekunden ausspannen zu können. Manchmal, wenn er in seine Akten vertieft war, arbeitete er mehrere Stunden, ohne den Blick vom Papier abzuwenden. Er wusste, dass es nicht gesund war. Sein Augenarzt hatte ihn bereits mehrmals darauf hingewiesen. Aber wenn die Arbeit gefällt, ist es schwierig, sich zu regelmäßigen Pausen zu zwingen.

Plötzlich begannen seine Lider zu zucken. Er öffnete die Augen. Schloss sie wieder. Er versuchte sich an Krentzens Gesicht zu erinnern. Aber so sehr er sich auch anstrengte, es gelang ihm nicht. Komisch, dachte er. Die hagere Gestalt seines Studienfreundes war ihm doch klar vor Augen, als hätte er ihn gestern das letzte Mal gesehen. Nur das Gesicht wollte sich nicht einstellen.

Als er seinen dunkelblauen Wagen aus der Einfahrt lenkte, überlegte er, welchen Weg er wohl am besten nehmen sollte. Es regnete immer noch. Die Scheibenwischer schwenkten gleichmäßig hin und her und machten jedesmal ein schnarrendes Geräusch. Durch das Wasser auf der Scheibe sah die Außenwelt wie verzaubert aus. Lichter verzogen sich. Autos nahmen unwirkliche Formen an. Er wusste nicht genau, wo sich Krentzens Haus befand. Um zu seinem Büro in der Stadt zu fahren, nahm Engelshand immer die gleiche Straße. Das Dorf und die Umgebung, wo er selber wohnte, kannte er kaum. Die Scheibe lief an, er schaltete die Heizung ein und strich mit einem Tüchlein über die beschlagene Stelle.

Nach einigen Kilometern durch die dunkle Nacht nahm er eine Landstraße nach rechts, die ihm Krentz am Telefon beschrieben hatte. Er sah bereits die Lichter des Hauses, in dem er den Abend verbringen würde. Um das ältliche Gebäude war eine Steinmauer gebaut, und Engelshand musste bei einem eisernen Tor kurz anhalten und aussteigen. Sein Hemd wurde vom Regen klatschnass.

Er fluchte. Er unterließ es, das Tor hinter sich zu schließen, obwohl ihn Krentz am Telefon darum gebeten hatte.

Der rote Peugeot gehört wohl Funkel, dachte Engelshand und parkierte sein langes Gefährt daneben. Er schaltete die Scheinwerfer ab. Jetzt war es finster. Nur die zwei erleuchteten Fenster im ersten Stock warfen ein wenig Licht in die Nacht.

Auch wenn es bis zur Tür nur etwa fünf Meter waren, spannte Engelshand den Schirm auf. Verärgert fuhr er mit den Fingern über die nassen Schultern seines Hemds und ging auf das Haus zu. Die Tropfen prasselten schwer auf dem Schirm. Unter den schwarzen Schuhen knirschten Kiesel.

Krentz öffnete die Tür. Jetzt erinnerte sich Engelshand auch plötzlich wieder an dessen Gesicht. Sie umarmten einander.

»Du bist ja nass«, stellte Krentz fest.

»Ja, der Regen«, antwortete Engelshand und reichte ihm den Wein.

»Das wäre aber nicht nötig gewesen, ich habe genug Geld, mir selber Wein zu kaufen«, antwortete Krentz und fügte hinzu: »Willst du ein frisches Hemd von mir?« Engelshand winkte ab.

Krentz hatte blonde Locken und eine dünne, spitzige Nase. Die Haut in seinem Gesicht war bleich, beinahe weiß, und Engelshand erinnerte sich jetzt, dass das immer so gewesen war. Sein Studienfreund hatte schon früher so ausgesehen, als ob er an einer schweren Krankheit leiden würde. Jetzt schien sich dieser Eindruck noch zu verstärken. Vielleicht war er tatsächlich bleicher geworden, vielleicht war es auch nur das künstliche Licht, das die Gesichtsfarbe verfälschte.

Das Haus war mit schwachen Lampen erhellt. Der Essraum war groß, der lange, massive Holztisch in der Mitte wirkte dagegen winzig. Ein schwarzhaariger Mann saß bereits dort, stand auf, als Engelshand, gefolgt von Krentz, näher schritt. »Du bist Funkel, nicht wahr?« Der andere bejahte und schüttelte ihm die Hand. Engelshand fügte hinzu: »Wir haben einander vor acht Jahren bei Kronauers Beerdigung gesehen.« Der breite, schwarzhaarige Funkel runzelte die Stirn. »Ach, Kronauer ist gestorben«, fragte er nachdenklich. Er sei allerdings nicht auf der Beerdigung gewesen, denn er habe gar nicht gewusst, dass Kronauer gestorben sei – wie auch, er wohne seit über zehn Jahren im Ausland und komme nur selten hierher.

Sie setzten sich. Krentz schritt durch den großen Raum, seine Schritte hallten, er verschwand hinter einer Tür. Engelshand schwieg. Er überlegte, weshalb Funkel behauptete, nicht an Kronauers Beerdigung gewesen zu sein. Hatte es mit Krentzens Anwesenheit zu tun? Er selber hatte Kronauer nicht gemocht. Der schwule Kronauer war mit nur vierzig Jahren an einer mysteriösen Krankheit gestorben. Genau das gleiche Alter, das er selber jetzt hatte, dachte Engelshand.

Funkel räusperte sich. Engelshand schaute auf. Er entschuldigte sich, dass er nicht so gesprächig sei, aber er sei müde, habe einen anstrengenden Tag hinter sich und sei deshalb mit seinen Gedanken etwas abgeschweift. Dann fragte er Funkel, um ein Gespräch in Gang zu bringen, was er so mache, er habe ihn seit Jahren aus den Augen verloren. Funkel runzelte wieder die Stirn. Dann lockerte sich seine Miene auf. Er erklärte, dass er in einer psychiatrischen Klinik arbeite und gerade eine Studie über – um es zu vereinfachen – die Kategorisierung der Mischdiagnosen verfasse. Zum Beispiel über die Kategorie der Manisch-Depressiven oder der Depressiv-Schizophrenen, und so weiter. Man versuche die Geisteskrankheiten einzuteilen, zu kategorisieren, und täusche sich damit darüber hinweg, dass man keine Ahnung habe, was bei diesen Krankheiten tatsächlich vor sich gehe. Man wisse nicht, wie sich der Patient fühle, woher die Dysfunktion komme, und schon gar nicht, wie sie zu heilen sei.

Engelshand war irritiert. Er kannte Funkel doch vom Rechtsstudium. Hatte er die Richtung gewechselt? Oder wollte er ihn bloß an der Nase herumführen?

Krentz kam zurück. Er trug jetzt ein rotes Samthemd. Engelshand war sich nicht sicher, ob er die richtige Wahl getroffen hatte, als er sich zu Hause die Krawatte umgebunden hatte. Krentz trug eine Flasche Wein herbei und eine Platte mit Bündner Fleisch. Und so aßen sie und sprachen von alten Zeiten, wobei es Engelshand vorkam, dass auf einer sehr allgemeinen Ebene geredet wurde, und offenbar nur er sich an konkrete Situationen erinnern konnte. Er erzählte von dem Vortrag, den Krentz einmal gehalten hatte, als er völlig unvorbereitet im Hörsaal vor die

Studenten getreten war und einfach zu improvisieren begonnen hatte. Der bleiche Studienfreund hatte nach einigem Zögern und Räuspern einen Rechtsfall erfunden, in dem ein junger Mann von zwei Geisteskranken, mit denen er die Freizeit zu verbringen pflegte, getötet wurde. Es galt herauszufinden, ob sich das Opfer durch den Umgang mit den Mördern nicht mutwillig in Lebensgefahr gebracht hatte, was natürlich Blödsinn war, aber rechtlich einige Fragen aufwarf. Jetzt erinnerten sich auch die beiden Freunde wieder, und frivol hoben sie die Gläser und stießen auf die Vergangenheit an. Engelshand erzählte noch eine andere Anekdote. Auch hier schienen sich die anderen erst nach einigem Zögern zu erinnern. Sie hatten nämlich zusammen einst einen ganzen Abend lang sadomasochistische Filme angeschaut. Engelshand fragte Krentz und Funkel, ob sie sich auch ein bisschen schämten, wenn sie daran dachten. Die anderen schüttelten den Kopf.

Je länger der Abend dauerte, umso müder wurde Engelshand. Der Wein, von dem der Gastgeber eben die dritte Flasche entkorkte, wirkte dem Zustand auch nicht gerade entgegen. In seiner Müdigkeit zweifelte er manchmal, ob Funkel tatsächlich mit ihm studiert hatte. Auch Krentz, an dem er zuweilen bekannte Züge zu entdecken glaubte, blieb ihm eigenartig fremd, wie man es von einem einstigen Freund nicht unbedingt erwartete. Er stellte sich vor, die beiden anderen wären bloß Hochstapler, die ihn zum Narren halten wollten. Doch welche Vorteile gab es bei ihm schon zu erwarten? Wollten sie ihn als Anwalt gewinnen? Oder, diese Idee kam ihm noch witziger vor, wollten sie ihn einfach umbringen, wie im Film, wegen einem lange vergangenen Fall? Der Einfall gefiel ihm. Er schmunzelte. Funkel fragte, was los sei, er antwortete, nichts sei los, er sei nur gerade mit den Gedanken ein bisschen herumgereist.

Die Müdigkeit machte seine Beine bleischwer. Er hatte bereits einige Mal ans Gehen gedacht, und hatte auch versucht, den Blonden davon abzuhalten, noch eine Flasche zu öffnen. Aber er wollte nicht unhöflich sein und es war zu seinem Erstaunen noch nicht einmal Mitternacht. Die Zeit schien im Schneckentempo voranzukriechen. Weshalb wollte Krentz verhindern, dass er aufstand und ging?, überlegte er. Wollte er ihm etwas Wichtiges mitteilen, für das er zuerst Mut fassen musste? Oder hatten die beiden wirklich etwas Unvorstellbares mit ihm vor? Engelshand rutschte auf dem Stuhl hin und her. Die Gedanken, so absurd sie ihm vorkamen, beunruhigten ihn. Er versuchte sich auf etwas anderes zu konzentrieren und nahm sich vor, dass er bei der ersten Gelegenheit, die sich bieten würde, das unheimliche Haus des Studienfreundes verlassen würde.

Dann – Krentz war gerade von seinem Stuhl aufgestanden, um den Nachtisch zu holen – geschah es. Engelshand schlief ein. Nur kurz zwar, so schien es ihm wenigstens, aber seine Lider fielen schwer über die Augäpfel, und sein Kopf knickte nach vorn. Als er sich wieder fasste, saßen Krentz und Funkel nahe beieinander und schauten ihn an, ohne die Miene zu verziehen. Er wagte nicht zu fragen, was es zu schauen gäbe. Es schien ihm jetzt auf einmal klar zu sein, weshalb er hier war, weshalb die beiden eine unausgesprochene Komplizität zu haben schienen. Sie wollten ihn umbringen. Ihn, Engelshand, der gewiss nicht unschuldig war. Vielleicht wollten sie ihn zuerst durch das Haus jagen. Seine Angst spüren. Sie würden ihn vergewaltigen und schließlich umbringen. Funkel würde seinen Penis in Engelshands Hintern stoßen, während Krentz ihn fest halten und mit einem Messer bedrohen würde. Aber zuerst wollten sie, dass er Angst bekam. Der ganze Abend war darauf hinausgelaufen. Sogar die Zweifel, ob sie wirklich die alten Studienfreunde waren, hatten sie bloß aufkommen lassen, um ihm Angst zu machen. Aber warum nur?, überlegte er und merkte, wie er bleich wurde, während Krentz und Funkel ihn immer noch anschauten. Überlegen schauten sie ihn an, schien ihm, mit einer Spur von Mitleid. Weshalb nur? Er wusste, dass diese Frage sinnlos war. Sein Beruf hatte ihn gelehrt, dass es für Verbrechen keine Gründe brauchte. Gewalt und Sadismus waren in der Welt versteckt immer vorhanden. Und aus dem Nichts konnte alles Gestalt annehmen. Dann fasste er plötzlich wieder Mut. Er durfte ihnen seine Angst nicht zeigen. Sie wollten seine Angst sehen, seine Todesangst, die Angst vor dem Verlust der letzten Würde. Er durfte keine Angst zeigen. Dann würde vielleicht alles ein Ende nehmen.

»So? Nehmt ihr auch noch einen Schluck«, fragte er, um von sich abzulenken.

Es schien zu funktionieren. Die Gesichter entspannten sich. Krentz rückte seinen Stuhl wieder an den ursprünglichen Ort zurück, während Engelshand aufstand und die Gläser füllte.

Er setzte sich wieder, nahm einen Schluck Wein, prostete den anderen zu, sie prosteten zurück. Engelshand sagte: »Ich muss jetzt gehen.« Krentz erwiderte: »Aber jetzt haben wir doch gerade die Gläser gefüllt.« Engelshand überlegte. Krentzens Antwort leuchtete ihm ein. Weshalb hatte er nicht zuerst gesagt, er müsse gehen. Ohne noch einmal Wein einzuschenken? »Und das Dessert«, fügte Krentz hinzu, »wir müssen noch das Dessert verspeisen.« Um sich seine Gefühle nicht anmerken zu lassen und nicht verwirrt zu erscheinen, sagte Engelshand, dass er wirklich genug gegessen habe. Aber der Wein, da sei er einverstanden, müsse noch getrunken werden. Jetzt lachten seine Studienfreunde. Ein eigenartiges Lachen. Ganz kurz, wie eine Luftblase, die durch das Wasser an die Oberfläche gelangte und dann zerplatzte.

Engelshand betrachtete das Glas Wein, das er selber gefüllt hatte. Es schien voller Vorwürfe dazustehen. Er nahm es zur Hand, sagte sich, dass er noch warten sollte, stellte es wieder hin. Die anderen, so fiel ihm plötzlich auf, hatten viel weniger getrunken als er.

Während er in seine Gedanken vertieft war, redeten Krentz und Funkel miteinander weiter. Jetzt begannen sie ein altes Trinklied zu singen und schwenkten die Gläser dazu. Engelshand kam dieser Gesang wie ein Schlachtruf vor, den das Opfer vor dem Angriff zu hören bekam, und der zur Einschüchterung gebrüllt wurde. Wieder war er überzeugt, dass Krentz und Funkel ihn töten wollten. Er stand ruckartig auf. Die andern lachten und sangen weiter. Engelshand schwitzte. Er streckte abwehrend die Hände von sich. Funkels Gesicht lief rot an, und neben Krentzens bleichem Antlitz schien es zu leuchten. »Hört auf«, sagte Engelshand, und um doch noch Zweifel zu lassen über das, was er sich einbildete, sagte er: »Ich hab Trinklieder immer gehasst.« Die andern sangen jedoch weiter, noch lauter, und sie schienen sich der Vulgarität des Liedes durchaus bewusst zu sein. Jetzt ging Engelshand aufs Ganze und schrie: »Hört auf, sonst geh ich auf der Stelle nach Hause«. Krentz hörte sofort auf zu singen, und auch Funkel wurde langsam leiser, bis er schließlich verstummte.

»Weshalb stehst du eigentlich?«, fragte Krentz nach einer Weile. Engelshand antwortete: »Wieso? Stört es dich, wenn ich stehe?« Krentz, ein bisschen beleidigt, meinte: »Überhaupt nicht. Ich finde es bloß eigenartig, dass du stehst. Wir sind noch am Trinken, und das Dessert ist auch noch nicht gegessen. Was meinst du, Funkel?«

Funkel antwortete, dass auch er es sehr eigenartig finde, dass Engelshand stehe. Und außerdem dürfe man doch ein wenig singen, wenn man Lust dazu habe. Engelshand solle nicht so tun. Sie fingen wieder zu singen an. Engelshand setzte sich, verdeckte das Gesicht hinter den Händen. Als das Lied zu Ende war, stand Krentz auf. Er sagte, er gehe das Dessert holen. Funkel meinte hämisch: »Der Nachtisch. Der Nachtisch.«

Engelshand, der sicher war, dass jetzt der Augenblick gekommen war, in dem sie ans tödliche Werk gehen wollten, sagte mit Tränen in den Augen, dass er nicht mehr essen könne. Er gehe jetzt nach Hause. Funkel sagte: »Aber Krentz hat den Nachtisch extra für dich gemacht, etwas ganz Spezielles.« Wieder lachte er. Krentz nickte: »Extra für dich, mein Freund. Ein Engelshandnachtisch. Wir können dich wirklich nicht gehen lassen, ohne dass du das Dessert probiert hast.«

Engelshand sagte, aber dann wolle er mit ihm in die Küche kommen. Diese Flucht schien ihm genau das Richtige. Er konnte sich versichern, dass Krentz nicht mit einer Waffe zurück kam, die den beiden noch mehr Kontrolle über das Geschehen gegeben hätte. Als er mit Krentz zusammen den Raum verließ, ging es ihm plötzlich besser, und er vermutete, dass er sich alles bloß eingebildet hatte. Aber die Angst war noch nicht verflogen, und in der Küche sprach er Krentz auf das, was mit ihm vorgefallen war, an. Er erzählte seinem alten Freund, dass er geglaubt hatte, dass dieser ihn zusammen mit Funkel vergewaltigen und töten wollte. Krentz schüttelte ungläubig den Kopf und fragte, wie er ihm so etwas bloß zutrauen konnte. Engelshand beschrieb den Ablauf des ganzen Abends aus seinen Augen. Während er erzählte, schnitt Krentz den Kuchen und hob die Stücke auf kleine Teller. Von Zeit zu Zeit versuchte er Engelshand zu beruhigen, indem er ihm sagte, dass er sich alles bloß eingebildet habe, aus Müdigkeit, vielleicht auch wegen dem Alkohol. Engelshand sagte am Schluss, dass es immer noch nicht vorbei sei. Es komme ihm vor, ob die Wirklichkeit sich jeden Augenblick wieder wandeln könnte. Es mache ihm zum Beispiel Mühe, zu sehen, dass Krentz ein Messer in der Hand halte. Krentz sagte, dann solle eben er den Kuchen schneiden. Er gab Engelshand das Messer, obwohl die drei Stück Kuchen bereits auf den Tellern lagen. Krentz trug zwei Teller in den Saal, Engelshand ging ihm vorsichtig nach, in der einen Hand den dritten Teller, in der anderen das Messer. Stumm aßen sie den Kuchen. Funkel schien die Ruhe gar nicht zu irritieren. Engelshands Angst war beinahe vorbei. Mit dem Messer vor sich, beinahe ganz.

Als Engelshand sich verabschiedete, meinte Funkel, er werde auch bald gehen. Krentz begleitete Engelshand an die Tür und fragte, ob er noch fahren könne. Engelshand bejahte und stieg ins Auto. Das Tor war immer noch offen.

Am nächsten Morgen hatte er einen steifen Nacken. Draußen regnete es. Am Steuer summte er ein Lied. Er freute sich, seine Frau wieder zu sehen.

Andreas Filipovic
Vor dem Denken

Es war ein schöner Tag. Die Sonne schien über dem Dorf, und es war Sommer und sehr heiß, und der Himmel war blau über dem Dorf und dem Kanal, der in der Nähe des Dorfes war. Krake und Zelter waren sommers sehr oft an dem Kanal um zu schwimmen, und wenn sie nicht schwammen, dann gingen sie zu der Schleuse und beobachteten, wie die Schiffe die Schleuse passierten, wie das Wasser in das Schleusenbecken gelassen wurde oder daraus abgelassen wurde. In der Nähe der Schleuse hatten sie ihren Poller zum Schwimmen, und abgesehen von ein paar Anglern waren sie ganz alleine an dem Kanal. Nicht sehr oft legte ein Schiff dort an, um zu nächtigen an ihrem Poller, dann wichen sie aus auf einen anderen. Fast immer, wenn die Sirene die Ankunft eines Schiffes ankündigte, rannten sie los, um das Schleusen zu beobachten und um die Schiffe näher anzusehen. Es kamen Frachtkähne und auch Segelschiffe und Motorjachten, und dann fragten sie die Besitzer aus: Wohin, und woher, und was geladen, oder was wird geladen, und welche Waren aus welchem Teil der Welt, wieviel PS, und Höchstgeschwindigkeit, und Größe und so fort. Sie hätten dann oft an der Fahrt teilnehmen wollen, und sie sehnten sich sehr danach, in die Welt zu kommen. Die Schleuse war für sie das Tor in die Welt, und das Tor in die Welt öffnete und schloss sich immer mit viel Getöse. Das Schleusen dauerte ungefähr eine halbe Stunde, und dann hatte das Schiff die andere Ebene erreicht, kam aus der Welt oder lief in sie hinaus.

»Ich glaube«, sagte Krake, »hier links is schon unter Null, denn weiter runter is' ne Sackgasse, und da is nichts mehr, und da geht's nich weiter.«

»Stimmt«, meinte Zelter, »hier rechts is aber auch nich Null, Null is das Meer, und eine Menge Schleusen gibt's bis dahin. Aber auf jeden Fall is hier, links, unter Null.«

»Auf jeden Fall«, sagte Krake.

Manchmal, wenn ein besonders schönes Schiff vorbeifuhr,

winkten sie von dem Poller aus den Seeleuten zu und riefen: »Hey, hallo, ahoi, nehmt uns mit, nehmt uns mit.«
Und ein Kapitän hatte mal geantwortet: »Jungs, ihr seid mir viel zu schwer für das Boot. Nach Amerika geht es, bin kaum durch die Schleuse gekommen.«
»Viel zu schwer«, hatte Zelter wiederholt, »der spinnt doch.«
»Der hat sie nich alle«, sagte Krake, »der soll wen anders verarschen.«
Und heute hatte Zelter einen Weltatlas mitgebracht, und nun sahen sie sich die Sache mal genauer an. Sie wollten endlich wissen, wo sie waren an dem Kanal und was es alles so gab in der Welt. Beide wären die geborenen Abenteurer, sagten sie sich, und beide waren vollkommen unzufrieden mit dem Dorf und allem, weil alles eben langweilig sei in dem Dorf, und nichts passiere. Endlich abhauen wollten sie, die Welt hätte Abenteuer zu bieten in Mengen. Der Kanal war der Weg in die abenteuerliche Welt, und die Schleuse war das Tor zu dieser Welt. Pläne wurden geschmiedet und Ortsbestimmungen vorgenommen, Wege wurden festgelegt und ein Ziel. Der Kanal war also ein Zweigkanal des Mittellandkanals nach Salzgitter, dann ging es links ab, dann bis zur Weser, dann nach Bremerhaven, dann in die Nordsee.
»Ganz einfach«, sagte Krake.
»Das is'n Klacks«, meinte Zelter.
»Und dann nach Tortuga, in die Karibik.«
»Ein Schiff werden wir schon finden, ganz klar.«
»Ganz klar. Und dann, dann führen wir das schönste Leben an der Küste und auf der Insel«, wusste Krake.
»Sicher«, sagte Zelter, »und Arbeit is nich, ganz wenich nur.«
»Nee, keine Arbeit.«
»Nee, Arbeit auf keinen Fall.«
Abhauen. Das war das Wort, das so viele Hoffnungen in ihnen weckte. Und wenn sie auf dem Poller lagen, sich von der Sonne trocknen ließen, sich erholten vom Schwimmen, vom Springen und Tauchen und in den Himmel blickten, dann träumten sie vom Abhauen und von Südamerika, von Tortuga, der Pirateninsel, und der Karibik. Die Sachen waren schon gepackt, und wenn nicht morgen, so doch bald würde es losgehen, in diesem Jahr noch, auf jeden Fall.
»Abhauen ... Gestern wollte mein blöder kleiner Bruder abhauen«, sagte Krake.

»Wohin?«
»Nach Ganz-weit-weg.«
»Und wohin in Ganz-weit-weg?«
»In den Tod.«
»In den Tod?«
»Ja.«
»Er wollte sich umbringen?«
»Ja.«
»Der is doch erst sechs oder sieben«, Zelter richtete sich auf, »gibt's doch gar nich.«
»Doch, gibt's.«
»Jesusmariaundjoseph.«
Krake schwieg für einen Moment und sagte dann: »Ja, hat Mist gebaut.«
»Verstehe«, sagte Zelter und nickte.
»Weißt du, ich, ich kann das ab, aber Sil, Sil nich. Er nich, er is noch viel zu jung.«
»Hat richtich harte Dresche gekricht?«
»Ja.«
»Und deswegen wollte er sich umbringn?«
»Ja, abhauen wollte er, weg aus dem Leben.«
»Abhauen«, wiederholte Zelter für sich.
»Ja, aber behalt's für dich, in Ordnung.«
»Ich sag's nich weiter, Krake.«
»Die Schläge waren einfach zu hart für ihn, und dann wollte er sich erhängen, im Kleiderschrank.«
Zelter musste lachen: »Im Kleiderschrank?«
»Ja, er hat sich aus dem Gürtel vom Bademantel 'ne Schlinge gemacht, und die hat er dann an der Stange befestigt, und dann stand er da mit der Schlinge um den Hals.«
»Und dann?«
»Nichts.«
»Wie nichts?«
»Na nichts. Er stand dann da ungefähr 'ne halbe Stunde, sonst nichts. Sonst war nichts.«
»Und du, wo warst du?«
»Ich war in meinem Zimmer und hab ihn beobachtet.«
Krake erzählte, wie er auf seinem Bett lag und seinen Bruder beobachtet hat durch den Türspalt und schon zu Hilfe gesprungen wäre, wenn was gewesen wäre.

»Es war aber nichts«, sagte Krake, »und da bin ich eben liegen geblieben.«

»Is ja auch logisch«, sagte Zelter, »dass nichts war. In dem Alter versteht man von sowas nichts. Woher kann er das nur hab'n, das mit dem Erhängen?«

»Weiß nich, wahrscheinlich aus dem Fernsehn, von den Western oder so. Ich weiß nich.«

»Ja, vielleicht, warum nich.«

Und Krake erzählte weiter, wie er später versucht hat mit seinem Bruder zu sprechen, was aber nicht ging, und ihn gefragt hatte, was denn war, und was er, Sil, denn denke und fühle. Aber Sil hätte nur geantwortet, dass er es nicht mehr wisse, und dass im Schrank nichts gewesen wäre, und dass er vorher Prügel bekommen hätte. Er wusste nur noch, dass er sich in die Hosen gemacht hat und sehr durcheinander gewesen war und einen trockenen Mund hatte.

Krake und Zelter spekulierten, in welchen Filmen und Serien das Erhängen zu sehen war, und dann spekulierten sie über die Logik.

»Is ja logisch«, sagte Krake, »wenn du verprügelt wirst und sensibel bist, und du fühlst, dass du nich geliebt wirst, dann hast du darauf keinen Bock mehr und haust ab, so oder so. Er wollte eben so abhauen, ganz einfach und ganz freiwillig.«

»Is logisch, und dann hat er versucht, es wie in den Filmen zu tun. Wenn er es aus den Filmen überhaupt hat.«

»Genau«, bestätigte Krake.

»Nur hat er noch keine Ahnung von Physik und so«, sagte Zelter weiter, »sonst hätte er sich ja fallen lassen müssen. Oder er wäre weiter nach oben gestiegen und hätte einen Hocker benutzt oder was ähnliches und den dann umgestoßen.«

»Ja, daran hat er nich gedacht«, sagte Krake, der Zeuge gewesen war, »und er wusste dann einfach nich weiter, und dann hat er vielleicht nur dran gedacht, wie das im Fernsehn war, wenn er es aus dem Fernsehn hat, was Tod is und Sterben, und wie man Leute tötet im Film.«

Was das aber wirklich sei, Töten und Sterben, das wisse Sil nicht, glaubte Krake, und die Worte hätte Sil vielleicht gehört, spreche sie aber nicht und denke sie nicht.

Und Krake sagte weiter: »Er ahnt vielleicht alles nur, und dass, wenn man sich umbringt, alles nich mehr da is und alles vorbei is.«

»Glaub ich auch«, sagte Zelter, »der is noch nich so weit mit dem Denken. Genau, der hat das geahnt, weiß das aber nich. Ich frag mich nur, wie man sowas ahnen kann, wenn man es nich weiß und von sowas keine Ahnung hat und es wahrscheinlich nur in der Glotze gesehen hat und nich weiß, was das is, Tod und Sterben.«

»Ja, das is vielleicht die Natur«, sagte Krake, »denn wenn ein Lebewesen nich genug Liebe bekommt, dann geht es ein. Ich hab ma gehört, dass das schon bei Babys so is.«

Und Zelter meinte dann, dass er das auch gehört habe, und dass das wahrscheinlich das Verhalten einer jeden Seele von Mensch und Tier und Pflanze sei, sich umzubringen, wenn sie es nicht mehr aushielte.

»Und wahrscheinlich is das was, was immer da is, angeboren, mitgegeben«, sagte Zelter weiter, »mitgegeben zum Menschsein und Tiersein und Pflanzesein, und ganz normal und nichts Vernünftiges, sondern völlich unvernünftich.«

»So hab ich's gemeint, genau. Es gehört zur Natur dazu«, sagte Krake, »und vielleicht passiert das in dem Alter auch gar nich freiwillig, sondern das is was Natürliches.«

»Richtig«, meinte Zelter, »scheiß Natur manchmal.«

»Ja, scheiß Natur manchmal«, sagte Krake.

Beide blickten sie jetzt auf das Wasser, und sie warfen Steine ab und zu.

»Und was meinst du, Krake, was passiert jetzt mit Sil?«

»Wie meinst du das?«

»Na, ich meine, wenn er nich drüber nachdenken kann über die Sache, ich meine, das bleibt doch irgendwie hängen.«

»Weiß nich. Vielleicht vergisst er's oder er vergisst es nich, dann denkt er später drüber nach.«

»Also wenn er denken kann und nachdenken kann und die Worte hat, aber die Worte hat er jetzt noch nich.«

»Ja, wenn er sich erinnert.«

»Wann konnten wir denn denken früher?«

»Weiß ich nich mehr.«

»Und is es dann noch schlimm, wenn er sich erinnert? Oder is es dann überhaupt schlimm, was glaubst du?«

»Weiß nich, kann sein. Jeder is da anders, glaub ich. Und er hat Ja gesagt, dass nichts war, also.«

»Ja, wahrscheinlich.«

»Ich weiß auch nich.«
»Is ganz schön schwer, das alles zu sagen.«
»Stimmt, man weiß ja nie.«
»Nee, auf jeden Fall, man weiß ja nie.«
Die Sirene ertönte wieder, und beide sahen sie hinüber zu der Schleuse.
»Und abhauen muss man irgendwann«, sagte Zelter, der sich auf seine Unterarme stützte und weiter in Richtung Schleuse sah.
»Na, sicher«, sagte Krake, »abhauen werden wir auch, auf jeden Fall, das sag ich dir.«
Zelter sah kurz zu Krake hin, dessen Blick jetzt an dem Himmel war, und sah dann wieder zur Schleuse.
»Ganz sicher, ganz sicher«, sagte er.
Die Sonne stand schon weit im Westen, und an dem Himmel war der Kondensstreifen eines Flugzeugs zu sehen, bald würde der Tag vorüber sein, aber es war immer noch sehr warm an diesem Sommertag.

Mia Frimmer
Klappe zu. Affe tot.

Monolog – gekürzte Fassung

Und dass du jetzt über deine Verliebtheiten schweigen willst, ist mir klar. Oder möchtest du vielleicht doch etwas dazu sagen? Es ist ein leidiges Thema mit deinen Flirts. Oder sollten wir lieber sagen *Begegnungen*? Was ein Flirt ist, weißt du? *Flirt*, das weiß doch jedes Kind, was das ist! Schon im Kindergarten.

Da findet man jemanden toll, der einen auch toll findet. Man lässt es den anderen spüren, dass man ihn mag. Lacht sich an, neckt sich, spielt zusammen, verbringt unzählige Nachmittage an der Seite des anderen, lädt sich abwechselnd zu seinen Geburtstagen ein, lässt es ihn so richtig wissen, dass man ihn mag. – Ja, so ist das beim Flirten. Beim Verliebtsein.

Die meisten bewundern sich nicht nur im Stillen, sondern öffentlich. Sie zeigen vor anderen, dass die bewunderte Person die einzige ist. Die geliebte, angebetete, auserkorene Person. Ach, das wissen dann alle, und es ist wunderschön. Wenn man gleichzeitig von mehreren Menschen attraktiv gefunden wird, kann man selbstverständlich mit mehreren flirten. Sogar gleichzeitig.

Entschuldige, dass ich hier so ausführlich werde. Aber ich denke, dass es vielleicht gar nicht so schlecht ist, wenn ich dir das hier mal erkläre.

Beginnen wir also mal rein hypothetisch. Stell dir vor, da gibt es jemanden, den du enorm attraktiv findest. Es könnte ja sein, dass dir da jemand vorschwebt. Jetzt nehmen wir mal an, dass du des Öfteren an diese Person denkst, vielleicht in der Hoffnung, dass sie es auch tut. Versuch dich jetzt einmal in diese Situation hineinzuversetzen. Also. Du weißt, wen ich meine? Bekommst du da körperliche Symptome, wenn du an diese Person denkst? Entwickelst du da Gefühle, wenn dir das Bild dieser Person vor dein inneres Auge tritt? Ist es dir angenehm, an sie zu denken? Stellst du dir etwa bestimmte Körperteile dieser Person vor, wenn du länger an sie denkst? Hast du dir etwa, sagen wir mal, das Gesicht, hast du dir das Gesicht der Person genau eingeprägt?

Weißt du genau, welche Haarfarbe sie hat und wie sie das Haar trägt? Wie dicht es ist? Wo es am Nacken aufhört oder wie es über den Nacken fällt? Ist es glatt? Gelockt? Kraus? Hast du dir schon einmal oder vielleicht schon öfter vorgestellt, wie es wäre, wenn du der Person durchs Haar streichen würdest? Bist du ihr schon mit einer schnellen Handbewegung durchs Haar gefahren und hast dabei die Kopfhaut leicht berührt? Oder ihren Hals? Bist du ihr im Geist schon einmal mit beiden Händen über das Gesicht gestrichen und hast die Haut ihrer Wangen gespürt? Wie sie sich unter deiner Berührung leicht verschiebt? Hast du der Person beide Hände um den Hals gelegt und sanften Druck ausgeübt, ihren Puls gefühlt? Hast du dir vorgestellt, wie sie dabei die Augen schließt? Sie in Gedanken an den Schultern angefasst? Hast du schon einmal dicht vor ihr gestanden? So dicht, dass du genau ihre Wimpern sehen konntest, ja, dass du sie beinahe hättest zählen können oder ihre Form und den Grad ihrer Biegung betrachten? Hast du da schon einmal das Gefühl gehabt, die andere Person könne in dich hineinsehen, sie sehe, wisse alles, ja, sie weiß genau, wie es um dich steht, hast du in einer solchen Situation schon einmal das Gefühl gehabt, der anderen Person geht es genauso wie dir? Sie möchte dir auch übers Haar fahren und über die Kopfhaut, ihr stehen auch, genau in diesem Moment die Haare vor Erregung zu Berge, weil ihr euch beide so gegenüberstehst? Hast du so einen Moment schon einmal erlebt? Mit einer solchen Intensität, aus der du dich herausreißen musstest, um dich auf die Gegenwart zu konzentrieren? Hattest du das Gefühl, dass ihr da etwas Verbotenes tut, du und die andere Person, dass es vielleicht nicht angebracht sein könnte, so in einer Position einander gegenüberstehend zu verharren, während man vielleicht mitten im Büro zwischen lauter anderen steht oder mitten auf dem Flur oder im Türrahmen? Vielleicht hast du jemanden schon einmal durchs Telefon hindurch so angesehen und diese Spannung im Körper verspürt, obwohl der andere ganz weit weg war und nicht zu sehen. Hast du trotzdem gemeint, dass der andere dich auf diese Weise ansieht, hast du das ganz genau gespürt, sozusagen durch die Stimme hindurch, dass dich da jemand auf diese durchdringende Weise ansieht, dass das ein besonderes Innehalten ist, auch wenn du den anderen nicht siehst? Hast du das am Ton der Stimme des anderen gemerkt?

Hast du diese Illusion auch schon einmal gehabt? Gedacht, diese Person, diese andere Person meine dich? Bist du dir sicher, dass sie dich angesehen hat? Warst du ihr ganz nahe, habt ihr euch angelächelt, kennst du die Form ihrer Schneidezähne und könntest sie zeichnen? Warst du auch schon einmal der Überzeugung, deine Illusion wäre in Wirklichkeit keine Illusion?

So vertun viele Menschen ihre Zeit. Manche okkupieren all ihr Denken mit dieser einen Person. Sie sind bei jeder Begegnung überzeugt, dass nur sie gemeint sind. Bei jedem Blick, der in ihrer Richtung die Wand streift, haben sie das Gefühl, er habe eigentlich sie treffen sollen, er habe seinen Zielpunkt wie eine Pfeilspitze auf ihrer Stirn oder zwischen den Augen gehabt, und der Begehrende habe ihn nur aus Verlegenheit oder Scham, aus Angst vor dem Entdecktwerden abschweifen lassen. Es bleibt dann nicht bei einem gelegentlichen *An die andere Person denken*. Nicht an sie zu denken ist vielmehr ein Ausnahmezustand. Wenn die Person die Nachtträume des Leidenden nicht mehr verlässt und er bald meint, sie überall, aber auch an jedem noch so abgelegenen Ort zu sehen, um dann doch enttäuscht feststellen zu müssen, dass ihr nur jemand ähnlich gesehen hat, ist ein Bewusstseinszustand erreicht, den an Fatalität kaum etwas übertreffen kann.

Hast du dir das nicht auch schon einmal überlegt? Sei ehrlich. Ich bin mir sicher, dass dir das schon einmal ähnlich durch den Kopf gegangen ist. Ich bin mir sicher, wir sind uns einig. Viele geben sich nämlich ihren Illusionen hin, sammeln hier und dort kleine Hinweise auf Symphatiebekundungen, die gar keine sind, ohne sich über die Dinge klar zu sein. Verständlich ist das schon. Schließlich hat jeder seine Träume und sucht. Das ist menschlich. Ja, die meisten suchen und suchen und was finden sie?

Richtig. Sie finden nichts.

Was da wiederum keine unwichtige Rolle spielt ist das Aussehen. Man weiß leider viel zu wenig, wie man aussieht. Vorhin habe ich dich ja schon einmal vorsichtig darauf hingewiesen, aber ich hatte nicht den Eindruck, dass du genau verstanden hast, was ich meinte. Ich glaube, man kann sich viel vormachen, wenn man sich im Spiegel ansieht. Es kommt im Wesentlichen immer auf die Reaktion der anderen an. Man glaubt sich zu sehen, aber man sieht sich falsch. Zuerst ist die Tatsache zu bedenken, dass man sich spiegelverkehrt wahrnimmt. Man sieht sich nicht wirklich, sondern eine andere Person. Eine, die man nicht wirklich ist. Man sieht sich spiegelverkehrt. Alles, was im Spiegel links erscheint, ist in Wirklichkeit rechts. Man bekommt also ein völlig falsches Bild von sich vermittelt, wenn man in den Spiegel sieht. Man müsste die Fähigkeit haben, die beiden Gesichtshälften im Geiste auszutauschen, um das zu sehen, was das jeweilige Gegenüber erblickt, wenn man uns ansieht. Also ist man nicht wirklich im Stande, etwas über das eigene Aussehen zu sagen, wenn man meint, es im Spiegel zu sehen. Das, was man sieht, ist eine Täuschung. Man hat einen bestimmten Blick auf sich, der meist schon Jahre existiert. Es ist immer der gleiche. Man passt ihn selten den wirklichen Gegebenheiten an. Man meint, man sähe noch genauso aus, wie man in Wirklichkeit vor einigen Jahren aussah. Als ob man alle Veränderungen, die man wahrnimmt, automatisch im Hirn löschen würde. Uns fehlt die Fähigkeit, die Dinge realistisch einzuschätzen. Oder? Wie siehst du das?

Die Lichtverhältnisse beispielsweise. Sie ändern sich ständig. Im eigenen Badezimmer, das meist ja fensterlos ist, ändert sich das Licht selten. Man betrachtet sich permanent unter der gleichen Lampe im gleichen Licht, meint aber zu wissen, wie man immer aussieht. Leider sitzt man in diesem Falle einem Irrglauben auf. Sobald man das eigene Badezimmer verlässt, ändert sich das Licht, in dem man gesehen wird. Meist ist die eigene Badezimmerbeleuchtung schmeichelhaft gehalten. Man glaubt fälschlicherweise, man sähe besonders gut aus, wenn man gekämmt auf die Straße tritt. Das Gefühl, das man frisch geduscht und neu frisiert hat, täuscht. Man fühlt sich schöner als üblich, ist es aber nicht. Oft wird einem diese Tatsache erst bewusst, wenn man sich im Spiegel eines fremden Badezimmers oder in der Toilette eines Restaurants wieder sieht. Dieser oftmals schockierende erste Eindruck, wegen dem man den Impuls verspürt, sofort wieder auf den Flur hinauszugehen oder in den Schutz der abgeschlossenen Toilettenkabine zurückzutreten, ist der richtige. So sieht man aus. Nicht so wie man sich vor dem Spiegel zurechtrückt, mit gecremtem Gesicht und frisiertem Haar. So wie man sich unerwartet beim Vorübergehen an einem Kaufhausspiegel oder einem Fenster wahrnimmt, wird man von anderen gesehen. So sieht man aus. Nicht in Pose geworfen und auf die richtige

Seite gedreht. Die anderen sehen den eigenen Kopf dreidimensional. Wir meinen, wir würden jeweils nur von vorn oder von der Seite gesehen. Haben sie schon einmal jemanden gefragt, ob er für sie überprüfen könnte, ob sie einen flachen oder einen runden Hinterkopf haben? Davon hängt nicht wenig ab. Manche Frisuren beispielsweise wirken nur, wenn der Träger einen runden Hinterkopf hat. Wir idealisieren unser Aussehen. Es ist erwiesen, dass der Mensch sein Aussehen im Allgemeinen im Wesentlichen positiver einschätzt, als es in Wirklichkeit ist. Was sagt uns das also? Ich würde meinen, dass etwas Zurückhaltung nicht schaden kann. Man sollte die eigene Wirkung auf andere nicht maßlos überschätzen. Und wie steht das mit dir? Du solltest einmal versuchen, ehrlich mit dir zu sein. Du wirst sehen, dass dein Lebensgefühl sich entscheidend verändern wird. Aber du bestehst ja nicht nur aus Gesicht und Haaren, oder?

Magst du uns nicht zeigen, was du hast? Ganz kurz? Ich guck nicht lange hin. Komm schon. Wovor hast du Angst? Glaubst du, ich werde zu genau hingucken? Was glaubst du, was ich denken werde, wenn ich dich genau ansehe? Was meinst du? Sag mal, was du denkst. Mal ehrlich. Legst du nicht Wert auf ein ehrliches Urteil? Wie wäre es, wenn du dich hier jetzt sofort vor mir ausziehen würdest? Stell dich nackt vor mich hin und ich sage dir ehrlich meine Meinung. Lass mich dich ganz genau ansehen und ich sage dir, was ich von dir denke. Von oben bis unten. Ganz genau. Wie wäre das?

Du glaubst, du sitzt fest im Sattel, hm? Du hast dir eine Position erobert, die dir keiner streitig machen kann. Kann kommen was da will. Wie war das noch mit deiner Position? Du glaubst, du hast sie, aber plötzlich kommt einer rein, macht die Tür hinter sich zu – er ist nach dir reingekommen, ein bisschen später, aber nicht zu spät; genau zum richtigen Zeitpunkt, für ihn versteht sich, für dich eher unpassend – also, er kommt rein, und zack-bumm hast du plötzlich deine schöne Position gehabt, oder das, was du von ihr zu haben glaubtest. Ganz überzeugt warst du ja gar nicht, oder?

Oder doch? Hm? Na ich versuche gerade, mir das vorzustellen. Also, du bastelst an deiner Position, an deiner kleinen dreckigen Position und dann kommt einer und macht alles kaputt. Es fällt zusammen wie ein Kartenhaus. Wenn du hochguckst, das Gesicht hinter den Händen wieder vorholst und die Augen aufmachst, ist nichts mehr da. Alles nur Einbildung, du bildest dir alles ein. Jemand kommt, eine andere Person, egal wer, sie kommt zur Tür herein, wie aus heiterem Himmel, und das Männlein im Walde, was ja du bist, das Männlein, ganz König in seiner Einbildung, allein auf weiter Flur, bildet sich allerhand ein und plötzlich, plötzlich ist alles ex und weg.

Fällt dir da noch was ein?

Brauchst du 'ne Pause? Du siehst ganz müde aus.

Ich werde dich in allem unterstützen, das weißt du. Du weißt, dass ich immer für dich da bin. Mein Gott, bist du feige. Du könntest so viel aus dir machen. Du könntest so glücklich sein. Ich hatte nie deine Chancen. Früher warst du nicht so. Es gibt ja Leute, die haben ein selbstbewusstes Auftreten. Die stellen sich vor eine Gruppe und sind einfach da. Die haben Präsenz. Stellen sich hin, schauen mit offenen Augen in die Runde, lachen, machen einen Witz, sehen alle freundlich an, jeden Einzelnen sogar, jeden, der am Tisch sitzt, auch wenn er noch so weit entfernt ist. Die ziehen die Aufmerksamkeit auf sich, auch die der letzten Person. Solche Leute habe ich immer bewundert, das ist doch toll. Könntest du das vielleicht auch gerne? Hört sich doch gut an. Wenn einer eine enorme Ausstrahlung hat, sich einfach in die Mitte eines Zimmers stellt und gut aussieht. Wenn einfach seine Ausstrahlung bewirkt, dass die anderen an ihn herantreten. Eine gute Ausstrahlung macht so etwas möglich. Und die hat man einfach oder man hat sie nicht. Die Person in der Mitte ist redegewandter, wählt ihre Worte mit mehr Bedacht als du, ihre Stimme ist schöner, sie macht einfach was her, du weißt schon, du kennst doch die Situation, wenn man daneben steht, wenn man daneben steht und zuguckt. Es kann auch sein, dass die Person, so wie sie da steht, jemandem auffällt. Im richtigen Moment fällt sie jemandem auf und zack, im nächsten Moment ist sie eine gemachte Person. So schnell kann das gehen. Zack und sie ist gemacht. Und du? Und du stehst da und hast nichts. Mit leeren Händen ist nicht gut Kirschen essen, das macht nichts her, da nützt dir auch dein Sonntagsoutfit nichts. Mit leeren Händen trotz aller guten Hoffnungen. Ich glaube, da würde ich auch einpacken. So schnell kann das gehen. Ich verstehe auch nicht, wie sowas so schnell gehen kann. Na, aber dann. So. Nun wolln wir mal abwarten, was passiert. Du hast doch noch alles vor dir, auch wenn es vielleicht schon ein bisschen zu spät ist. Aber wenn du dich ein bisschen beeilst, könntest du es vielleicht noch schaffen. Also, jetzt mal fix die Schnürsenkel gebunden und nix wie los. Du solltest dich nicht auf deinem Fehlstart ausruhen. Ich finde, du könntest dich jetzt ein bisschen anstrengen. Auch wenn du nicht mehr alle Möglichkeiten hast, kannst du dir noch einen Platz an der Sonne erobern. Nicht jeder kann schließlich im Mittelpunkt stehen. Da gibt es nur Platz für einen. Das musst du leider einsehen. Magst du? Och, komm, das wird schon. Guck nicht so traurig. Mach es kaputt.

Andreas Haslinger
Wellengang

Das ist das Meer. Es ist tief und blau, denn es ist unendlich. »Das Meer«, sagt sie, »ich liebe es.« Sie reibt sich die Augen; der lange Blick nach draußen ermüdet sie. Aber sie will nicht müde werden. Sie will das nicht; sie wehrt sich dagegen, denn sie will keinen Augenblick mit etwas anderem verschwenden, vielleicht mit Augenschließen oder gar dem Schlaf, als mit dem Betrachten des Meeres oder des Horizonts, der unendlich ist. Unendlich wie das Meer, und das beruhigt sie. Das Meer ist blau, und es ist immer da. Manchmal stellt sie sich vor, dass sie eines Tages aufwacht, und das Meer und der Horizont sind weg. Einfach weg. Dieser Gedanke lässt sie immer wieder beinahe ersticken. Sie sagt: »Das Meer hat mich verändert, vom ersten Tag an; es ist blau und man sagt, wenn man es sich nur vorstellt, ganz, ganz fest vorstellt, dann kann es grün sein, und wenn man großes Glück hat und die Sonne in ihm verschwindet, dann wird das Wasser rot, und die Sonne verglüht darin in Gold.« Sie sagt: »Dafür reicht meine Vorstellungskraft nicht aus, aber ich versuche mir das jeden Tag vorzustellen; jeden Tag aufs Neue; Grün, oder Rot, oder gar Gold. – Man spricht viel davon und es heißt: wenn man es sich nur vorstellt.« Sie sagt: »Es muss ein Traum sein, das Meer, wenn es golden wird. Aber dazu reicht meine Vorstellungskraft nicht aus. – Ich habe immer wieder diesen grässlichen Gedanken, ich wache auf und das Meer ist weg. Alles weg, und dann ist da nur noch eine graue Wand.«

Sie sagt: »In meinem Alter heißt es, soll man viel schlafen. Ich schlafe viel zu wenig, heißt es. Aber ich will nicht schlafen, denn ich habe Angst, mir könnte in der Zeit das Meer geraubt werden, oder jemand anders könnte meinen Platz einnehmen. Aber das Meer gehört mir. Es ist mein. Es hat mich verändert. Vom ersten Tag an. Ohne das Meer wüsste ich nicht mehr, wer ich bin, warum ich bin und was ich hier noch soll. Ich wüsste es nicht mehr.«

»Der Mensch darf nie aufhören, sich etwas vorzumachen,«

sagt sie und reibt sich die Augen, »sonst weiß er bald nicht mehr, wer er ist. Ich habe das Meer; es ist alles und es ist blau. Es ist tiefblau.«

Robert kommt den Flur entlang, direkt auf sie zu. Robert ist untersetzt und dick. Er hat dicke Fettpolster selbst dort, wo man das nicht erwartet. Es muss 15 Uhr sein. Er kommt täglich um 15 Uhr den Flur entlang, stellt sich dann hinter sie und betrachtet mit ihr das Meer. Sie wendet sich nicht zu ihm um. Aber sie weiß, dass er hinter ihr steht, und er weiß, dass sie es weiß, auch wenn sie sich nicht umdreht. »Und?«, sagt er. »Was siehst du?« Er redet langsam und gedehnt. Sie kann sich seine Zahnlücken vorstellen, und die vier Zähne die er noch hat: Sie sind gelb. Er stinkt, wie immer stinkt er nach Rauch. Es gibt hier extra ein Raucherzimmer. Extra für Raucher. Und wenn die dann das Raucherzimmer verlassen und durch den anderen Teil des Pflegeheims spazieren, wo nicht geraucht werden darf, kommt es einem vor, als würden sie schlimmer stinken als sie es ohnehin schon tun.

»Weißt du«, sagt er, »das Meer ist in Wirklichkeit gar nicht blau. Es ist farblos. Der blaue Himmel macht es blau, wenn er sich darin spiegelt. Obwohl der Himmel in Wirklichkeit ebenso wenig blau ist wie das Meer. Das ist nur Einbildung.«

Als sie das hört, hält sie augenblicklich die Luft an. Ihr Gesicht wird rot, sie bläst sich auf; ein Luftballon.

»Einbildung?«, faucht sie mit einem Mal los. »Einbildung!« Dann wendet sie sich geschickt in ihrem Rollstuhl zu Robert um und beginnt mit einer gnadenlosen Abfolge von Hieben auf seine Brust, seinen Bauch, seine Genitalien einzuschlagen. »Einbildung!«, kreischt sie. Er kann sich gegen die Schläge nicht wehren. Das geht zu schnell; darauf ist er nicht vorbereitet gewesen. Die Schläge sind hart; er kann sich nicht wehren, und so stürzt er zu Boden. »Einbildung!«, kreischt sie erneut. Sie kann nicht begreifen, warum Robert nur so gemein sein kann und ihr das Blau des Meeres streitig machen will, wo sie dieses Blau doch mit eigenen Augen sieht, und wo sie doch gerade dabei ist, dieses Blau Grün oder Rot oder gar Gold werden zu lassen.

Robert schlägt hart mit dem Hinterkopf auf dem Boden auf.

Sie ist immer noch außer sich.

Robert liegt am Boden, aber ihm ist nichts passiert. Er stürzt öfter zu Boden. Er denkt sich, dass sich der Kopf an solche Stürze wohl gewöhnen kann. Seiner hat sich lange daran gewöhnt. Kein

Blut tritt aus dem Kopf, keine Wunde, das ist gut, dennoch bleibt er benommen am Boden liegen.

Sie beruhigt sich wieder. Sie streckt die Hand nach etwas in der Ferne aus. Noch kann sie nicht erkennen, was es ist. Möwen fliegen über das Etwas hinweg; ihr Flug ist unvorhersehbar, aber elegant und leicht. »Obwohl ich noch niemals über das Meer hinweggeflogen bin«, sagt sie, »weiß ich, wie das sein muss. Es muss schön sein, das muss Freiheit sein und das Meer muss wie ein Regenbogen sein. Es muss blau, grün, rot und gold zur selben Zeit sein.«

Etwas nähert sich vom Horizont her. Aber sie kann noch immer nicht erkennen was es ist.

»Obgleich ich noch niemals im Meer geschwommen bin«, sagt sie, »kann ich mir vorstellen, wie das sein muss.«

Robert liegt noch immer ein wenig benommen am Boden, aber mit den Händen hat er sich inzwischen aufgestützt.

Durch den Flur entlang eilt eine Pflegerin. Sie hat weißes Gewand an. Wie das Krankenschwestern so haben. In der Hand hält sie eine Spritze. Ein langes Gerät.

»Obgleich ich noch niemals im Meer geschwommen bin«, sagt sie, »kann ich mir vorstellen, wie das sein muss. Es muss nass sein, und kühl sein, und erfrischend sein. Es muss sein, als läge man in einer Badewanne.«

Robert steht langsam wieder auf. Die Schwester hilft ihm. Sie fragt, ob ihm etwas fehlt. Er sagt: »Nein, es geht.«

Dann wendet sich die Schwester ihr, die da im Rollstuhl sitzt, zu. Die Frau im Rollstuhl sagt: »Das muss wie in einer Badewanne sein, wenn das Wasser darin starken Wellengang hat.«

Die Schwester beugt sich zu der alten Frau im Rollstuhl hinunter und greift sie am Arm. Sie sagt ein wenig grob: »Nein, das ist nicht so; das ist ganz und gar nicht so. Es ist lächerlich, eine Badewanne mit dem Meer zu vergleichen.«

Dann sucht sie in der Arminnenfläche der alten Frau eine Ader. Sie sagt: »Schön still halten.« Aber das hört die alte Frau nicht. Sie sagt zur Schwester, den Blick immer auf das offene Meer gewandt: »Da kommt etwas auf uns zu; aber ich kann nicht erkennen, was das ist.«

Die Schwester nimmt einen Tupfer aus ihrer Westentasche und befeuchtet damit ein Stück Haut; sie sagt: »Nichts ist da. Da ist nichts. Da kann nichts sein und da kann auch nichts auf uns zukommen.« Dann setzt sie die Spritze an. Im selben Moment aber sagt die alte Frau: »Aber schauen sie doch, schauen sie doch mal ganz genau hin. Sehen sie es denn nicht?«

Die Schwester findet das albern. Sie schaut nur auf den Arm; schaut nur auf die Spritze. Für Albernheiten hat sie keine Zeit. Dann aber sagt die alte Frau erneut: »Sie müssen sich nur ganz fest konzentrieren. Es sich ganz fest vorstellen«, sagt sie mit einem leisen Unterton, einer seltsamen Sehnsucht in der Stimme, die die Schwester mit einem Mal dennoch aufsehen lässt. »Wo?«, fragt sie die alte Frau, obwohl sie sich zu diesem *wo* zwingen muss.

»Da«, sagt die Frau im Rollstuhl und deutet in die Ferne, in Richtung des Horizonts. »Da. Es kommt direkt auf uns zu.«

Die Schwester weiß nicht, was sie davon halten soll. Innerlich schüttelt sie den Kopf. Aber dann nimmt sie sich dennoch zusammen und sagt überrascht: »Ach ja; jetzt kann ich es auch sehen.« Sie entfernt die Spritze vom Arm, und legt den Arm der alten Frau in deren Schoß.

Mit einem Mal sagt die alte Frau im Rollstuhl: »Jetzt kann ich es erkennen. Es ist ein kleines Schiff. Menschen stehen an der Reling. Sie winken uns zu.« Dann hebt auch sie die Hand. Auch sie will ihnen zuwinken. »Es ist so einfach«, sagt sie. »Man muss nur winken, und schon ist man mit den Menschen da drüben verbunden, obwohl man sie nicht kennt und obwohl es unmöglich ist, dort hinüber zu gelangen. – Los, probieren sie es aus«, sagt sie zur Schwester. »Es ist so einfach.« Die Schwester sträubt sich innerlich immer noch dagegen. Das ist lächerlich. Ihr ist es beinahe peinlich. Aber dann hebt sie die Hand und beginnt zu winken. Und es ist wirklich einfach. Die alte Frau sagt: »Ja, das ist das Meer. Es verändert einen vom ersten Tag an. Es ist blau; aber wenn sie es sich nur vorstellen, ganz, ganz fest vorstellen, dann kann es grün sein, und wenn man großes Glück hat und die Sonne in ihm verschwindet, dann wird das Wasser rot und die Sonne verglüht darin in Gold. Mir reicht dazu die Vorstellungskraft nicht aus; aber vielleicht versuchen sie das mal«, sagt sie zur Schwester. »Sie müssen es sich nur vorstellen.«

Und da gibt sich die Schwester einen Ruck und stellt es sich wirklich vor. Und es ist nicht schwer. Sie schaut auf das Wasser, und es wird wirklich rot und die Sonne verschwindet darin in Gold. Es ist nicht schwer und es fasziniert sie, und über den Anblick hinweg vergisst sie, dass das ein Poster ist, vor dem sie steht und dem sie zuwinkt. Doch das macht ihr mit einem Mal nichts mehr aus. Denn was sie sieht, ist das Meer, und es ist blau und grün und rot und gold. Es ist gefächert wie ein Regenbogen.

Martin Heckmanns
Neulich unterwegs
Romanauszug

Korrekt

Spurensuche in der Feuerhölle: Kripo und Feuerwehr im abgebrannten „Korrekt". Die Resopalwände brannten wie Zunder

Spurensuche in der Feuerhölle: Kripo und Feuerwehr im abgebrannten »Korrekt«. Die Resopalwände brannten wie Zunder
Im »Korrekt« hatte alles seine Ordnung. Wer Bier bestellte, bekam einen halben Liter Karlsberg Ur-Pils. Es kam keine Kellnerin mit lustig verdrehtem Haar, die bei der Aufzählung der Sorten stolz wurde auf die Vielfalt oder Originalität des Angebots, um anschließend genervt nachzufragen, ob der Herr sich denn inzwischen entschieden habe, als wäre es eigentlich angebracht gewesen, die Getränkekarte zuvor draußen in der Kälte zu studieren, wo sie genau zu diesem Zweck für jedermann sichtbar neben der Eingangstür angebracht worden war, um sich dort zu entscheiden und mit dem festen Vorsatz eines Getränkewunsches mit oder ohne Eis die Räumlichkeiten zu betreten, auf dass sich das Fräulein mit der

ausgefeilten Frisur nicht mit jedem Gast dieselbe Mühe machen muss. Es gab eigentlich überhaupt keine Frauen im »Korrekt«. Wer Bier bestellte, bekam einen halben Liter Karlsberg Ur-Pils in einem Glas, das Humpen genannt wurde. Der Wirt wurde Kostas gerufen.

Die Neuen erkannte man daran, dass sie »Kostas, was Kostas?« riefen, um die Rechnung zu verlangen und anschließend lachten. Kostas erwiderte das Lachen, weil er neue Gäste gewonnen hatte, die bei ihrem nächsten Besuch neue Gäste mitbringen würden, um Kostas beim Namen zu rufen, um sich sichtlich wohl zu fühlen in einer Kneipe, deren Wirt sie persönlich kannten. Es kamen äußerst selten Neue. Einmal nur, soweit man sich erinnern konnte, war eine Gruppe angetrunkener junger Menschen mit bunten Jacken grölend in das Lokal eingefallen, hatte sich an den zu dieser Zeit noch nicht besetzten Stammtisch in der Ecke gesetzt und Kostas gerufen. Kostas hatte gelacht. Später waren die Jungen nicht wieder gesehen worden. Vielleicht hatten sie sich verlacht gefühlt in ihren bunten Jacken, die auffällig glänzten inmitten der alten Männer vor den holzvertäfelten Wänden. Vielleicht waren sie auch nur zu einem kurzen Besuch in der Stadt gewesen. In diesem Fall stellte sich die Frage, woher sie den Namen des Wirtes kannten. Fragen wurden selten gestellt im »Korrekt«.

Eigentlich hieß Kostas Trifon und war Bulgare. Am Stammtisch in der Ecke hob man stumm die ausgestreckte Hand, um eine neue Runde zu bestellen. Der Stammtisch in der Ecke hieß »Stammtisch in der Ecke«, weil der Tisch in der Ecke stand, an dem man sich täglich traf. Dass sich die Jungen damals an den Stammtisch gesetzt hatten, ohne darauf hingewiesen worden zu sein, dass dieser Tisch für die Mitglieder des Stammtisches in der Ecke vorgesehen war, wurde am Stammtisch in der Ecke nicht wieder erwähnt.

Es wurde nicht viel geredet, weil reden das Trinken stört, wie Krause einmal in guter Laune lautstark anmerkte. Er hatte mit dieser Bemerkung auf die Zustimmung der anderen gehofft. Schon im Moment des Aussprechens wurde er sich der Vermessenheit seiner Hoffnung bewusst. Die anderen schwiegen, die Bemerkung Krauses wurde nicht wieder erwähnt. Krause war manchmal übermütig. Im Laufe der Zeit lernte er die anderen besser kennen und lernte mit ihnen zu schweigen. Manchmal klopfte jemand auf den Tisch. Man grummelte zur Begrüßung wie im Traum. Selten wurden Sprüche oder Skat gekloppt, einmal gab es eine Schlägerei.

Seit das »Korrekt« abgebrannt war, hatte Krause seine Stammtischfreunde nicht wieder gesehen. Er hatte nicht nach ihnen gesucht. Er kannte nur ihre Vornamen, er wusste nicht, wo sie wohnten. Wahrscheinlich trafen sie sich im »Eiersack«, der zweiten Kneipe der Stadt. Krause wollte ihnen nicht folgen.

Die Abende blieben leer. Krause spazierte manchmal um den Häuserblock. Verklinkerte Fassaden, kurzgemähter Rasen, eckige Hecken, Vorhänge in den Fenstern. Ein kurzes Nicken, erkannte man sich. Der Nachbar fegte die Garageneinfahrt. Der Sommer war schön, die Abende lau. Man hätte bis spät in die Nacht fegen können. Bei Anbruch der Dunkelheit war niemand mehr auf der Straße zu sehen. Krause wollte nicht in den »Eiersack«. Seit das »Korrekt« abgebrannt war, schien ihm etwas nicht mehr in Ordnung.

Neuerdings fühlt sich Krause allein.

Jana ist meistens mit sich allein.

Jana ist meistens mit sich allein.
Krause sitzt in seinem Kinderzimmer und blättert sich durch Zeitungsstapel. Schicksalsschläge, Spielergebnisse, Stellenange-

bote. Ein kurzes Leben, ein langes Leben, die Magazine sind voll davon. Wenn Krause sich entscheiden müsste, entschiede er sich für ein Magazin.

An den Kinderzimmerwänden hängt ein Elvis-Poster über einer Tapete mit bunten Buchstabenreihen. Das Bett wirkt kleiner seit die Regale an allen Wänden bis zur Decke ragen. Es steht im Raum als warte es auf sein Begräbnis unter Platten, Büchern, Videos. Die Zeitschriften scheinen das Bett zu stützen, die Stapel unter dem Gestell reichen vom Kopf bis zu den Füßen. Fernseher und Monitor blicken wie Insektenaugen aus den Ecken des Raumes. Vom Schreibtisch geht der Blick auf das einzige Fenster des Zimmers. Ein leichter Wind weht durch die Hecke des Nachbarn. Auf dem Bett liegend kann Krause blind die Zeitschrift seiner Wahl unter dem Bett hervorziehen. Es ist ihm kurzfristig ein Trost jetzt darin zu lesen, dass es noch andere gibt, die allein mit sich sind wie Jana. Dass sie dafür in der Zeitung stehen, macht die Gemeinschaft der Einsamen zunichte. Krauses Blick fährt an der Wand die bunten Buchstabenreihen entlang. Am Ende des Alphabets und vor Beginn des nächsten stehen Tiere: eine Giraffe, ein Löwe, ein Elefant mit dem Rüssel am Schwanz des nächsten Elefanten mit dem Rüssel am Schwanz des nächsten Elefanten mit dem Rüssel am ABC.

Die Zeiten, in denen es Krause lustig fand, sein Kinderzimmer zu bewohnen und Weltraumcomics zu lesen, während um ihn herum die Kleinstadtjugend aufgeregt aufbrach in die Metropolen und ein aufregendes Leben, sind beim erneuten Anblick der bunten Tier- und Buchstabentapete endgültig vorbei. Es muss etwas neu beginnen, denkt sich Krause, am Besten alles, denkt Krause weiter: Raus auf die Straße.

Das große Los

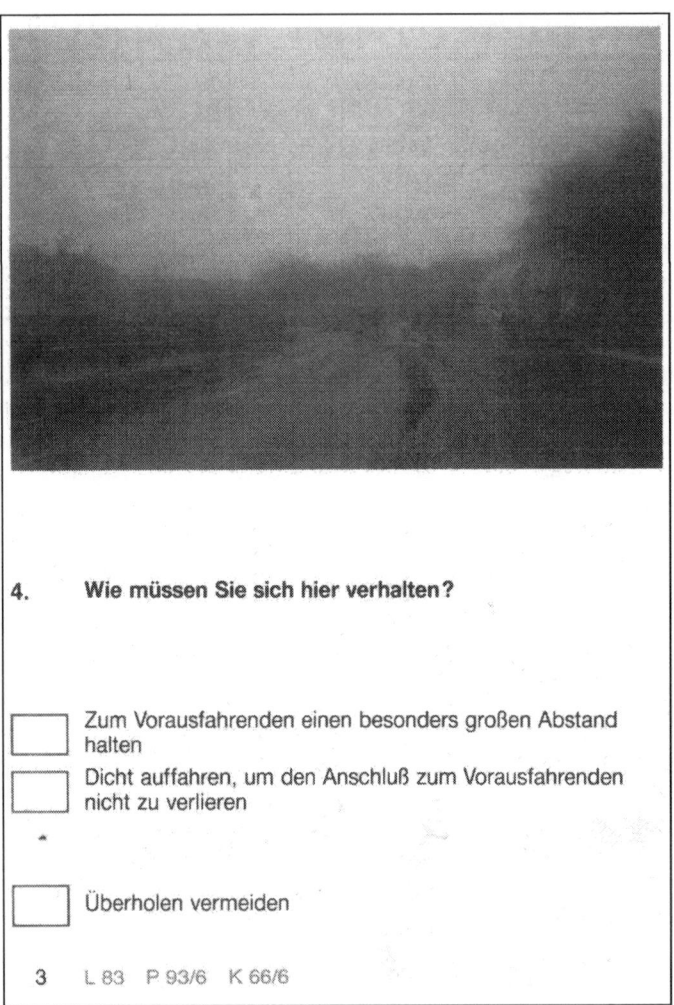

4. Wie müssen Sie sich hier verhalten?
Zum Vorausfahrenden einen besonders großen Abstand halten
Dicht auffahren, um den Anschluss nicht zu verlieren
Überholen vermeiden
Krause steht im Nebel. Nebel und Leben bilden ein Palindrom. Das

heisst, wenn der Nebel sich dreht, steht er mitten im Leben. Man kann es drehen und wenden. Aber nicht wie man will. Hier nicht.
»Wie müssen Sie sich hier verhalten?«
Hier war damals die Fahrschule Hanke in Enger, und Krause musste die richtige Antwort ankreuzen. Diese Antwort, also die Antwort, die in etwa lauten würde: »Ich muss die richtige Antwort ankreuzen«, war auf dem Fragebogen nicht vorgegeben. Krause musste sich in jedem Fall falsch verhalten. Aber auch diese Antwort stand nicht zur Auswahl auf dem Papier.
Das ist im Leben anders. Wenn sich die Frage stellt: »Wie müssen Sie sich hier verhallten?«, steht man da, und das ist das Verhalten. Leicht verzögert stellt Krause fest: er hat sich wieder einmal eher verhalten verhalten. Wer weiter grübelt, wird es nie zu etwas bringen. Er wird von einem Fahrrad angefahren oder verpasst den Bus wie in dem vor einigen Jahren beliebten Antiwitz: Kommt ein Neger um die Ecke, ist der Bus weg. Wer nicht sofort lacht, ist der Neger, und die anderen sitzen im Bus. Krause war durch die Führerscheinprüfung gefallen. Er will den Anschluss nicht verlieren. Er will: los.

Ein Anfangssprudel, ein Wasser mit Schuss, ein Auslaufen und Verschwimmen. Schon wieder die Zukunft, die schon wieder beginnt. Am Anfang steht etwas, Krause liegt noch im Gras. An einer Autobahnraststätte, mit einer Rock'n-Roll-Plakette auf seinem Lederjackenrevert, liegt Krause im Gras und erzählt sich was. Brummen, sagt er innerlich, Brummis. Noch ist er voll mit Trauerklößen und Raststättenkroketten und denkt an das Zurücklassen ohne es zu tun. Jetzt richtet er sich auf, heroengleich und streckt den linken Arm zum Himmel und brüllt. Es soll beginnen. Es tut sich nichts. Der Krause steht da, das Brüllen lässt nach, die Faust hängt im Himmel und alles bleibt gleich. Alles? Nein, ein kleiner Teil in Krause hat sich für einen Moment nach vorne bewegt, einen anderen Teil Krause dabei zufällig angestoßen und dieser hat, durch seine ausgezeichneten Kontakte zu einem Sack Reis die Welt darauf vorbereitet, dass ein Krause über sie kommt. Schlagzeilen, Überschriften, Schlachtrufe: Es wird ein Krause sein. Der Tankwart guckt komisch. Der Held hält, was er verspricht. Krause (leise): »Los geht's«. Und tatsächlich. Es geht irgendwie los.
Worum geht's hier, eigentlich? Eigentlich ist im Moment nicht da, um diese Frage zu beantworten, statt dessen geht es einfach

weiter. Einfach? Niemals. Vorwärts? Immer. Ein Regentropfen platzt auf Krauses Stirn. Das Wetter, freut sich Krause, nichts geht drüber. Was wären wir ohne Schauer? Ohne heiter bis wolkig und wechselhaft, ohne Mondphasen und Jahreszeiten und ohne Sturm im Wasserglas? Wir wären stur wie Steine und dumm wie Brot. Wir wären nicht da oder noch stumpfer als jetzt. Also freu dich. Krause schreit sich an. Was weißt denn du von Möglichkeiten, was bist du da für einer? Passierende Passanten zeigen mit dem Finger auf den Krause, der sich ohrfeigt wie ein Kind. Der sich umtreibt wie ein Kreisel und sich anschreit wie sein Herr. Der Schmerz, der Schwindel der Drehung und die Verachtung der Leute verbinden sich in Krause zu einem Gefühl der Entrüstung. Er richtet sich auf.

Es geht: weiter. Es hört: nicht auf. Es scheint: aussichtslos. Und wieder blühen die Schlehen. Nein, denkt Krause, Augen zu und Kopf gesenkt. Weg, denkt Krause, und es schüttelt ihn, weit weg. Die Schlehen sind vergessen. Was jetzt kommt, ist neu. So soll es sein. Augen auf im Straßenverkehr. Krause will nichts mehr wissen, will nur noch: mal sehen, was kommt. So steht er da. Plötzlich wieder ein Gedanke, den er selber nicht versteht. Also weiter, immer noch hängt der Daumen im Wind. Krause lacht in den Regen, der ihm auf die Haut Beifall klatscht.

Im nächsten Bild: ein neues Leben.

Das große Los: los.

Randi Kvanka

Ich wünschte, die Menschen würden einander öfter zulächeln.

Randi Kvanka
Ich wünschte, die Menschen würden einander öfter zulächeln
Ein grüner Ford Kombi hält an. Eine Tür öffnet sich und Krause ist Teil einer anderen Geschichte. Eine Frau lächelt ihm programmatisch zu. »Wohin?« – »Bloß weg.«
Die Tür schlägt zu und zwei einander Unbekannte sitzen in einer Kiste aus Blech.
»Ich bin die Randi Kvanka«, sagt die Frau und lächelt erneut. Krause sagt Krause und los geht die Fahrt. Randi Kvanka legt Musik ein, zu seltsamen Flöten verschwimmt die Landschaft an der Straßenseite im Regen. Krause zählt die Begrenzungspfeiler und für kurze Zeit fahren sie eine Geschwindigkeit, bei der auf einen Pfeiler genau vier Schläge in der Musik kommen. Krause kann sehen, dass es weiter geht. Über das Gewinnen eigener Erfahrungen vergisst er zu reden. Randi erzählt von sich. Ihr Thema: Das Leben und ich, also sie, Randi Kvanka, geborene Düsselberg. Die Erzählung geht ihren Lebensweg. Wie viele wurde Randi unter Schmerzen geboren, wie nur wenige in Neuss und ganz allein als Kind ihrer Eltern. Einzelkinder reden viel.
»Gut, dass das Leben vorwärts geht. Rückwärts würde ich dich überhaupt nicht verstehen«, sagt Krause. Randi lächelt, dieses Mal leicht angestrengt:
»Und was machst du so?«
Krause stockt. Er will das nicht. Hier sein Leben vorstellen. Sich in Anekdoten zusammenfassen. Will vor allem nicht: sterben. Nicht jetzt, wo es gerade so schön vorwärts geht. Da möchte er lieber ein wenig aus dem Fenster schauen. Sieht also: Unfassbares. Schlieren, Muster, Nebelschwaden. Früher sind sie dabei eingeschlafen, in den ersten Eisenbahnen. Es ändert sich: der Mensch. Rhythmisch versetzt leuchten die Rücklichter der Autos auf. Krause wird warm. Der Innenraum durchmischt von Klängen und draußen die Suppe. Zwischenzeitlich ein Gesicht, eine Farbe oder eine Landschaft, wie man sie kennt. Die Musik verwebt sich mit den Reden Randis, die inzwischen erneut begonnen haben. Männerabend, Alkohol, Gruppenzwang und Basketball, fällt es aus ihrem Gerede in Krauses Dämmern. Randi beschleunigt, wenn sie nichts mehr weiß und wird langsamer, wenn sie wieder auf sich zurückkommt.
Krause will das nicht. Sich seine Geschichte bestätigen. Sich wieder entdecken in den bekannten Formulierungen. Will lieber:

weiter. Sagt also: nichts. Randis Reden werden angenehm. Leichter Singsang mit fremdem Dialekt. Und wie gesagt: Musik. Randi redet inzwischen von Obstsalat. Keine Ahnung wie sie dahin gekommen ist.

Krause denkt sich derweil seine eigene Geschichte: Das ist die Geschichte kaputt. Alles muss, alles kann, alles wird kaputt. Die Geschichte von Kaputter, Kosename Krauses. Kaputter will: alles anders. Kaputter will: ein neues Spiel.

Randi erzählt, dass sie einmal Theater gespielt habe in einer Schülergruppe.

»Theater habe ich auch gespielt«, fällt Krause plötzlich ein, »aber ich kann mir keinen Text merken. Ich stand auf der Bühne und wusste nicht weiter und habe gewartet, dass der Mann – wie heißt der noch – dass der mir hilft. Aber der – ich komm jetzt nicht drauf wie der heißt – hat immer gedacht, ich mache eine Kunstpause, und ich stand da und wusste nicht weiter und konnte ihm – Mann, wie heißt der noch mal – konnte dem auch kein Zeichen geben und der, der hat es nicht gemerkt, dass ich nicht weiter wusste und dann stand ich da und wusste nicht weiter und war total durcheinander und habe gedacht, ich brauche irgendwie mehr innere Ordnung, eine Art Seelenregal ...«

SUFFLÖR Regal 651.-/TV-Bank 498.-

SUFFLÖR Regal 651.-/TV-Bank 498.-
»Sufflör, genau, so heißt der Mann, der mir den Text dann gesagt hat. Und der hat mir auch gesagt, ich solle den Text richtig lernen, ganz genau also – wie sagt man noch – na jedenfalls, so ginge das nicht, dass ich immer da stünde und nicht weiter wisse, also, ich solle mich einmal zu Hause hinsetzen und ganz exakt und mit größter Sorgfalt – mir fällt jetzt das Wort nicht ein, das er benutzt hat – auf jeden Fall solle ich endlich den verdammten genaustens Text lernen. Es ginge jedenfalls nicht, dass ich immer da stünde und nicht weiter wüsste, da sei ja überhaupt kein Pfeffer drin.«

AKRIBI Pfeffermühle. Gedrechselte Buche. 21 cm hoch 14.90
»Akribi, genau, mit Akribi sollte ich den Text lernen, hat der Sufflör gesagt, und als ich den Text am nächsten Tag noch nicht konnte, hat der gesagt, so etwas wie ich wäre ihm ja noch nie vorgekommen, also ich sei ja ein, etwas ganz Besonderes, ich stände da immer und wüsste nicht weiter, da müsste man einmal Studien darüber anstellen, mit mir, dass sei ja wirklich ein – er hat irgendein Fremdwort benutzt – also, er könne es ja gar nicht glauben, wenn er es nicht selber sehen würde, dass ich immer noch den Text nicht könne, das sei ja ein Ereignis – so ähnlich hat er es formuliert – ich solle besser nach Hause gehen, vielleicht ginge mir da ein Licht auf.«

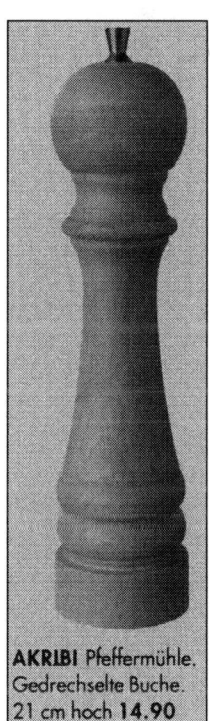

AKRIBI Pfeffermühle.
Gedrechselte Buche.
21 cm hoch **14.90**

FENOMEN Partykerzen 6,5cm hoch 2,95/4St. 14cm hoch 2,95/2St.
»Ein Fenomen sei ich, genau, das hat er gesagt, ein echtes Fenomen sei ich. Statt Schauspieler zu werden, habe ich dann eine Zeit in einem Möbellager gearbeitet.«

Dorothea Klein
Apfel im See/Geisterbahn

Apfel im See

Am schönsten ist der See, wenn im Frühling der Blütenstaub der Bäume die Wasseroberfläche mit einem großen gelben Schleier überzieht. Mein Vater, fällt mir dann ein. Zur Begrüßung des Sommers haben wir immer ein Ruderboot gemietet, mussten wir irgendwie, mein Vater und ich, und jetzt, nach vielen Jahren, seit mein Vater nicht mehr kann, muss er. Er, das ist die Liebe meines Lebens. Die Tradition besagt, mit dem Boot kreuz und quer ein Muster in den See zu fahren.
»Schön«, sage ich über den See blickend, »das ist jetzt unser drittes Jahr.« Und er lächelt sein unglaublich schönes Lächeln, bei dem man nie weiß, wo man dran ist. Er schlägt sich auf den Arm und sagt: »Und die gleichen Scheißviecher sind auch wieder da.«
Ich wähle das Boot mit der Nummer 14, denn das Boot hat mein Vater auch immer gewählt. Die 14 ist eine gute Zahl, hat er mir dann stolz als Lebensweisheit mitgegeben. So etwas habe ich mir gemerkt von meinem Vater, dem Muster-in-den-See-Maler.
»Dann mal auf in die Schlacht«, sagt die Liebe meines Lebens und nimmt Kurs auf. Wir schneisen die erste Bahn.
»Einmal«, erzähle ich mit kleinmädchenhafter Stimme, »hat mein Vater eine riesige Blume in den See gemalt. Wir haben ein Foto von der Brücke da oben gemacht, das sieht unglaublich aus.«
Er sagt nichts, schwitzt – versucht, ein gleichschenkliges Dreieck zu fahren.
»Soll ich auch mal rudern«, frage ich. »Nein!«, sagt er.
»Was ist denn, versuchst du was Spezielles?«, will ich ihn aufziehen und er sagt, »Stell dir mal vor!«
Ich verstehe nicht, warum er so schnippisch ist, erinnere mich, dass ich mich letztes Jahr über sein Schmetterlingsballett im Sturm lustig gemacht habe und nehme mir vor, ihn diesmal zu

loben. Schon damals hat er mich nicht rudern lassen, ich fand das ganz romantisch, von einem starken Mann in der Sonne unterhalten zu werden. Doch wir kennen uns zu lange, als dass so etwas noch ginge. Er rudert weiter, verbissen, immer nach den Mustern im See schauend.

Ich hole einen Apfel aus meiner Tasche, strecke ihn ihm entgegen, sage, »wer so hart schuftet, braucht eine Pause«.

»Jetzt nicht!«, sagt er und ich zucke die Schultern und beiße selber hinein. Beobachte ihn eine Weile, wie er stärker schwitzt und sage dann: »Das ist hier kein Wettbewerb oder so«. Plötzlich schlägt er mit dem flachen Paddel auf die Wasseroberfläche.

»Nicht!«, sage ich, »das gibt Flecken!«

»Kein Wettbewerb, ja!«, stößt er hervor, »was denn bitte sonst?«

»Hör sofort auf, mich anzubrüllen«, sage ich, beiße in den Apfel und blicke auf das gelbe Wasser. Ich merke, dass ein Wind aufkommt und die Linien, die wir in den Schleier gefahren haben, verwischen.

»Der scheiß Wind«, sagt er, zieht die Ruder ein und nimmt mir den Apfel aus der Hand.

Ich beobachte seine Halsmuskeln, während er den Apfel kaut und finde seine auf das Wasser blickenden Augen wunderschön. Der See wird wieder eine gleichmäßig gelbe Fläche. In die Stille, die ich nicht verstehe, sage ich, »kannst du mir vielleicht mal sagen, was mit dir los ist?«

Die Liebe meines Lebens sagt nichts.

»Weißt du«, versuche ich, »das war mit meinem Vater immer so ein Spaßausflug, da war auch manchmal Wind, der die Spuren schief und krumm gemacht hat. Hauptsächlich ging es darum, einen netten Tag zu haben.«

»Dann rede nicht dauernd von deinem Vater.«

Erst bin ich still, dann nehme ich ihm den Apfel aus der Hand.

»Hast du sie noch alle!«, schreie ich endlich. Werfe den dämlichen Apfel in hohem Bogen in den See.

»Lass uns zurück fahren«, sagt er, greift nach den Rudern, fährt ohne Schnörkel zur Anlegestelle.

»Toll!«, sage ich und versuche, ihn mit meinem Blick zum Halten zu bewegen.

Zuerst schaut er mich nicht an, aber drei Jahre sind eine lange Zeit.

Er versucht: »einfach zu viele Mücken hier.«
»Wenn dich was nervt, musst du es früher sagen.« Meine Stimme ist ziemlich schwach.
Als wir aus dem Boot aussteigen, nimmt er mich in den Arm und küsst meinen Hals, da ich das Gesicht abwende.
Er sagt: »Einfach nicht mehr Boot fahren, okay?«
Ich sehe auf den See und dort, wo ich den Apfel hinein geworfen habe, ist ein großes Loch in dem gelben Schleier.

Geisterbahn

Am Ende der Jahrmarktsgasse stand die Geisterbahn. »Frank's Castle« hieß sie und ein riesiges, neongrünes Frankensteinmonster schwankte darauf und schepperte in kurzen Abständen mit Tonbandstimme: »Horrorshow, come in and … have a nice time, hohoho.«
Gregor arbeitete dort. Sammelte die Fahr- Chips von den Gästen ein und presste die Sicherheitsbügel hinunter. Das tat er, seit er sechzehn war, zehn Jahre ist das her, dass er einen Monat vor Schulabschluss das Schild: »Junger Mann zum Mitreisen gesucht« gesehen hatte und sofort mitgefahren war.
In den zehn Jahren war er in genau 199 Orten gewesen. Sie waren eine Spirale, die Orte. Eine Länderfähnchenspirale, die er auf eine große Pinnwand gesteckt hatte. Sein erster Chef hatte ihm diese Pinnwand mit aufgeklebter Deutschlandkarte geschenkt und gesagt: »Damit du immer weißt, wo du bist.« Die Länderfähnchen gab es im 100er Pack in einer großen Tüte, bald würde er die dritte kaufen.
Er hatte im zweiten Jahr einen eigenen Wohnwagen bekommen, und das war gut, denn er litt unter Alpträumen. Sie kamen oft drei bis viermal die Nacht, so dass er jedesmal hochschreckte. Er traute sich nur zu schlafen, wenn er betrunken war. Und es war ihm peinlich, vor anderen zu trinken, er war lieber allein dabei.
Beim Betrunkenwerden schaute er sich nachts die Pinnwand an und suchte in ihr nach Mustern, einer Ordnung. Es gab Gegenden, die hatten ein Gesicht und welche, da sah er eine Faust mit

ausgestrecktem Mittelfinger. Doch alles in allem waren sie eine Spirale, die außen nur wenige Fähnchen hatte, jedoch zur Mitte hin immer enger gesteckt war, sich immer schneller drehte.

Und dann in dieser Stadt, die im Zentrum der Spirale lag, kamen eines Nachmittags zwei Mädchen, Frauen, irgendwo dazwischen. Sie waren ziemlich laut und aufgedreht und hübsch, vor allem zusammen, als etwas sich gegenseitig ergänzendes. Die eine war knabenhaft schlank, braun gebrannt, mit welligem blonden Haar, aufgehellte Strähnen, wie am Strand von der Sonne gebleicht – ein Salzwasserblond. Die andere hatte volle Formen und eine immer leicht frierende Marmorhaut. Ihre Haare waren goldbraun, langes fließendes Whiskeyhaar. Beide trugen T-Shirts, die über den Brüsten spannten, mit der englischen Flagge, dem Union Jack.

Vielleicht war es die Flagge, vielleicht das Katze-im-Milchtopf-grinsen auf ihren Gesichtern, jedenfalls imitierte er augenzwinkernd die Monsterstimme und sagte zu ihnen: »Have a nice time, hohoho.« Ein doppeltes Lachen explodierte ihm entgegen. Zwischen den Zähnen von Salzwasserblond sah er einen pinken Kaugummi.

»Gute T-Shirts«, sagte er noch, als er den Sicherheitsbügel hinunterdrückte und Whiskeyhaar kicherte: »Rette uns, wenn wir schreien«, und die Blonde kreischte: »Ich schrei schon, wenn ich das Wort Geisterbahn nur höre.«

Dieses Kreischen lies ein Kribbeln bei ihm zurück, das Kribbeln der Gewissheit, dass ein Hund haben muss, wenn unmittelbar eine Katastrophe bevorsteht. Es stand nur noch ein Gedanke in seinem Kopf. Mit absoluter Sicherheit wusste er, dass die letzte Fahne in seinem Hunderterbeutel ein Union Jack war. Er sah sich um und da keine weiteren Kunden in Sicht waren, rannte er die fünfhundert Meter zu seinem Wohnwagen auf dem Gelände außerhalb des Jahrmarktes. Er kam genau in dem Moment zurück, als der schwarz-rote Wagen mit den beiden aus dem aufklappenden Maul des aufgemalten Höllenschlundes gespuckt wurde. Klemmte sich die Fahne zwischen die Zähne und grinste.

»Süß, schau mal«, sagte Salzwasserblond und haute ihren Ellbogen in Whiskeys Seite.

Aus dem Augenwinkel bemerkte Gregor in dem Moment, dass

weitere Fahrgäste in einen Wagen einstiegen und reflexartig drehte er sich ihnen zu, nahm die Chips entgegen und beugte sich vor, den Bügel zu schließen. In seinem Rücken hörte er ein doppeltes Kichern, ein zu lautes Flüstern: »Guter Arsch«, und sah im Umdrehen, wie beide sich auf die oberste Stange der Absperrung setzten. Dort blieben sie den restlichen Nachmittag, holten sich Bier in Plastikbechern und hielten ihre Gesichter in die letzten warmen Strahlen der Sonne. Sie rauchten, lachten und scherzten übermütig mit Vorübergehenden. Jedesmal, wenn Gregor sich vorbeugte, um einen Bügel zu schließen, applaudierten sie pfeifend, bis er es ihnen verbot mit der Drohung, sonst das Hohoho-Monster auf volle Lautstärke zu drehen.

Sie blieben, selbst als es längst Nacht geworden war, aßen Stockfisch und dazu eine Tüte Kartoffelchips: »fish'n chips«, gackerten sie angetrunken und Gregor stand dabei, hatte sich das Fähnchen in den Kragenknopf gesteckt und ließ sich von ihnen erzählen, wie geil London doch sei. Gerade seien sie drei Wochen da gewesen, extrem locker seien alle dort, nicht so prüde wie die Amis und feiern könnten die, oh mein Gott, was für Partys sie da gesehen hätten, ziemlich »wow«.

Als sich nach Mitternacht die Jahrmarktsgasse leerte, langsam die bunten Lichterketten der Buden ausgingen und der Geruch gebratener Champignons von dem des Reinigungsbenzins vertrieben wurde, schloss auch Gregor den Höllenschlund zu, übergab dem Mann im Kassiererhäuschen den Beutel mit den Chips und fragte die Mädchen: »Wollt ihr mal was sehen?«

Sie nickten und kamen mit ihm zu seinem Wohnwagen, wo er ihnen die Pinnwand zeigte und seinen Wodka hervorholte. Zum ersten Mal war es ihm nicht peinlich, vor anderen zu trinken, schnell und pur.

Als sie die Pinnwand sahen, sagten sie: »Aber hallo«, und: »Du musst ja ganz schön was erlebt haben.«

»Eigentlich nicht«, sagte Gregor.

Whiskey zog eine Fahne heraus, um den Ortsnamen lesen zu können. Etwas zuckte nervös auf in Gregor.

»Was soll denn Lauchhammer sein«, fragte sie mit hochgezogenen Augenbrauen, »Kann man das essen? Tut das weh?«

Alle drei lachten, zwei aus anderem Grund als der Dritte.

»Lass mal gucken«, Salzwasserblond griff nun auch nach den Fähnchen. »Mal ehrlich«, kicherte sie, »willst du aus St. Gallen kommen oder hier, könntest du einen Typen ernst nehmen, der aus Brunsbüttel stammt? Wer braucht solche Orte?«

»Lasst die Fahnen stecken«, sagte er unruhig in das übermütige Gegacker.

»Wir machen schon nichts kaputt. Sag mal, warum steckst du in einen Ort wie Schweinfurt eine Italienflagge, steckt da eine geheime Botschaft dahinter?«, fragte ihn Whiskey und die Blonde platzte mit der schlichten Frage heraus: »Wozu brauchst du die Karte?«

Er nahm einen großen Schluck aus der Flasche, merkte langsam, wie die Wärme des Alkohols seine Knie erreichte, noch ein paar Minuten, dann würde das sanfte Gefühl des Fließens einsetzen.

War ein Geschenk, antwortete er.

»Pass mal auf«, sagte Whiskey und nahm einen roten Filzstift von seinem Wandbrett. Sie malte links neben der Karte, etwa auf Höhe des Ruhrpotts, einen großen Punkt an die Wand seines Wohnwagens. »Und da ist London!«

Die Blonde fragte: »Warst du mal dort?«

Sie trat neben ihn, er roch ihren pinken Kaugummi und sie nahm einen Schluck aus der Wodkaflasche. Er konnte nicht lügen in dem Moment und sagte: »Nein.«

»Freu dich«, hörte er und sie legte ihm die Hand auf die Schulter. »Dann hast du das Beste noch vor dir.«

Whiskey lachte: »Dafür war er schon in Lauchhammer, ich wusste nicht mal, dass es das gibt.«

Blond schaute ihm in die Augen, da war es, dass fließende Gefühl, sie sagte: »Es ist nie zu spät.« Er schloss die Augen, hoffte, sie würde ihn küssen. Da hörte er Whiskey wie aus weiter Ferne sagen: »Wir sollten mal langsam los, der Nachtbus.«

Als er die Augen wieder öffnete sah er gerade noch, wie sie »Tschüss« sagten und aus dem Wohnwagen sprangen.

Langsam zog er sich den Pullover über den Kopf, streifte die Schuhe von den Füßen und fiel rückwärts auf sein Bett. Als er die Augen schloss, fühlte es sich an, als würde er nach unten gezogen, als habe er keinen Halt, er wehrte sich nicht. Schlief ein.

Und in dieser Nacht kamen sie wieder, die Alpträume. Er schreckte hoch, sah den roten Punkt an der Wand leuchten, grell leuchten und ihre Worte dazu: »und da ist London«, und wie der Punkt größer wurde und so groß, dass er sich über die Karte ausbreitete und sie verbrannte, knistern hörte er es und er roch Kork, widerlicher Geruch und das Rot brannte ein Loch in die Wand des Wohnwagens und auf einmal wurde er von einem starken Sog erfasst und durch das Loch hinaus gerissen, versuchte, sich fest zu halten, doch alles war glühend heiß, er verbrannte sich die Hände, wurde in die Nacht geschleudert und fiel hart auf den Asphalt, der tiefschwarz und klebrig war, lag benommen still, meinte plötzlich, das »Hohoho« zu hören, riss sich los von dem klebrigen Asphalt, blickte zur Geisterbahn. Tatsächlich leuchtete dort ein Licht, nein, es flackerte – ein Feuer brannte.

Er rannte, so schnell er konnte, kam zu spät, meinte einen Mann weglaufen zu sehen. »Halt!«, rief er, doch da war niemand.

Starrte entsetzt auf das riesige Monster, dass idiotisch sein Lachen wiederholte, während Flammen an ihm hochzüngelten, bis endlich mit lautem Knall die Kabel rissen. Und er sah, wie das Monster wankte und langsam, wie in Zeitlupe, vom Dach herunterkippte. Gregor schwindelte es, als fiele er mit ihm. Drehte sich ab und rannte die Jahrmarktsgasse entlang, zum anderen Ende, zur Straße, wo der Nachtbus fuhr.

Sten Kühlk

Die Selbstmordmesse

Groteske – gekürzte Fassung

Er war selbständig in Sachen *Deathstyle* – davon lebte er gut daheim im Elsaß; denn gottlob waren die Franzosen ja ein trauriges Volk. Nicht so traurig wie die Finnen, leider. Die Finnen waren, nach den Isländern selbstverständlich, die traurigsten Europäer überhaupt. Vielleicht wären bloß die Russen noch trauriger gewesen, aber die waren erstens keine richtigen Europäer und zweitens keine Kundschaft, weil sie kein Geld hatten. Die Russen, sagte sich Jaques Franche-Göbel, als er dem Aufzug zueilte, waren ja noch nicht einmal beim *Lifestyle* angekommen und hatten zudem alle etwas irritierend Grobes. Andererseits – Franche-Göbel betrat den Aufzug – kannte er keine Russen. Die hatten so lange nicht herausgedurft, da mußte man sich aufs Fernsehen verlassen, und da zeigten sie den Russen stets unter einer Pelzmütze oder als wogende Menge, die eher grimmig schaute, nicht traurig, sondern muffig-vermault. »Hinauf, hinauf bitte!«, sagte er zu dem zierlichen Fräulein, dessen schneeweißer Zeigefinger abwartend über der Tastenfläche schwebte. »Auch zur Selbstmordmesse, Mademoiselle?«

Das schneeweiße Fräulein nickte, rückte aber, offenkundig auf Abstand versessen, an die Hinterwand der Kabine. Sicher eine Deutsche, dachte Franche-Göbel, eine aus dem Osten, so verträumt wie sie aussah.

»Sind Sie Ostdeutsche?«

Das schneeweiße Fräulein verzog mißbilligend das Gesicht. »Russin!«, sagte sie und blähte die Nasenflügel.

»Uh, welch ein Zufall, gerade dachte ich ...«

Er brach ab, das konnte er ja so nicht sagen, mit den Russen. »Wie völkerverbindend, der Tod«, verbesserte er sich statt dessen. »Aus welcher Ecke Russlands kommen Sie denn?«

Der Fahrstuhl hielt auf der Ausstellerebene. Im Hinausgehen sagte das schneeweiße Fräulein: »Aus der unteren linken Ecke, schönen Tag!«

Franche-Göbel zuckte zusammen. Höflichkeit war man den

Damen doch schuldig! Auch der Elsässer, dachte er und schob sich in die Menge der hin und her flutenden Messebeschicker, auch der Elsässer war eine Art Franzose; und gerade als Mann legte er auf die letzte Tatsache besonderen Wert.

»Leider, mein Herr, haben wir nichts mehr frei und alle Stühle sind vergeben. Entweder Sie teilen diese Box mit Frau Jimitrow oder Sie stellen nicht aus!« Der junge Mann von der Messeorganisation *Freitod Frankfurt* hakte etwas auf seinem Clipboard ab und huschte davon. Jaques Franche-Göbel verfluchte im stillen Frau Haberlein, seine Teilzeitdame, die an der fehlerhaften Anmeldung die Alleinschuld trug. Er hatte auf einer separaten Präsentationsbox bestanden, und nun dies! Er mußte ein enges Geviert aus PVC-Stellwänden mit diesem schneeweißen Fräulein aus dem Aufzug teilen, das sich obendrein bereits heimisch ausgebreitet hatte. Sie saß, nein: lagerte auf einer mit blauschwarzem Plüsch bezogenen Récamiere vor einem blauschwarzen Steintisch, auf dem ein ebenso blauschwarzer Personalcomputer thronte und rauchte blasiert ein überlanges, erstaunlicherweise goldfarbenes Zigarillo.

Franche-Göbel sah sich unglücklich um: Diese pathetische russische Dekoration, das erkannte er auf den ersten Blick, vertrug sich überhaupt nicht mit seinem Konzept. Er hatte auf Intellektualismus gesetzt. Zugegeben, dachte er, als er mit Tesafilm seine auf Büttenpapier gedruckten Sinnsprüche zum Tode auf die ihm zustehende Wand klebte, Frau Haberlein hatte ihm geraten, lieber mit der Dummheit der Menschen zu rechnen, er aber hatte chefhaft und französisch auf Esprit bestanden.

»Esprit«, so hatte er die Haberlein belehrt, »braucht man auch zum Sterben; gerade zum Sterben, wenn ich mir diese Feinheit erlauben darf.«

Als er jetzt zurücktrat und sein Hängewerk begutachtete, mußte er sich allerdings eingestehen, daß er besser mehr Gedanken auf die Präsentation jenes Esprit hätte verwenden sollen. Das eierschalfarbene Papier auf der arktisch blendenden Reinheit der Wand wirkte in Verbindung mit den gelblichen Klebestreifen fast schäbig. Franche-Göbel seufzte und atmete dabei den beißenden Geruch des russischen Rauchwerks ein. Und jetzt hatte er nicht mal einen eigenen Stuhl! In Gottes Namen, dann würde er eben auf Stühle verzichten! Man konnte, dachte er und sprach sich auf diese Weise den nötigen Geschäftsmut zu, genauso gut im Stehen übers Sterben sprechen. Entsprach nicht Stehen sogar der Außeralltäglichkeit des Phänomens in größerem Maße als dieses ewige Herumsitzen? Jawohl, um ein Vielfaches geistiger würde seine Hälfte wirken im Vergleich mit dem lasziven, ja, die Ebene des Sitzens schon weit überschreitenden Herumgelunger des schneeweißen Fräuleins auf der Kitschliege!

Ärgerlicherweise mußte er aber feststellen, daß da überhaupt niemand mehr faul lungerte, sondern ein Mann mit Helm und übergroßen Handschuhen durch die Präsentationsbox stapfte und dabei auch grenzüberschreitend dreist seine Hälfte tangierte. Gefolgt wurde er von Frau Jimitrow, die eine Fernbedienung in der Hand hielt und ihrerseits einen monströsen Helm auf dem Kopf trug. Wie kurz vor dem Abknicken wirkte ihr schmächtiger Oberkörper unter seinem Gewicht. Als würde man – dachte Franche-Göbel und betrachtete ihre zarten Fesseln und schlanken Beine – als würde man einem Schmetterling eine schwere Glasmurmel auf den Rücken legen; der Zusammenbruch war nur eine Frage der Zeit.

Aber die Beine des schneeweißen Fräuleins hielten dem gewaltigen Kopfgewicht stand und tänzelten sogar leichtfüßig um den nun taumelnden Mann herum. Ihre Hand auf dem Fernbedienungskästchen vollführte eine Bewegung, die Franche-Göbel wie ein herrisches Schnicken vorkam, und der Mann – als hätte ihn jemand fest vor die Brust gestoßen – warf beide Arme in die Höhe und machte ein paar hilflose Rückwärtsschritte, bis er wie ein leergelaufener Roboter mit hängenden Armen zum Stillstand kam. Frau Jimitrow setzte ihm den Helm ab. Franche-Göbel trat hinzu und blickte überrascht in das von jedem verständigen Ausdruck wie leergewaschene Gesicht des Mannes, der nur ein paar kleinere Puff-huff-Laute aus sich herausdrückte. Beim Anblick dieser aus jeder Kontur herausgeschwommenen Züge verflog Franche-Göbels Ärger und an seine Stelle trat Verwunderung: Der konnte nichts dafür, dem war etwas passiert!

Sanft nahm er ihn beim Arm, und bereitwillig tappte der getrübte Mensch neben ihm her in die Jimitrowsche Hälfte. Dort sackte er auf dem schwarzen Plüsch in sich zusammen. Franche-Göbel klopfte ihm kurz und zwischenmenschlich auf die Schulter, dann wandte er sich energisch dem schneeweißen Fräulein zu, das, an einem frischen Goldzigarillo saugend, vor seinen

Sinnsprüchen auf und ab spazierte. Jetzt würde er ihr die Meinung sagen, von wegen *ihre* Kunden in *seiner* Boxenhälfte!

Sie blickte in einer strengen Musterbewegung an ihm herunter und wieder hinauf und blieb dann mit den Augen irritierenderweise in Höhe seines nervös zuckenden Kehlkopfes hängen. Es schien unter ihrer Würde, ganz zu ihm aufzuschauen. Nun ja, dachte Franche-Göbel, in die Knie zu gehen brauche ich aber auch nicht. Mit dem glimmenden Ende ihres goldenen Rauchwerks zeigte sie lässig auf einen Sinnspruch und las vor:

»Ungeplant kommt der Tod wie ein Räuber in dein Haus. Plane ihn, und aus ihm wird ein ... H o n i g t o p f ?«

Die Pause vor dem letzten Wort sowie die absichtlich manierierte Vortragsweise verletzten Franche-Göbel. Hier wollte sich jemand über ihn lustig machen. »Simplothon hat das gesagt, ein Vorsokratiker, nicht ich!«, verteidigte er sich vorauseilend.

»Kenne ich nicht«, versetzte die schon weiterspazierte Jimitrow, und das klang so, als rücke sie das für immer ins Recht. In einer dicken Tabakwolke zurückbleibend, ärgerte sich Franche-Göbel, so überzeugend hatte er den Honigtopfspruch selber nicht gefunden. Aber Frau Haberlein – immer mit Blick auf *den normalen Mann von der Straße*, wie sie einen soziologisch völlig diffusen Typus gern nannte – hatte gemeint, auch plakative Philosophie habe ihr Gutes.

»Das ist schon besser!«, erreichte ihn da die wertende Stimme des schneeweißen Fräuleins.

»*Es ist ungewiß, wo uns der Tod erwartet; erwarten wir ihn also allenthalben! Sinnen auf den Tod ist Sinnen auf Freiheit. Wer sterben gelernt hat, versteht das Dienen nicht mehr* – hm.« Sie sah ihn an und blies ein Mäulchen Qualm an ihm vorbei.

»Ist das von Ihnen, Herr – wie noch mal?«

»Franche-Göbel. Bedaure, nein. Es stammt aus der Feder Montaignes.«

Er machte eine kleine Kopfverbeugung, um so seinem Stolz auf Montaignes Klugheit Ausdruck zu verleihen und wollte zitierend fortfahren, aber da schüttelte das schneeweiße Fräulein den Kopf. Blauschwarze Haarfransen flackerten über ihre porzellanbleichen Wangen, eine glänzende Strähne blieb auf ihrer feuchten Unterlippe kleben. Eigentlich, dachte Franche-Göbel abgelenkt, ein sinnlicher Anblick. Auch insgesamt war die russische Dame eine Erscheinung, die Herren aufmerken ließ. Also merkte Franche-Göbel auf, obwohl er Montaigne nur ungern so angebrochen in der Luft hängen ließ.

»Sie schütteln den Kopf, Madame, missfällt Ihnen Montaigne?«

Das schneeweiße Fräulein verzog den Mund, als wolle sie gleich durch die Finger pfeifen, bliess aber statt dessen nur einen heftigen Atemstoß über ihre Unterlippe. »Doch«, sagte sie, »beziehungsweise nein. Warten Sie, die Kundschaft ruft!« Damit legte sie Franche-Göbel für einen winzigen Moment beide Hände flach auf die Brust und schob ihn, als wäre er etwas mit Rollen daran, einfach aus dem Weg. Er sah, wie sich das Fräulein an dem nun wiedererstarkten Mann auf der Récamiere zu schaffen machte und um ihn herumcourte. Der eben noch arg Mitgenommene begann zu kichern, ja schlug, wie Franche-Göbel altertümlich, aber passend dachte, eine richtig laute Lache auf. Nun reichte sie ihm ein Papier und einen golden aufglitzernden Stift. Er schrieb etwas Kurzes, erhob sich, schüttelte dem schneeweißen Fräulein die Hand und ging.

Wenn das kein Vertragsabschluss war, dachte Franche-Göbel und steuerte die Récamiere an, dann will ich ab morgen Jakob heißen!

»Ich sage nur sechsstellig!«, rief sie ihm freudig entgegen und klopfte einladend auf den schwarzen Plüsch neben sich. »Sehen Sie, Nachbar, die Zeichen stehen auf Technik. Hängen Sie Ihre Sprüche lieber ab! Der Mann eben war Inhaber eines Privatsanatoriums für Zivilisations- und Lebensmüde. Er hat unser ganzes Programm *Taiga-death* bestellt.« Damit reichte sie ihm eine Visitenkarte:
http://www.cyber-death.de
jekaterina jimitrow

Franche-Göbel schloß kurz die Augen und dachte: Wie abgeschmackt! Dann sandte er aber ein Lächeln ins Antlitz seines russischen Gegenübers, wie es neuerdings Supermarktkassiererinnen aus sich herausproduzieren, wenn Sie auf höheren Befehl dem frechsten Kunden noch *Vielen Dank für ihren Einkauf und ein schönes Wochenende!* entgegenheucheln müssen.

»Was versteht man – im Detail, meine ich – unter Cyberdeath?«

Die Jimitrow errichtete durch energische Rückgratstraffung eine Aura konzentrierten Marketings um sich:

»Die Ultimative des 21. Jahrhunderts. – Sie wollen nicht mehr leben? Schön, dann sterben Sie! Ob Hochhaus, Stromstoß oder Schläfenschuss, ob Gift, Gas oder Schlangenbiss – Auch Selbstmord ist Profisache. Schnuppern Sie rein. Testen Sie unsere Simulationen kostenfrei und unverbindlich!«
Franche-Göbel hob abwehrend beide Hände, aber die Jimitrow hatte schon den großen Helm parat, und ehe er wirkungsvoll Widerstand leisten konnte, saß ihm die enorme Vorrichtung bereits fest und wie angegossen auf dem Kopf. Zunächst sah er nichts als flimmriges Dunkel, in welchem in vagen Nachbildern das helle Gesicht der Jimitrow sowie bunte Lichtkreise umeinander gaukelten. Dann begann es vor seinen Augen wild zu flackern und zu wackeln. Aus den Tiefen der schwankenden Finsternis tauchte ein leuchtend blaues Fünkchen auf, das sich in ein Flämmchen verwandelte, anschwoll, allmählich zu einem Kästchen wurde, das wachsend auf ihn zustrebte und sich dann, gerade als es annähernd sein gesamtes Gesichtsfeld ausfüllte, auseinanderklappte und zu einem dreidimensionalen Raum wurde.
»Sehen Sie die Türen?«, fragte eine mikrophonisch verfremdete Frauenstimme wie direkt in sein Gehirn hinein, und Franche-Göbel schaute sich um: Tatsächlich, in der geisterblau leuchtenden Halle befanden sich nun an beiden Längsseiten Türen verschiedener Farben. Die ihm am nächsten liegende warf einen unnatürlich phosphoreszierenden Schein auf den milchig funzelnden Hallenboden. Ein Licht, fand Franche-Göbel ängstlich fröstelnd, als er durch die Tür trat, wie es vielleicht ein U-Boot umgeben könnte, das durch die bodenlosen Tiefen des Eismeers taucht.
»Frau Jimitrow!«, rief er. Aber anstatt seiner eigenen Stimme vernahm Franche-Göbel über seinem Kopf ein lautes Rauschen, das von einem heiseren Geschrei begleitet wurde. Erschrocken wandte er den Blick nach oben und sah eine Horde pinkfarbener Affen durch dichtes Blätterwerk jagen. Bäume so hoch wie Funktürme ragten neben ihm in die Höhe, und über allem lag ein badewassergrünes Licht. Beklommen kletterte er über eine glitschige Wurzel, die wie ein Python über den Weg gelagert war. Alles Schmuh, Schmuh!, sagte er sich und betrachtete die ihn umgebende Flora mit kritischem Interesse. Zugegeben, man hatte einen Aufwand betrieben mit Farben und Formen. Es gab Blätter in überwältigender Fülle: samtige, picklige, waschbrettrifflige, pelzige, schuppige, wimprige, fingrige, drahtige, krumme, spitze,

117

gabelzinkige, zungenleckende und sogar fädchenfeine. Gerade näherte er sich einem erstaunlichen Busch, der mannshoch den Trampelpfad versperrte. Seine Blätter, Zweige und Blütenkelche waren vollkommen durchsichtig. Gläserne Früchte in Form kleiner Brotlaibe bewegten sich leise klingelnd im sanften Lufthauch. Er fasste nach einem der Kristallbrote, aber es zuckte vor seinem Griff zurück. Franche-Göbel packte noch einmal zu, und das Glasbrot in seiner Faust ätzte seine Haut wie Säure. Was, fragte er sich, hatte er hier überhaupt verloren? Da fauchte es plötzlich hinter ihm. Franche-Göbel fuhr herum. Aus einem leise zitternden Dickicht starrte ein gelbes Augenpaar. Nur Schmuh, sagte er sich, du mußt bloß die Augen schließen! Also schloss er die Augen, was aber nur dazu führte, dass er nichts mehr sah. Dafür hörte er um so deutlicher, und was er hörte, veranlasste ihn, die Augen auf der Stelle wieder aufzureißen. Das Ungeheuer hinter dem Busch hatte geschnauft! Das Dickicht begann stärker zu vibrieren, Zweige knackten und ein schwarzes, hässliches Untier brach mit aufgesperrtem Schlund aus dem Buschwerk und flog auf ihn zu. Als es seine Klauen tief in seine Brust grub, sah er noch kurz das liebe Gesicht Frau Haberleins aufblitzen und verlor das Bewusstsein.

»Geht's wieder, Nachbar?«

Franche-Göbel schlug die Augen auf und gewahrte erleichtert das schneeweiße Fräulein anstelle des Ungeheuers. Wie eine bleiche Sonne lächelte sie kühl in sein heißes Gesicht hinab. »Wo war ich?«, fragte er.

»Sie hatten die Choice Regenwald. Tödlicher Kampf mit einem T u p ì.«

»Tupì?«

Sie blies ihm Rauch ins Gesicht. »Indianischer Name für Jaguar – hört sich doch besser an, gell. Wir verkaufen keine altbackenen Selbstmorde. Wer will sich denn heute noch bei Mondschein ertränken? Die Menschen wünschen sich singuläre Erlebnisse. Passen Sie auf! Da haben wir zum Beispiel den Freitod im Kampf mit einem Braunbären in Sibirien. Das hat der Psychiater vorhin ausprobiert und war hingerissen. Für Anhänger der theoretischen Physik haben wir den Tod im Teilchenbeschleuniger. Und dann gibt es noch den verzögerten Freitod im 24-Stunden Liebesakt – das können wir hier auf der Messe anstandshalber nicht vorführen.« Sie kicherte und zwinkerte Franche-Göbel, der solche Direktheiten nicht schätzte, sündig zu. Dann steckte sie ihm ein angezündetes Zigarillo in den Mund. Hinter der nun zusammen, aber nicht gemeinschaftlich erzeugten Qualmwolke manifestierte sich in diesem Moment der Schemen einer menschlichen Kleingruppe. Eine ältere Dame half einem Greis mit Gehhilfe, sich den Cyberhelm über den Kopf zu stülpen.

»Entschuldigen Sie, Nachbar«, sagte das schneeweiße Fräulein geschäftig, »die Kundschaft ruft.«

»Nitschewo!«, versetzte Franche-Göbel mit einem Rest Galanterie. Da blieb sie stehen. »Wie bitte?«

»Nitschewo – das ist russisch und heißt doch *macht nichts*, oder?«

Das schneeweiße Fräulein zog an ihrem Ohrläppchen. »Ich kann kein Russisch.«

»Sind Sie denn nicht Russin?«, fragte Franche-Göbel.

»Iwo«, rief sie über die Schulter, »ein Imagekniff, Nachbar. Russland ist in der Branche zur Zeit in. – Aber weil Sie mir gefallen, trotz Montaigne und so, ich heiße Schuster.«

»Wer die Wahrheit verrät, verrät auch die Lügen. – Auch von Montaigne!«, rief Franche-Göbel dem entschwindenden Schusterfräulein hinterher, aber so leise, dass nur er selbst es für ein Rufen ansah; sie konnte es unmöglich für mehr als ein Schnarren gehalten haben. Dann ging er in die Knie und rauchte das funkelnde Zigarillo zu Ende.

Juraj Miler
Ivan im Tal der Toten
Romanauszug

Schüsse. Immer wieder Schüsse. Sie hatten den ganzen Tag lang bis in die Nacht hinein geschossen, ohne Unterbrechung. Manchmal war es ein paar Minuten still gewesen, dann war wieder ein Schuss zu hören, auch zwei oder drei hintereinander.

Ivan hatte sich über Nacht in einer ausgebrannten Hütte versteckt, die einmal jemand einsam zwischen die Felsen gebaut hatte. Er hatte gehofft, in einem verbrannten Haus, das für niemanden mehr interessant war, während der Dunkelheit sicher zu sein. Als er aufwachte, war es draußen schon hell. Die Schüsse mussten irgendwann, während er geschlafen hatte, aufgehört haben, denn jetzt war es still. Zu still. Totenstill.

Einen kurzen Moment überkam ihn wieder dieses Gefühl der Verzweiflung, aber er verdrängte es sofort. Ich muss weiter, ich darf nicht aufgeben, ich kann es schaffen, dachte er. Alles, was Ivan am Leib trug, war eine zerfetzte, mit Blut und Dreck verschmierte Hose. Blut, weil er gestern mehrmals gestürzt war und sich Hände und Knie aufgeschrammt hatte. Schuhe hatte er nicht, aber seine Füße fühlten sich noch gut an. Früher war er im Sommer nur barfuß gelaufen, das zahlte sich jetzt aus. In einem Leinensack, den ihm Dragan mitgegeben hatte, führte er eine Feldflasche mit Wasser und einen Klumpen hartes Brot mit sich.

Ivan verließ die Hütte. Draußen wehte ein leichter Wind und es war bewölkt. Auch gestern war der Himmel grau, weshalb er sich nicht an der Sonne orientieren konnte. Also war er einfach in die entgegengesetzte Richtung gelaufen, aus der die Schüsse kamen. So weit ihn seine Füße trugen war er gelaufen. Nur wenige kurze Pausen hatte er gemacht, um keine Zeit zu verlieren. Als die Dunkelheit hereinbrach, war er dann zu dem Felsmassiv gestoßen und hatte dort die verbrannte Hütte vorgefunden. Diesen Berg musste er jetzt überqueren. Er wusste nicht, was auf der anderen Seite war, aber er hoffte, es würde ihm weiterhelfen. Er nahm einen Schluck aus der Feldflasche, nur einen Schluck, er musste sparen, und brach ein Stück von dem Brotklumpen ab, das er in den Mund steckte. Dann erklomm er Felsen für Felsen. Das Massiv war steil, aber nicht unüberwindlich. Der Wind hatte jetzt nachgelassen und langsam fing es an zu regnen. Ivan spürte die ersten Tropfen auf der Haut. Jetzt auch noch Regen, dachte er. Eigentlich liebte er Regen. Regen bringt Segen, hatte Mutter immer gesagt und sich gefreut, wenn es nach unerträglich heißen Sommertagen kurzzeitig geregnet hatte, und so ihre Paprika hinter dem Haus hatte gedeihen können. Aber jetzt hätte er sich alles andere herbeigewünscht als Regen. Es gab hier keine Bäume, die ihm hätten Schutz bieten können. Die Karstfelsen waren kahl und nur stellenweise mit Moos oder Gräsern bewachsen. In einigen Felsritzen wucherten Büsche. Dann spürte er, wie warme Tropfen seine Haut benetzten. Gottseidank, warmer Regen. Kalter Regen hätte ihn geschwächt, aber warmer Regen war auszuhalten. Vielleicht hatte er so die Möglichkeit, seine Feldflasche wieder aufzufüllen.

Als der Regen heftiger wurde, fiel ihm das Gedicht ein, das er früher einmal als Pionier in der Schule lernen musste: *Wenn Blutstropfen vom Himmel fallen ... wenn die Eunuchen Kanonen segnen ... wenn ich nicht weiß, wann wir uns wieder sehen ... denn die Raben verkünden uns den Weg ... dann Bruder, reich mir die Hand ... denn es ist Sturm im Heimatland.*

Er dachte an Dragan. Würde er ihn je wieder sehen? Ivan erinnerte sich an früher. Als sie die Sommer am Meer verbracht hatten, in Novi Vinodolski, diesem kleinen Ort, und Vater dann die ganze Familie zum Essen eingeladen und sie bis in die späte Nacht hinein gefeiert hatten. Damals verdiente Vater noch Geld in Deutschland, damals war noch alles friedlich, damals waren die Menschen noch gut zueinander. Damals, das war 1979, ein Jahr vor Titos Tod. Und jetzt befand er sich hier, irgendwo in Bosnien, in dieser ausweglosen Situation. Das Gefühl der Verzweiflung stieg wieder in ihm hoch. Ich darf nicht daran denken, ich muss weiter, ich darf nicht aufgeben, ich kann es schaffen, dachte er.

Der Regen ließ jetzt nach. Es waren nur noch ein paar Meter bis zum Kamm des Felsmassivs. Ivan war gespannt, was auf der anderen Seite sein würde. Noch ein Felsen, noch ein paar Meter, dann hatte er die höchste Stelle erreicht. Er setzte sich auf den harten, nassen Stein um sich auszuruhen und blickte hinab. Dort unten befand sich ein langes breites Tal, das von einem Fluss durchzogen wurde. Zum Flussufer ging es steil bergab. Die Wolkendecke am Himmel brach jetzt auf und die Sonne schien durch. Die nassen Karstfelsen glitzerten im Sonnenlicht. Gottseidank, ein Fluss, dachte Ivan. Dort konnte er seinen Wasservorrat auffüllen.

Der Abstieg fiel ihm leichter, wenn er auch nicht weniger beschwerlich war als der Aufstieg. Seine Hände schmerzten. Er musste aufpassen, nicht mit den nackten Füßen auf dem nassen Stein auszurutschen. Es dauerte fast eine halbe Stunde, bis er unten war. Am Flussufer angekommen warf er den Leinensack auf den Boden und stürzte sich auf das Wasser, das vor ihm so klar und köstlich dahinrauschte. Er trat mit den Füßen in den kalten Strom, doch die Kälte machte ihm nichts aus. Ivan bückte sich nach unten und schöpfte mit beiden Händen Wasser.

Aber als er es zum Mund ansetzten wollte, stieg ihm ein fauliger Geruch in die Nase. Angewidert ließ er das Wasser durch die Finger rinnen. Es stank Ekel erregend. Seltsam, dachte er. Er ging zurück zum Leinensack und nahm einen Schluck aus der Feldflasche. Jetzt spürte er die warmen Strahlen der Sonne im Gesicht und setzte sich auf einen kleinen, am Ufer herausragenden Felsen. Er wollte sich einen Moment ausruhen.

Ivan starrte auf den langsam dahinströmenden Fluss. Das Wasser hatte etwas beruhigendes und allmählich verschwamm das Bild vor seinen Augen. Wenn alles nicht wahr wäre, dachte er, wenn alles nicht geschehen wäre, was geschehen ist, die vielen Toten, das viele Blut, das viele Unrecht, das viele Leid, dann könnte das hier der schönste Ort auf Erden sein. Wenn ein Land sehr schön ist, dann müssen auch die Menschen gut sein, die dort leben, hatte Vater einmal gesagt. Dieses Land ist sehr schön, vielleicht eines der schönsten, und trotzdem gibt es hier Menschen, die schreckliche Dinge tun.

Seine Hand bekam etwas großes Rundes zu fassen. Ivan hob es mit beiden Händen auf und sah es an. Er blickte in das Gesicht eines Totenschädels. Entsetzt warf er den Schädel von sich und sprang auf. Nein, das kann nicht sein, das darf nicht sein, dachte er. Er hielt sich die Fäuste vors Gesicht und atmete heftig, zu heftig. In seinen Fingern begann es zu kribbeln, er schwankte. Wieder einer dieser Anfälle! Ich darf jetzt nicht ohnmächtig werden, dachte er, auf keinen Fall!

Bleib ganz ruhig, atme langsam, dir ist nichts passiert, sagte

Ivan sich selbst. Er nahm die Hände vom Gesicht weg und griff sich wieder den Leinensack. Ivan marschierte flussaufwärts. Er fand weitere Knochenteile, die aus dem Kiesbett ragten. Es waren die Rippen eines Brustkorbes. Nach ein paar Metern fand er erneut einen Schädel. Dann ein ganzes Skelett. Ich darf nur auf den Boden sehen, dann passiert nichts Schlimmes, dachte er. Wieder ein Skelett. Diesmal eines, an dem noch Gewebefetzen hingen. Daneben lag eine halb verweste Leiche in Uniform. In dem Schädel fehlten die Augen. Ein faulig-süßlicher Geruch stieg auf. Jetzt konnte er nicht mehr länger nur auf den Boden starren und blickte langsam auf.

Der Anblick war grauenvoll. Ivan fand sich in einem Meer von Toten wieder. Zu beiden Seiten des Flussbettes befanden sich Leichen, teilweise skelettiert, teilweise hing das verfaulte Fleisch noch an den Knochen und briet in der Sonne. Vögel pickten an den Kadavern herum. Lieber Gott, wenn es dich gibt, wenn es dich wirklich gibt, warum lässt du dann so etwas zu, dachte er. Er hielt sich den Leinensack vor die Nase, denn der Gestank wurde jetzt unerträglich. Er fing wieder heftig an zu atmen, zu heftig, und in seinen Fingern kribbelte es. Er versuchte sich zu beruhigen. Das ist alles nicht wahr, das habe ich alles nicht gesehen, das ist alles nur ein furchtbarer böser Traum. Lieber Gott, wenn es dich wirklich gibt, dann hilf mir, hol mich hier raus, lass mich aufwachen aus diesem Alptraum, lass es zu Ende sein! Ich muss weiter, ich darf nicht aufgeben, ich kann es schaffen. Ivan fing an zu beten und zugleich musste er an das Gedicht aus der Schulzeit denken:

Vater unser im Himmel, geheiligt werde dein Name ... wenn die Blutstropfen vom Himmel fallen ... dein Reich komme ... wenn die Eunuchen Kanonen segnen... dein Wille geschehe... wenn ich nicht weiß, wann wir uns wieder sehen ... wie im Himmel ... denn die Raben verkünden uns den Weg ... so auf Erden ... dann Bruder, reich mir die Hand ... und vergib uns unsere Schuld ... denn es ist Sturm im Heimatland.

Er lief weiter stromaufwärts, immer weiter und weiter, ohne sich umzudrehen. Ich muss weg von hier, dachte er, weit weit weg von diesem gottverlassenen Ort, diesem Tal der Toten, weg bevor der Tod zurückkommt und mich holt. Und so lief Ivan, und lief und lief, und irgendwann konnte er nicht mehr und ließ sich einfach auf das Kiesbett fallen und schlief vor Erschöpfung ein.

Nach einiger Zeit wachte er auf und schreckte hoch. Seine trockene Kehle brannte wie Feuer und sein Körper war heiß. Er wusste nicht, wie lange er geschlafen hatte, denn der Himmel war wieder wolkenverhangen, aber es war noch sehr hell. Es musste um die Mittagszeit herum sein. Er wusste auch nicht, wie weit er gelaufen war, ein paar Kilometer jedenfalls, vielleicht fünf, vielleicht sechs. Ängstlich blickte er zum Flussufer. Auf jeden Fall sah er hier keine Toten. Alles sah wieder friedlich und ruhig aus. Ivan stand auf und watete bis zu den Knöcheln ins Wasser. Er bückte sich und schöpfte mit beiden Händen eine Ladung zum Gesicht, roch erst vorsichtig daran und nahm dann einen kleinen Schluck. Es schmeckte gut. Unglaublich gut. Und es war kalt. Ivan kniete sich hin und trank. Er spürte, wie das kalte Wasser die Speiseröhre hinunterfloss und seinen erhitzten Brustkorb abkühlte. So gutes Wasser hatte er lange nicht mehr getrunken. Natürlich wusste er, es war nicht das beste Wasser, aber für ihn war es hier und jetzt das beste, das er je getrunken hatte, besser als jenes im Lager und besser als das warme Wasser in seiner Feldflasche. Er trank so viel er konnte. Danach entleerte er die Blechflasche und füllte sie mit dem kalten Flusswasser. Er aß noch ein Stück von dem Brot, dann erhob er sich und marschierte weiter.

Der Fluss machte an dieser Stelle eine Biegung und die Felswände am Ufer waren hier ziemlich steil. Nach der Biegung sah er es. Zum ersten Mal seit seiner Flucht aus dem Lager sah Ivan wieder ein Zeichen der menschlichen Zivilisation, das nicht verbrannt, zerstört oder getötet war. Es war eine Brücke. Etwa vierzig Meter über dem rauschenden Wasser führte sie von einer Steilwand zur anderen. Es war eine für diese Gegend typische Brücke, mit einem Rundbogen aus Stein. Stammte noch aus der Türkenzeit. Damit sie nicht einstürzte, hatte man in neuerer Zeit zwei zusätzliche Stahlpfeiler angebracht. Die Stahlpfeiler führten unterhalb des Rundbogens, jeweils vom Fuße der beiden Sockel diagonal zum schwächsten Punkt, zur Brückenmitte.

Wo eine Brücke ist, gibt es auch Menschen, die sie überqueren, dachte Ivan. Hoffentlich gute Menschen. Er dachte daran, wie viele Brücken in diesem Krieg wohl zerstört worden sein mussten. Früher waren sie ein Symbol für Bosnien, ja, für ganz Jugoslawien. Ein Symbol für Frieden und Freundschaft. Jetzt symbolisieren die zerstörten Brücken den Krieg und den Hass. Vielleicht ist diese die letzte, dachte er. Minutenlang verharrte er so, stand dort unten am Fluss und betrachtete das Bauwerk über ihm, das zum Greifen nah und doch so weit weg und unerreichbar schien.

Erst ganz leise und unscheinbar, dann immer lauter und stärker, vernahm er plötzlich Motorengeräusche. Es waren schwere, dumpfe Geräusche, verursacht von Lastern oder Panzern. Ivans Herz fing an zu rasen. Vielleicht waren es internationale Truppen, dachte er. Zum ersten Mal seit seiner Flucht verspürte er wieder etwas Hoffnung. Die Fahrzeuge kamen näher, wurden immer lauter und lauter. Es mussten mehrere Camione sein, vielleicht ein Konvoi.

Als die ersten Fahrzeuge die Brücke passierten, sah er die großen schwarzen Buchstaben auf weißem Grund: UN. Sein Herz pochte vor Freude und Aufregung. Er fuchtelte wild mit den Armen und schrie, so laut er konnte: »Hier bin ich, helft mir!« Der Konvoi überquerte die Brücke und Ivan spürte die Vibration. Die Erde unter seinen nackten Füßen bebte von der Wucht der Panzerfahrzeuge. Er schrie und schrie, aber die Soldaten auf den Fahrzeugen hörten ihn nicht, der Lärm war einfach zu laut. Ivan kletterte die steile Felswand hinauf. Wenn er oben war, mussten sie ihn doch sehen, hoffte er. Aber der Aufstieg war nicht einfach und dauerte einige Zeit, und als er endlich die Brüstung erreicht hatte, sah er gerade noch das Heck des letzten Gefährts, wie es in der Ferne immer kleiner und kleiner wurde und schließlich verschwand. Ivan rannte noch ein Stück hinterher und schrie noch mal: »Wartet doch auf mich!« Aber es war zu spät.

Nach einer Weile gab er auf und sank auf den Asphalt, und er weinte. Jetzt war nur noch Verzweiflung in ihm. Warum haben sie nicht auf mich gewartet, warum denn nicht?

Nachdem er sich beruhigt hatte, raffte er sich auf und beschloss, dem Konvoi folgend, von nun an auf der Straße weiterzulaufen. Es war eine schmale und schlecht asphaltierte Straße, mit Schlaglöchern übersät. Am Straßenrand wucherten Sträucher und Unkraut. Er sah jetzt, dass sich hier oben ein Waldgebiet befand. Er entschied, in der Mitte der Straße zu gehen, denn er hatte Angst, auf eine Mine zu treten.

Ivan blieb stehen. Er hörte wieder ein Motorengeräusch, aber heller als vorhin. Diesmal musste es von einem Auto sein. Ich werde einfach mitten auf dem Asphalt stehen bleiben, dann müssen sie mich sehen, dachte er. Oder überfahren. Die Straße machte an dieser Stelle eine Biegung. Er konnte das Fahrzeug noch nicht sehen, aber deutlich hören. Der Wald verdeckte es. Gleich wird es da sein und dann müssen sie anhalten. Sein Herz pochte. Sie müssen es einfach. Sie werden es. Werden mich mitnehmen. Plötzlich dachte er: Werden mich ins Lager zurückbringen. Werden mich erschießen. Mit einem Satz verließ er die Straße und sprang ins Dickicht am Wegesrand. Eine Sekunde später schoss das Fahrzeug aus der Biegung hervor und brauste an ihm vorbei. Ivan sah vorsichtig durch die Zweige. Es war ein olivgrüner Militärjeep mit offenem Verdeck. Auf der Rückbank sah er einen Mann mit einer Maschinenpistole sitzen, der ein Barett trug.

Ivan zitterte am ganzen Leib. Er brauchte ein paar Minuten, um sich zu beruhigen. Als er sich aufrichten wollte, spürte er etwas Metallenes unter seinem rechten Fuß. Nein, bitte keine Mine, bitte nicht!, dachte er. Er versuchte, den Druck auf dem Fuß gleichzulassen und richtete seinen Blick langsam nach unten. Es sah aus wie die verrostete Radkappe eines Autos. Oder doch nicht? Wenn nicht, kann ich nichts mehr ändern, dachte er. Langsam nahm er seinen Fuß weg. Es passierte nichts.

Ivan beschloss, jetzt im Wald weiterzulaufen. Im Dickicht des Waldes gab es keine Minen. Zumindest gab es keinen Grund, dort welche zu deponieren, hoffte er. Der Wald befand sich auf einer Anhebung und führte nach oben. Vielleicht gab es auf der anderen Seite des Hügels, dort wo der Konvoi hingefahren ist, eine Stadt oder das Camp einer internationalen Organisation.

Er lief weiter durch das Gestrüpp. Er war geschwächt und dachte nicht mehr viel nach. Er hatte nicht mehr die Kraft viel nachzudenken. Die Stacheln der Sträucher zerkratzten seine Hände, Arme und Füße. Er spürte, wie das Blut aus den Wunden quoll, aber es war ihm egal. An der höchsten Stelle der Anhebung angekommen, suchte er Schutz hinter einer Kiefer und sah vorsichtig den baumlosen Hang hinunter. Dort unten gab es etwas. Es war eine Kirche. Eine serbisch-orthodoxe Kirche auf einer grünen Wiese. Daneben stand ein kleines Haus. Es musste das Popenhaus sein. Wenn es dort einen Priester gibt, kann er mir vielleicht helfen, dachte Ivan. Ein Priester ist doch ein guter Mensch, ist doch ein Christ, ganz gleich welcher Nationalität er angehört, hoffte er. Völlig erschöpft schleppte er sich den Berghang hinunter und steuerte direkt auf das Popenhäuschen zu.

Nils Mohl
Diese Art Tag, diese Art, ihn zu meistern

Auch Elmer Focker scheint die Sonne nicht von allein aus dem Arsch. Nix da. Ich sage: auch ein Elmer Focker muss jeden Morgen erst wieder den Stock der Ernsthaftigkeit aus dem Hintern kriegen. So sieht's nämlich aus. Offensiv muss man das Ganze angehen. Mit Schmackes. Mit Wumms. Yippie-ay-a. Am besten der Welt gleich mal ein Gedicht ins Gesicht brüllen. Zack, zack, Hand vom Schwanz, ein paar Nuggets aus dem Wortsand geschürft und ab dafür. Gier. Romantik. Tier. Atlantik. In dem Stil. Das bringt die Denkmaschine unter der Schädeldecke in Fahrt, das macht den Assoziationsapparat geschmeidig. Schiffe, Riffe, Haifischzahn, Trecker, Porsche, Autobahn. Keine Frage, zum Plug-In in einen teils noch traumverhangenen, gerade eben Minuten alten Tag gibt es kaum Besseres. Ein formvollendetes, nachdenklich stimmendes Sonett über autoerotische Praktiken mit dem Titel: *Rasen betreten verboten!* Vielleicht. Oder, auch nie verkehrt: ein ironisch hintergründiges Haiku zum Thema Müllverklappung und Artensterben. Andererseits: wer Derartiges noch vor dem Aufstehen aus den Rippen schüttelt, kann im Prinzip auch gleich liegen bleiben: Soll erfüllt, die Muse küsst täglich nie mehrmals auf Zunge. No way. Und für Elmer Focker gibt es in der Regel sowieso nur ein Bussi links und ein Bussi rechts an der Wange vorbeigehaucht. Maximal. Das heißt: back to life jetzt, die Knochen sortiert, raus aus dem Bett und Faust in den Himmel gestemmt. Yes! Man hat es geschafft. Der hässlich hartnäckige Saupudel alias Schweinehund liegt winselnd, grunzend und ausgezählt am Ringboden. Das erste Wunder ist vollbracht. Man steht. Beidfüßig. Yippie-ay-a. Zeit für ein Grinsen. Zeit aber auch für einen Spaziergang zur Keramik: das Entleeren der Blase will erledigt sein. Eine Sache, die noch einmal richtig glücklich macht, bevor dann face to face mit dem eigenen Spiegelbild plötzlich hochphilosophische Fragen auftauchen. Die Frage, warum ist ich, Focker, doch nie ein anderer?, zum Beispiel. Und, daran anschließend: wie liebt man eigentlich am besten jemand

Hässlichen? Ich meine, mal Hand aufs Herz, dieses fliehende Kinn, Elmer, diese hohe Stirn, diese viel zu lange Nase: hipp, hipp, hurra und halleluja. Der Trickser namens Bewusstsein hat hier wirklich ganze Arbeit zu leisten. Bei Gott, als Elmer den Elmer zu lieben, das ist kein Selbstgänger. And so keep on loving, Elmer Focker, keep on loving. Auch wenn damit natürlich nicht alle Probleme gelöst sind. Stichwort: Routinefolter Zähneputzen und Rasieren. Klar, zivilisatorisch betrachtet ist die Körperpflege unzweifelhaft ein großer Fortschritt. Rein menschlich erfüllt sie in ihrer Eintönigkeit allerdings ab einem gewissen Alter quasi den Tatbestand der seelischen Grausamkeit. Yippie-ay-a. Oh und ach, ihr Pickel der Pubertät, wie werdet ihr vermisst. Wahrlich, was waren das doch noch für Zeiten, als man sich mit zartem Flaum auf der Oberlippe dem kontemplativen, handgreiflichen, allmorgendlichen Rausch der Selbstverstümmelung hingeben konnte. Ein Vorrecht der Jugend. Und was für eins. Ich sage mal: dreistöckige Eiterpickel auf das verhasste Konterfei im Alibert abfeuern zu dürfen ist so ziemlich das Schönste, was die Teenagerzeit zu bieten hat. Retrospektiv betrachtet, versteht sich. Zwischen Quarter- und Midlife-Crisis geht es in der halbstündigen Nasszellen-Daily-Home-Soap jedenfalls wesentlich unblutiger zu. Ein Lied für den Weltfrieden unter der Dusche, eine gesummte Melodie gegen den Hunger in der Dritten Welt beim Abtrocknen und Haarebürsten, eine gepfiffene, geschliffene, freie Tonfolge zur Erinnerung an die Gefallenen sämtlicher paneuropäischen Kriege der letzten fünfhundert Jahre beim Salben, Ölen, Deodorieren und Föhnen. Ein Elmer Focker weiß, was er seinem Planeten schuldig ist. Oh ja. Schließlich liest Elmer Focker zu seinem Tee-Toast-Ei-Banane-Frühstück auch zwei Tageszeitungen. Beide stets in folgender Auswahl und Reihenfolge: Sport, Kultur, Vermischtes, Lokales. Ich sage nur: immer schön auf dem Laufenden, auf Ballhöhe bleiben. Das ist Bürgerpflicht, sage ich, und zwar, mit Verlaub: die allererste. Von der kathartischen Wirkung vermittelter Wirklichkeit einmal ganz abgesehen. Karriereknickende Mittelstürmer, scheiternde Fußballtrainer, postmodernisierende Architekten, kriselnde Theatermacher, sodomierende Priester, vergewaltigende Delphine, Austern schlürfende Politiker und Schüler beißende Hunde: da wird dem Focker doch gleich richtig warm ums Herz. Flugzeugabstürze, Erdbeben, Umweltkatastrophen, Tarifpoker, Sozialabbau und Arbeitslosigkeit: was heißt denn das? Das heißt: vergleichsweise behaglich mutet sie an, die kleine Fockerwelt, das heißt: relativ kuschelig geht's zu im trauten Elmeruniversum. Mit anderen Worten: Das Borgen von Sorgen an jedem Morgen entrückt, verzückt, beglückt und erteilt – darüber hinaus – dem eigenen Streben und Leben den nötigen Segen. Yippie-ay-a. Yippie-ay-a. Wer nun allerdings glaubt, in Fockerworld sei stets und ständig alles nur honigmelonensüß beziehungsweise wassermelonenrosig, der irrt. Ein Mann von komplizierter seelischer Struktur ist er, der Elmer F., zudem recht schwankend im Gemüt und äußerst sensibel. Quod est demonstrandum. So kann es nämlich sein, dass das Elmerlein während des Frühvormittags noch im flotten Fandangoschritt durch die Einliegerwohnung tänzelt, dabei Radio hört, Pop und Vaterland preist, nebenher vielleicht sogar Blumen gießt, bügelt, feudelt, staubsaugt oder abwäscht, dann aber jedoch unversehens und unvermittelt aus dem Tritt gerät. Ruck, zuck, ratz, fatz geht das, und schon ziehen graue Wolken über Fockercastle auf. Die Miene des Hausherren verfinstert sich, König Frohsinn lässt sein Zepter sinken, der Blues wird geschoben. Bye-bye you funny sunny times. Schluss mit lustig. Es läuft inzwischen das letzte Viertel der ersten Tageshälfte, und uns Elmer befindet sich auf einmal inmitten einer Alltagsgroteske, mittendrin in einem Alptraum. That's the way it goes. Hooka hey. Ein Scherenschleifer klingelt an der Tür, eine religiöse Aufklärerin, ein Postzusteller, eine Dame, die Klöppelarbeiten feilbietet, ein Zirkusjunge, der einen kamelartigen, ausgehungerten Paarhufer im Schlepptau hat, ein Staubsaugervertreter, ein freischaffender Gehwegplattenreiniger und ein Nachbar, dessen Rasenmäher seit drei Jahren kaputt ist. Das stört. Aber das Stören an sich ist nicht das Problem. Auch die teilweise stark ausgeprägte Penetranz der Leute nicht. Damit kann ein Elmer Focker umgehen. Das Problem ist die Art und Weise, wie die Leute gucken. Ganz Profis, gucken sie alle stur an einem vorbei. Und das bedeutet nicht bloß: sie gucken, als hätten sie es mit einem Durchsichtigen, mit Tarnkappenelmer, mit Focker dem Unsichtbaren, zu tun. Nein, das bedeutet vor allem: sie gucken, als wäre der, der ihnen da gerade die Tür geöffnet hat, eine Art rumploser Freak, eine Art vernunftbegabter Hausschuh, eine Art sprechender Fußball. Sie gucken, als stünden sie vor Focker-san, einem kükengelben, handzahmen, japanischen Streichelroboter. Kon-nichiwa, hajime-mashite. Ohne Frage: der Blick dieser Leute macht einen fertig. Ein Blick wie ein hohles, totes, debiles Dauergrinsen. Absolut nervtötend. Denn dieser Blick sagt: alles in Butter, altes Haus. Friede, Freude, Eierkuchen, sagt dieser Blick. Er sagt: ein kükengelber, japanischer Streichelroboter oder ein vernunftbegabter Hausschuh zu sein ist nicht weiter schlimm. Hooka hey. Und spätestens wenn Chefkoch Focker mittags dann lustlos und mit gezügeltem Appetit sein Tütensüppchen in sich hineinschaufelt, gibt es keine zwei Meinungen mehr: ob nun rumpfloser Freak oder sprechender Fußball, das Dasein als Klöppeldeckenkäufer, großzügiger Geldspender, Rasenmäherverleiher, geduldiger Zuhörer, Zweitstaubsauger- und Gehwegplattenreinigungsterminbesitzer vermag den guten, alten Elmer nicht wirklich glücklich zu machen. Im Gegenteil: zum Hadern scheint es mit einem Mal da, das Schicksal. Diese verdammte Gutmütigkeit, diese verfluchte Focker'sche Kopfnickerei, diese komplette, elmerspezifische Unfähigkeit, nein zu sagen. Hooka, hooka hey. Da erreicht die Unzufriedenheit mit dem Sich und dem eigenen Selbst doch glatt eine neue Qualität. Eigenverachtungsqualität gewissermaßen. Und das führt dann dazu, dass der High-Noon-Blues kurz davor ist, in Siesta-Lamenti, in Verzweiflung umzuschlagen. Aber Verzweiflung ist im Charakter eines echten Fockers selbstredend nicht angelegt. Wenn Verzweiflung droht, dann wird ein echter Focker aktiv und trotzt dem Ernst der Lage mit dem nötigen Schalk. Tritratrullala. Und so sieht man dann wenig später einen Mann ein Haus verlassen. Einen Mann in grauem Einreiher. Einen Mann mit Flossen an den Füßen. Bodyboardflossen. Flap. Flap, flap. So klingt das in etwa, wenn Bodyboardflossen auf das Pflaster eines großstädtischen Randbezirkbürgersteigs schlagen. Flap. Flap, flap. Was den Träger der Flossen ungemein zu erfreuen scheint. Er lächelt. Er lächelt und gibt ein paar leise, aber ziemlich euphorisch klingende Ohohos und Yippie-ay-as von sich. Tritratrullala. Focker heißt dieser Mann, Elmer Focker, und Herr Focker macht sich, wie immer, wenn es in seinem Kopf etwas unsortierter zugeht, zu einem Spaziergang in Richtung Gehölz und Ententeich auf. Ein Ziel, welches per pedes bequem in einer Viertelstunde zu erreichen ist. Flap. Flap, flap. Selbst mit Flossen. Und deshalb steht Herr Focker dann keine fünfzehn Minuten später auch am Rande besagten Gehölztümpels, krempelt die Anzughosenbeine bis zum Meniskus hoch und setzt sich, nachdem er mit Krempeln fertig ist, mit seinen vier Buchstaben in das Uferlaub. Der Boden ist angenehm kühl. Herr Focker verschränkt die Arme hinter dem Kopf, lässt sich auf den Rücken fallen und schaut in den mit kleinen Kumuluswolken beflockten Himmel. Yippie-ay-a, murmelt er zufrieden, yippie-ay-a. Und während er dann mit Füßen und Flossen im trübgrünen Entenflottwasser plantscht, dichtet er nebenbei still vor sich hin. Er dichtet: das Leben auf einem Magneten, sei's in Dörfern oder Städten, ist, das muss man wissen, oft bescheiden und beschissen. Herr Focker dichtet: sechs Milliarden Hirne, eins in jeder Birne, denken laut und leise auf diese oder jene Weise unverbindlich vor sich hin, denken bis zum Ende unermüdlich, denken, das hat Sinn. Tritratrullala. Der Nachmittag vergeht. Herr Focker, vom Reimedichten und Verseschmieden gleichermaßen erholt wie erschöpft, erhebt sich und tritt den Heimweg an. Flap. Flap, flap. Nicht ganz schnurstracks. Ein Einkehrschwung im Supermarkt zwecks Erledigung des Brot-Tomaten-Aufschnitt-Milch-Basiseinkaufs, ein Stück Erdbeerkuchen im Stehcafé zwei Blocks weiter und ein längerer Gedankenaustausch mit einer angetrunkenen Zufallsbekanntschaft über die Nützlichkeit von Bodyboardflossen im Alltag sorgen dafür, dass Herr Focker erst zu Beginn der blauen Stunde in die eigenen vier Wände zurückkehrt. Dämmerung. Dämmerlicht. Dämmerdunkel. Halbdunkel. Halblicht. Schummer. Schatten. Zwielicht. Dunkelheit. Dunkel. Der Abend beginnt. Elmer Focker sitzt vor dem Glotzarium, muffelt Stullen. Mampf, mampf. Werbung läuft. Fein abgestimmt, sagt jemand. In die Zukunft investieren, jemand anders. Wichtige Vitamine. Hören Sie auf ihren Bauch. Wirkstoffe. Mobil. Grenzenlos. Flexibel. Überraschend viel. Dynamisch. Sauber. Praktisch. Supergünstig. Heute. Fortschritt ist nicht aufzuhalten, Inspiration alles. Get the Power. Elmer Focker pickt mit dem angeleckten Zeigefinger ein paar Krümel vom Brett. Die Nachrichten beginnen. Guten Abend, meine Damen und Herren. Berlin. Tokio. Ankara. Moskau. Tel Aviv. Warschau. Washington. Paris. Rom. Es existiert Diskussionbedarf. Man lässt sich Zeit mit der Entscheidung. Forderungen werden zurückgewiesen. Sondierungen finden statt. Das Tauziehen scheint beendet. Dem Druck standhalten können. Mögliche Ursachen. Erhebliche Sachschäden. Ziviler Protest. Massive Kritik. Ein längst fälliger Schritt. Elmer lässt den Fernseher laufen, geht in die Küche. In die Küche. Elmer. Elmer? Er gähnt. Bist du müde, Elmer?

Und wieder gähnt er. Oh, ja: du bist müde. Man sieht es dir an. Ka. Putt. Aber noch kannst du nicht schlafen. Nein, Elmer. Noch nicht. Du musst dir erst wieder, wie jeden Tag. Deine Fragen, Elmer. Elmer. Deine Fragen. Deine Ausreden. Fickfack. Deine Ausflüchte. Wie jeden Tag. Dein Prinzip Morgen. Morgen. Fickfackerei, Elmer. Fickfack. Ka. Putt. Das Prinzip Morgen. Dein stream of unconsciousness. Terrorisiere dich damit. Tu das. Elmer. Was tust du denn sonst? Fragezeichen? Was tust du gerade, gerade jetzt? Fragezeichen? Beobachten? Starrst du nicht auf die Fliege? Ist es das, was du tust? Fliegen beim Flügelputzen beobachten? Fragezeichen? Fickfack. Die Krähe. Die Krähe Zeit, Elmer, Chronos. Oh, ja: Elmer. Komm, come on. Flügelputzende Fliegen. Fickfack. Fickfack. Fickfack. Ebenso gut könntest du. Du Schrebergartenrebell. Die Krähe Zeit, Elmer. Was ist mit ihr? Was ist? Fragezeichen? Punkt. Punkt. Punkt. Sie vergeht. Richtig. Und mittlerweile ist es kurz vor Mitternacht. Ich schleiche durch die Wohnung und lösche das Licht. Meiner Müdigkeit setzt sich kaum noch Widerstand entgegen. Ich schleppe mich ins Bett. Und als ich dann endlich liege und die Augen schließe, schlafe ich auch sofort ein. Lalelu.

Thomas Naedler
Die Kirsche

»Die Kirsche hält nichts mehr. Die bricht auseinander. Fast siebzig Jahre und nun bricht die auseinander. Habinger sagt, man kann den großen Ast abnehmen, dann steht sie vielleicht noch eine Weile, aber das ist nicht dasselbe. So wie sie jetzt ist, bricht sie auseinander. Dann fällt sie auf das Behelfsheim und Siggi springt im Kreis. Der hat die letzten zehn Jahre komplett in diesen Schuppen gesteckt. Hast du ja gesehen. Der war vorher nichts wert. Nachdem wir Oma Liese zu uns genommen hatten, war das Behelfsheim ja nur noch für die Broiler.«

»Und für Jolanda«, dachte Theo und es wurde ihm warm im Bauch. Theo hatte Jolanda fast vergessen, doch der Kirschbaum, das Behelfsheim, die Broiler, Oma Liese und Siggi und das alles auf einmal und von seinem Großvater zur Begrüßung hingeworfen, ließ ihn »Jolanda« denken. Er würde später Zeit für sie haben.

»Na, Opa?«

»Warst lang nicht da.«

»Weißt ja.«

Sie betraten gemeinsam das Haus durch die Terrasse, die Vadder Theser vor zwei Sommern mit Brettern und Fenstern zu einem Wintergarten erhoben hatte. Sie gingen zügig, denn an sonnigen Tagen wie diesem knackte und knarrte das Holz unter der Hitze und Schweißperlen glänzten nach Sekunden auf der Stirn.

Theo wusste, dass er eingetaucht war in eine regelmäßige Welt, in der Zeiten sind für bestimmte Verrichtungen und Orte für bestimmte Gegenstände und in der Zahlen ihre eigene Bedeutung haben: 16 Hektar sind ein Hof, 19 Häuser sind das Dorf, 18 Eier von 20 Hühner machen Vadder Theser lächeln. »Landromantik ist für Pottkieker«, hatte er den ersten Fahrradtouristen geantwortet, die trotz verbeulter Räder nicht müde wurden, die Ursprünglichkeit der Dorfstraße zu loben, »wir müssen hier jeden Tag durch.«

Die Kammer auf dem Dachboden hatte sich nicht verändert und obwohl es ein größeres Zimmer gab gleich nebenan, eines mit Heizung und zwei Fenstern hinaus auf den Kirschbaum, schlief Theo lieber dort. Ganz hatte er es nie verwinden können, dass eines der Betten im Kirschbaumzimmer ein Sterbebett war – seiner Uroma Lieses letzter Ort im Erdgeschoss –, und er nicht wusste welches und auch niemand sich erinnerte. Früher oder später, da war er sich sicher, würde es auch für ihn keine Rolle mehr spielen, denn Aberglaube war seine Sache nicht und auch die finsterste Nacht im Dorf hatte er schon als Kind manches Mal besiegt. Die Kunst dabei war es, nicht zu denken. Gar nicht. An nichts.

Als Theo die Bodentreppe heruntergeknarrt kam, schlug Vadder Theser gerade das dritte Ei in die Pfanne.

»Ich wusste ja nicht, dass du kommst«, sagte er entschuldigend, obwohl der große Küchentisch beladen war mit Lebensmitteln, die sie allein an diesem Abend schwerlich würden aufessen können. Dieses Zuviel-ist-genug war eine Regelmäßigkeit, die Theo kannte und die er zurückführte auf die Erfahrung von kargen Jahren, als die Pommerschen ins Dorf kamen und die Zimmer wie die Würste halbiert wurden, die Vadder Theser allerdings immer dann besonders bestätigt sah, wenn er am Morgen bemerkte, dass der nächtliche Appetit Theos zwar an den Vorräten gezehrt, sie nicht aber ganz vernichtet hatte.

Vadder Theser schloss die Augen kurz nach dem Wetterbericht. Nach den Tagesthemen verriegelte er das Haus und ging zu Bett.

»Lasst das edle Fräulein gehen oder, fürwahr, Ihr spürt meine Klinge.«

Ein Mann mit verschlagenem Blick weicht kurz zurück und zieht dann blank. Ein Mann mit einer Maske zeichnet ein Z in die Flammen. Eine Frau steht an einen Pfosten gebunden inmitten des brennenden Landhauses.

»Zorro!«

»Jolanda! Ängstigt Euch nicht! Ich kam, Euch zu retten.«

Zwei weitere Männer stürzen zur Tür hinein. Zorro durchschlägt mit einem Degenhieb Jolandas Fesseln.

»Lauft, Geliebte, ich folge alsbald.«

»Ich flehe Euch an. Geht mit!«

»Lauft, Geliebte, lauft!«

Der Verschlagene muss mit ansehen, wie Jolanda das Haus unter Mühen verlässt. Seine Männer stürzen sich auf Zorro. Ein kurzes Gemenge. Beide taumeln tödlich getroffen ins OFF. Während Jolanda vor dem schlimmer als zuvor brennenden Landhaus zusammenbricht, braut sich im Inneren das Finale zusammen. Der Verschlagene treibt Zorro mit ungeahnter Energie in die Enge. Er setzt ihm die Klinge an den Hals. Zorro befreit sich, schlägt den Angreifer zurück. Sie kämpfen sich auf den Dachboden vor. Flammen. Klingender Stahl. Brennende Balken stürzen herab. Der Verschlagene verliert das Gleichgewicht. Zorro weicht zurück. Ein Todesschrei. Ein dumpfes Geräusch. OFF.
Vor dem Haus ein großer Mond.
»Geliebte?«
»Zorro! Ihr lebt!«
»Geliebte!«
Stille.
Das fragende Gesicht Jolandas.
Zorro. Die Maske.
Jolanda. Zorro. Jolanda. Zorro. Jolanda.
Ihre Lippen öffnen sich zaghaft. »Wie könnt Ihr mich Geliebte nennen. Ihr kennt mich nicht.«
Zorro.
Seine Hand greift die Maske.
Jolanda. Ahnt. Glaubt. Weiß.
Geigen.
Ihre Hand nähert sich seinem Gesicht. Sein Gesicht nähert sich ihrer Hand. Millimeter bis zur Berührung. Mikrometer bis zur Explosion. Ein Hauch.
OFF.

Das bemerkenswerte Rot der Kirschen lockte die Stare und als ob gerade unter deren Gewicht der Baum bräche, schoss Vadder Theser, was das Luftgewehr hergab.
Früh am Morgen bereits hatte er Disteln aus einem alten Haufen Kies gerissen und sich seiner Schwiegermutter erinnert, die immer zur Kirschenzeit in einer eigens für sie gefertigten Schaukel den Baum bewacht hatte, über ein Seil mit zwei Topfdeckeln verbunden, dass jedem Schwung ein Scheppern folgte. Auch eine elektrische Klingel gab es einmal, aber die gefiel den Staren und wurde bald wieder entfernt.

Die Schubkarre mit Kies traf Theo in seinem Morgen so unvorbereitet wie der Betonmischer. Er hatte in der Tat vorgehabt, wieder zu arbeiten, doch dass es so bald sein sollte, befremdete ihn bis an den Grund seiner Kaffeetasse.

»Wir stützen den Baum«, hörte er seinen Großvater sagen. »Wir setzen ein Gerüst. Du kannst Mische machen. Kies ist hier. Du hättest ja bloß wieder ein Förderband gewollt.«

Theo wartete geduldig auch den Rest der Geschichte ab, die er auswendig kannte, seit er dreizehn war und die besagt, dass schon Vadder Thesers Bruder, wann immer es Arbeit zu tun gab, nach einem Förderband geschrien hätte. Die Geschichte besagt nicht, doch man konnte es wissen und Theo wusste es, dass dieser Bruder sehr viel schrie und einmal einen Hammer nach Mudder Theser geworfen hatte, der sie verfehlte und dann in einer Tür stecken geblieben war. Vadder Thesers Bruder starb vor wenigen Jahren in einem Aufbewahrungsort für psychisch Kranke. Theo fragte sich bei der Beerdigung, ob es ihn wohl getröstet hätte zu wissen, dass sein Sarg auf einem Förderband in den großen Ofen des Lübzer Krematoriums einfuhr.

Schon nach einer halben Stunde am abgegriffenen Schaufelstiel spürte Theo, dass die Haut seiner Hände sich öffnete. Vadder Theser stand im vierten Loch zwei Spaten tief. »Jetzt ist er ein Gartenzwerg«, dachte Theo und füllte die Schubkarre aus dem Betonmischer. »Jetzt nicht mehr denken.«

Eine Karre – ein Loch – noch drei.
Mische machen.
Eine Karre – ein Loch – noch zwei.
Mische machen.
Noch eins.
Mische machen. Aus.

»Die brauchen jetzt Ruhe«, sagte Vadder Theser, steckte die Wasserwaage ein und betrachtete die vier einbetonierten Rohre auf dem Rasen unter der Kirsche. »Morgen holen wir von Siggi das Gerüst. Der hat sich ja erst angestellt, aber denn hab ich gesagt, Siggi, das geht um dein Haus, nicht um meins, und abgesägt wird nicht. Da war denn gut.«

Das Abendbrot war still und schnell vorüber, im Westen das Abendrot versprach eine gute Nacht für den frischen Beton. Auf der Terrasse, im Wintergarten saß es sich noch eine Zeit lang angenehm warm, ein Spatz starb im Sturzflug an der Scheibe.

»Selbstmord«, sagte Theo. »Alles blitzblank«, dachte Vadder Theser und als es endlich dunkel war, ging er zu Bett.
Theo hatte Schmerzen.

Ein Pick-up mit ungeheurem Federweg und riesigen Rädern springt über die Leitplanke auf die Straße. Man sieht die Insassen an die Decke prallen. Der Mann am Steuer, ein Kopfgeldjäger – neben ihm eine Frau, Tänzerin. Sie nennt sich Jolanda.
»Deine Hände, Colt, deine Hände. Sie sind ganz verbrannt!«
Blut tropft vom Lenkrad.
»Halt dich fest!« Er hat Schmerzen. Seine Stimme klingt trocken und sicher.
Er reißt das Steuer herum. Der Wagen setzt zu einem spektakulären Sprung an. Landung auf dem Dach eines Bootsschuppens. Verfolger kommen in Sicht. Jolanda und Colt steigen um in ein Boot. Sie flüchten auf dem Fluss. Ihre Verfolger tun es ihnen gleich. Die riskanten Fahrmanöver der beiden Fliehenden machen es ihnen schwer. Es gibt Verluste, niemand stirbt. Die Verfolger brechen die Jagd ab – ein Wasserfall. Das Boot des Paares rast auf den Wasserfall zu. Katastrophe. KATASTROPHE.
Das Geräusch eines Hubschraubers aus dem OFF.
Ein Hubschrauber.
Eine Strickleiter.
Er presst sie an sich. Sie presst sich an ihn. Sie blicken ineinander. Millimeter bis zur Berührung. Mikrometer bis zur Explosion. Ein Hauch.
OFF.

Der Hochsitz aus Theos Kindheit war geschrumpft. Er hatte Löcher bekommen, die Bretter waren morsch und bedeckt von einer Humusschicht. Der Baum hatte die Metallschellen der Schaukel umwachsen. Von hier oben konnte man das sehen. »Wärst du mal Gerüstbauer geworden«, hatte Vadder Theser gesagt, als Theo am Vormittag auf den Hof geschlichen kam. »Dann wären wir ruckzuck fertig.« Dass er jetzt, am Nachmittag, bereits auf dem Gerüst stand, fand Theo bemerkenswert, auch wenn ihm alles andere als klar war, wie es nun weitergehen sollte.
Am Abend schaukelten die größten Äste der Kirsche, gestützt durch die Lauffläche eines Traktorreifens, im Wind. Die Befestigung an den obersten Querstreben des Gerüstes sah solide aus, die

Last der Äste schien dem zähen Gummi nichts anhaben zu können und so kam Vadder Theser nicht umhin, für wenige Sekunden stolz zu sein. Dann fiel ihm ein, dass es auch eine Beschäftigung brauchte für den nächsten Tag. Für einen langen nächsten Tag.
»Jetzt noch die weiße Plane aus der Scheune drüberspannen und wir können Kino machen. Früher kam der Mann vom Landfilm. Da war das auch nicht anders. Den Moser seh ich gern spielen und den Hörbiger«, Vadder Theser bekam diesen entschlossenen Blick. Theo überlegte für einen Moment, ob er seinem Großvater erzählen solle, dass man sich heutzutage zu diesem Zwecke eine Brille aufsetzen könne, die täuschend echt eine Kinoleinwand vorgaukeln würde, aber er unterließ es, denn er hatte kein Exemplar vorzuweisen und außerdem wusste er, dass auch das einen einmal in Vadder Theser gereiften Entschluss nicht würde umstürzen können.
Also versuchte er, ihm zu erklären, dass der alte Schmalfilmprojektor ohne Ton, ein Überbleibsel eines einarmigen Onkel Paul, den Theo nie kennen gelernt hatte, nicht das richtige Gerät wäre, um des Nachts und unter der Kirsche Paul Hörbiger auf die fleckige Plane zu werfen. Und Theo erklärte auch, dass sich da vielleicht etwas machen ließe, wenn er nur ein wenig telefonierte, für Paul Hörbiger könne er allerdings nicht garantieren und Vadder Theser sagte »Jo«, setzte sich aufs Rad und rollte die Dorfstraße hinab bis zum Hof der Bentiens, wo er den Abend über blieb. Theo sah Jolanda vom Dach des Behelfsheims winken und ging zu Bett.

»I'd like to have a bloody steak.«
»And what about some fucking potatoes?«
Die Runde bricht in Gelächter aus. Das Mädchen am Kopf des Tafel wirkt sehr allein. Sie, Jolanda, scheint kaum älter als fünfzehn. Philippe und seine Freunde sind achtzehn.
Sie sitzt hinter ihm auf dem Moped. Der Fahrtwind zaust ihr Haar. Sie hat ihn mit den Armen umfasst und lächelt. Vergessen das andere Mädchen, vergessen das fremde Gefühl, Jolanda lächelt. Philippe steuert sie wagemutig, aber sicher durch die Straßen.
Zu zweit allein.
Das erste Mal soll nicht flüchtig sein. Es soll die große Liebe sein, es gibt die große Liebe zweifellos und sie ist für immer und

nicht das, was die Eltern tun, sie ist ein Rausch und der Magen ist verdreht und die Tränen sind salzig und am Ende steht nur der Tod.
Sie reißt sich los.
Er blickt ihr nach.
Sie wendet sich, kurz.
Er steht zu steif.
Sie läuft in die Nacht.
OFF.

Theo erwachte mit dem unangenehmen Gefühl, fremd zu sein. Als ob es schlechte Zensuren gäbe. Als ob er die falschen Schuhe trüge, die falschen Witze belachte. Als ob jemand unter Tränen sagte, »DEINETWEGEN!«

Nichts davon spielte eine Rolle, als der helle Ford Sierra in die Einfahrt bog. Vadder Theser war nicht wenig verblüfft, einen freundlichen jungen Mann begrüßen zu können, einen, der Guten Tag sagen konnte, der interessiert war, einen, dem das Essen schmeckte und dem der Hund keine Angst machte. Hans.

»Braucht ihr Starkstrom?«, fragte Vadder Theser angesichts der Fülle an technischem Gerät im Kofferraum.

»Dat geit sou.« Theo gab sich betont norddeutsch. Die Anwesenheit seines Freundes Hans aus der großen Stadt bewirkte das. Sie entleerten den Kofferraum in das Kirschbaumzimmer mit den Fenstern zur Plane am Gerüst auf dem Rasen unter der Kirsche, sie brachten die Geräte in Stellung, während Vadder Theser radelte, das Dorf einzuladen. Neunzehn Häuser. Das brachte etwa fünfzig Menschen auf den Hof.

Die Dämmerung ließ auf sich warten. Mitgebrachte Stühle machten den Rasen zum Saal, der Mond war das große runde Licht an der Decke. *Die Feuerzangenbowle* schien Theo ein angemessener Beginn zu sein, angemessener jedenfalls als *The Dentist*, den Theo zwar noch nicht gesehen hatte, dessen Titel aber wenig Gutes versprach. Das Filmarchiv aus der großen Stadt war unermesslich.

»Und, hier bleibst du?«, fragte Hans

»Pfeiffer mit drei F...«, sagte Heinz Rühmann.

»Ich weiß nicht«, Theo schwitzte. »Morgen.«

Niemand machte Vadder Theser seinen Platz auf der rostigen Hollywoodschaukel streitig. Dort saß er und er lächelte. Besonders bei *de Dampfmaschien*. Er hatte den Film oft genug gesehen. Er war dreizehn, als Heinz Rühmann Pfeiffer war.

Theo und Hans ließen das Dorf zu ihren Füßen sitzen. Sie waren im Kirschbaumzimmer die Herren der Unterhaltung und wählten – es war spät geworden – »Casablanca«. Vadder Theser schnarchte das erste »As Time Goes By« und nichts, so wusste Theo, würde seinen Großvater dazu bewegen können, ins Bett zu gehen, bevor nicht der letzte Gast den Hof verlassen hatte. *Winnetou III* erlöste Vadder Theser kurz vor dem Morgengrauen.

An den Felsen des Nugget Tsil sucht die Gruppe um Winnetou und Old Shatterhand Deckung. Ein Mann folgt ihnen. Rollins. Er arbeitet sich über die Felsen. Im Tal tobt die Schlacht der Roten Männer.
   Rollins kommt näher.
   Gleich kann er Old Shatterhand sehen.
   Old Shatterhand steht ungeschützt.
   Rollins setzt das Gewehr an die Schulter.
   Zielt.
   Drückt ab.
   Winnetou wirft sich der Kugel in den Weg.
   Winnetou stürzt getroffen zu Boden.
   Das bestickte Leder an seiner Brust färbt sich rot, seine Lippen werden bleich, sein Blick verliert den Glanz.
   In den Armen seines Blutsbruders, kaum hörbar, wird Winnetou über einem Ave Maria Christ.
   Winnetou ist tot.
   Das unsagbare Geheul hunderter indianischer Kehlen macht Rollins seine Lage bewusst – er versucht nicht zu fliehen.
   Sam Hawkins und Jolanda stehen bei Old Shatterhand.
   Es gibt keinen Trost.
   Sie nimmt seine Hand. Er löst ihre Hand. Kein Trost.
   Der Tag neigt sich blutrot. Er ist allein. Vor dem Himmel allein.
   Winnetou ist tot.
   Old Shatterhand allein.
   OFF.

Noch in der Nacht sei ihm dies unglaubliche Krachen durch Mark und Bein gefahren, berichtete Hans am Morgen, und er sei verwundert gewesen, hatte Theo ihn doch mit der Aussicht auf ruhigen Schlaf aufs Land gelockt und nun so etwas, doch sei er zu träge gewesen für einen Blick durchs Fenster und so wie sich die Sache nun darstellte, wäre dies ja die richtige Entscheidung gewesen, denn hätte er gesehen, was er jetzt sieht, wäre er wohl aufgestanden, hätte Theo geweckt und einen Tag mit nur zwei Stunden Schlaf zu meistern sei nun wirklich nicht berauschend. Theo gab ihm Recht.

Die Kirsche war nach der unwahrscheinlichsten Seite gebrochen. Die vermeintlich leichteren Äste hatten den Baum auseinander gerissen, die vermeintlich schwereren ruhten an einem halben Stamm sicher auf dem Gerüst. Das Behelfsheim war so zwar verschont geblieben, doch hatte der thesersche Hühnerstall Schaden genommen – es gab Opfer zu rupfen.

»Geht man zählen«, sagte Vadder Theser. »Das waren zwanzig Stück.«

Sie zählten sechzehn, also fehlten vier, doch sie fanden nur drei. Der Hund saß und schien sehr satt zu sein. Beweisen konnte man ihm nichts, denn Federn fanden sich überall und blutige Reste gab es auf den ersten Blick nicht.

»Lass mal«, sagte Vadder Theser, als Theo ihm anbot zu bleiben, »das braucht einen Kran, kein Förderband.« Die Geschichte zum Förderband blieb aus. »Kino geht ja noch.«

Der helle Ford Sierra schob sich gegen Abend vom Hof.

Vadder Theser schloss die Augen kurz nach dem Wetterbericht.

Nach den Tagesthemen verriegelte er das Haus und ging zu Bett.

Andreas Neuenkirchen

Touristen in der Horrorsozialwelt

Drei Romanauszüge

1/0

Das Kreditinstitut wirbt vor meiner Nase mit einem Plakat: »Bei manchen gibt es nur noch Piep und Klick. Mit uns können Sie auch reden.« Aber wer will das schon? Immer nur reden. Ich nicht. Piep und Klick soll mir recht sein. Ich rede ja auch nicht mit jedem. Der auf dem Plakat abgebildeten Frau hätte ich nichts zu sagen, außer Piep und Klick vielleicht. Blondes Pony und Tuch um Hals. Bestimmt Katzentyp. In ihrem Kegelclub ist sie wahrscheinlich sehr beliebt, höchstwahrscheinlich zu Recht, aber ich bin kein Mitglied ihres Kegelclubs. Sie mag Genesis, besonders die alten Sachen mit Phil Collins, da hat sie auch das Live-Album von. Das ist bedenklich, aber man sollte es nicht zu hoch hängen, ist besser als Störkraft oder Böhse Onkelz. Ich vergebe ihr, ich bin heute voller Liebe. Aber das geht vorbei, der Tag ist noch jung. »Ein Fußtag hat 17 Stunden« steht auf dem Plakat neben dem mit der Katzen gut findenden Halstuchfrau. Da hab ich mir ja was vorgenommen.

Kill 'em all

»Könntest du mir mal erklären, was das sein soll?« Der Stefan scheint nicht in Plauderstimmung, als er die letzte *Poop*-Ausgabe auf meinen Schreibtisch knallt. Aufgeschlagen an der Stelle, die offenbar seine Plauderstimmung vertrieben hat.

»Das ist die erste Folge unseres exklusiven Backstreet-Boys-Tourtagebuchs«, antworte ich. »Wir sind alle sehr stolz darauf. Als Chefredakteur solltest du das allerdings wissen.«

»Und was ist das?« Der Stefan fuchtelt auf Höhe der Überschrift herum.

»Das ist die Headline. Ich dachte, das wäre deutlich.«

»Und warum ist ›Backstreet Boys‹ in metallenen Buchstaben

geschrieben, von denen Blut tropft? Ein Großteil unserer Leserschaft empfindet das als unpassend. Es wurde mit Abo-Kündigungen gedroht. Du weißt, wie diese kleinen Pissnelken sind.«

»Das ist der offizielle Backstreet-Boys-Schriftzug der *Kill 'em All*-Tour. Sie wollen weg von diesem Plüschtier-Image. Der eine trinkt jetzt sogar Alkohol.«

»Ja, ja – hast du letzte Woche auch gesagt, und ich habe dir das geglaubt. Ich hab den Sascha das mal prüfen lassen, und der sagt, es gäbe gar keine *Kill 'em All*-Tour von den Backstreet Boys.«

»Ich hab das im Internet gelesen.«

»Das nächste Mal bitte etwas genauer recherchieren.«

»Recherche ist doch nur für Leute, die nichts Besseres zu tun haben. Ich dachte, ich hätte als Art Director etwas mehr künstlerische Freiheit.«

»Wir machen hier keine Kunst, sondern ein Jugendmagazin. Wenn du künstlerische Freiheit willst, geh zurück zur Uni.«

»Wollte ich ja. Die brauchten kein BSB-Tourtagebuch mehr.«

Der Stefan hat seinen Dampf abgelassen und wird wieder gönnerhaft. »Na gut. Aber nicht, dass mir so was noch mal vorkommt. Machst ja sonst gute Arbeit. Woran arbeitest du gerade?«

»Ich mach jetzt nur noch die Herzchen über die *I*'s im Limp-Bizkit-Artikel, und dann setz ich mich an *Rammstein präsentieren die neueste Crazy-Beach-Fashion*.«

»Wunderbar.« Der Stefan tätschelt meine Schulter. »Dann will ich dich nicht weiter stören.«

Es ist in den heutigen Zeiten gar nicht so einfach, einen Job zu verlieren. Ich hab mit meinem Freund Jens eine Wette abgeschlossen, wer als erster Arbeit findet und wieder gefeuert wird. Jens hat gewonnen. Er war vorübergehend Redakteur eines auflagenstarken Technik-Lifestyle-Magazins und hat eine sechsseitige Reportage darüber geschrieben, wie Sonys MP3-Player nachts von angeketteten asiatischen Kindern unter mottenumschwärmten Glühbirnen zusammengeschraubt werden. Das stimmt zwar wahrscheinlich, konnte aber in dem Artikel nicht im Geringsten nachgewiesen werden. Nicht, dass Jens das versucht hätte. Er hat nur eine rege Fantasie und eine seltsame Fixierung auf Kinderarbeitsromantik. Da war großes Heulen und Zähneklappern im Verlag, und die Zeitschrift musste eingestellt werden, als Sony

Deutschland eine Busladung Anwälte vorbeischickte, die ankündigte, dass Sony International demnächst auch noch eine vorbeischickt. Bei genauerer Betrachtung müsste man sagen, dass Jens seinen Job im Grunde nur verloren hat, weil das Magazin eingestellt wurde. Das wäre bestimmt eine Regelverletzung, hätten wir Regeln für unsere Wette aufgestellt. Aber wer rechnet schon damit, dass so was unter Freunden notwendig ist.

Ich bin bei *Poop* untergekommen. Eine Art *Bravo* für Jugendliche, denen *Bravo* zu intellektuell ist. Ich hatte als Arbeitsproben ein paar Seiten aus *i-d* und *Männer Vogue* ausgeschnitten und mir selbst Zeugnisse geschrieben. In meinen Augen kein echter Betrug, da es sich ja um einen kreativen Job handelt. *Poop* sollte zuerst *Pop* heißen, aber der Titel war schon geschützt. Vielleicht hätte man sich etwas länger Gedanken über einen neuen Titel machen sollen, aber hinterher ist man immer schlauer. Mein Vorgänger in der Art Director-Position soll weinend die Firma verlassen haben, nachdem unser Chefredakteur, der Stefan, ihm eine gehörige Standpauke wegen einer Lappalie gehalten hatte. Deshalb ist der Stefan jetzt immer ganz nett zu allen, weil er nicht möchte, dass die Geschäftsführung denkt, er sei schuld am Mitarbeiterschwund. Das sind natürlich erschwerte Bedingungen für mich. Unter diesen Umständen konnte ich die Wette gar nicht gewinnen.

Zuerst hätte ich mich darüber gar nicht beschweren wollen. Ich würde es zwar nie meinen Nächsten gegenüber zugeben, aber das Konzept des regulären Arbeitens übte einen exotischen Reiz auf mich aus. Fast wie Urlaub machen. Eine Zeit lang genoss ich den Look der Welt früh morgens, das seltsame Licht, den Stau, die volle Trambahn, die zielstrebigen Menschen, zu denen ich jetzt auch gehörte. Die Phase der Faszination dauerte ca. eine Woche. Hilfreich bei der Heilung war nicht zuletzt das Bild des Elends auf den Amüsiermeilen am Wochenende. Wenn man nicht arbeitet, bekommt man ja gar nicht mit, was für Volk sich an Frei- und Samstagen in Klubs und Kneipen tummeln muss, weil es ihm nur dann möglich ist. Wer keiner geregelten Beschäftigung nachgeht, geht dann aus, wenn es ihm genehm ist. Und das ist So.–Do., niemals Fr. und Sa., denn da regiert das Proletariat die Straßen. Das weiß man zwar instinktiv, aber wer sich nicht ab und zu ein Bild davon macht, lebt nicht wirklich auf der Überholspur bzw. auf Messers Schneide bzw. für den ultimativen Adrenalin-Kick oder so. Es ist eine Sache, mit der arbeitenden Bevölkerung morgens stumm auf den Bus zu warten und eine andere, mit ihr abends auf den Tischen zu tanzen und »Ölle, ölle, ölle!« zu grölen. Könnte man meinen, ist aber nicht so. Man muss sich schon entscheiden, auf welcher Seite man steht. Ganz oder gar nicht. Bums oder Beiß. Natürlich könnte ich einfach kündigen, aber so haben wir nicht gewettet.

Zu Feierabend kommt es, wie es kommen muss. Vor allem kommt der Sascha (die Sau), unser Volontär, vorbei und fragt: »Kommst du noch mit?«
»Sascha, du Sau.«
»Tut mir Leid, das mit den Backstreet Boys. Aber der Stefan hat gesagt, ich soll das überprüfen. Was sollte ich machen, ich bin noch in der Probezeit.«
»Ich vielleicht auch!«
»Aber du bist hier der Star. Hast immerhin schon in England gearbeitet und so.«
»Ach ja, England.«
»Also, nichts für ungut. Kommst du noch mit?«
»Wohin?«
»In den After-Work-Club im Römer's.«
»Wer kommt noch?«
»Alle!«
»Dann muss ich wohl.«

Der After-Work-Club ist eine Tanz- und Trinkveranstaltung für Leute, die sich gar nichts mehr trauen. Eine Tanz- und Trinkveranstaltung für Leute, die so was sonst nicht wahrnehmen, meistens mit der Begründung: »Du, ich muss morgen ganz früh raus.« Es geht bereits um 18 Uhr los, damit man rechtzeitig zu *Ally McBeal* wieder zuhause ist. *Ally McBeal* schauen After-Work-Klub-Gänger gerne, weil sie da ihr Idealbild von Berufstätigen sehen: geisteskrank, aber irgendwie lustig und kumpelhaft. Außerdem gehen die lustigen Anwälte von *Ally McBeal* abends auch immer gemeinsam in einen After-Work-Klub, und so kann man vorm Fernseher prima zu sich selbst sagen: »Guck mal, genau wie ich gerade eben!«
Der After-Work-Klub im Römer's ist dekoriert mit stilisierten Motiven aus dem Arbeitermilieu: Arische Männer in Latzhosen,

die mit großen Hämmern hämmern und an Öfen stehen, aus denen Flammen lodern. Keines der Bilder zeigt schwarz gewandete Content Manager mit Hornbrille bei einer Konferenzschaltung mit Liverpool. Mentholzigarettenrauchende Prada-Schabracken mit Smartphone im Ohr sind ebenfalls nicht abgebildet. Dabei ist der Klub, besonders in den vier Barbereichen, voll von ihnen, während kein einziger Latzhosenarbeiter mit Hammer sich blicken lässt. Da steht der Türsteher vor. Wer hier schweißt und hämmert, der sollte das in Vorbereitung einer Vernissage tun; nicht um Güter herzustellen.

An der Cocktail-Bar spülen die Content Manager und Prada-Schabracken den Begrüßungsprosecco mit Cocktails herunter und versichern einander, dass sie eigentlich gar keine Cocktails mögen, sondern – »nun halten Sie sich fest« – viel lieber »mal ein gepflegtes Pils« trinken. Tun sie aber nicht. Stattdessen gehen sie weiter zur Sushi-Bar, wo sie einander versichern, dass sie Sushi eigentlich gar nicht mögen, sondern viel lieber »auch mal was richtig Deftiges«. Aber was soll man machen. Es ist halt, wie es ist, in der Welt und in »dieser Branche«.

Natürlich sind die Toiletten heute Abend unisex, weil sie das im Fernsehen auch so machen. Es gibt vertikale und horizontale Spiegel, es wurde an alles gedacht. Ein Mann in Schwarz mit Hornbrille spricht mich an, seine Stimme vage bekannt. »Entschuldigung, ich habe gehört, Sie sind …«

»Ja, genau, hallo.«

»Ach, das freut mich. Ich bin Thorsten Weidler, Content Manager bei SysIdea-dot-com. Wir haben schon mal telefoniert.«

»Ja, genau, hallo.«

»Ich finde das toll, was Sie machen. Das polarisiert zwar, aber das muss ja gar nicht immer schlecht sein.«

»Nicht immer, nein.«

»Wollen wir nicht dieses förmliche *Sie* lassen? Ich bin der Thorsten.«

»Na gut.«

Der Thorsten zieht einen kleinen Plastikbeutel mit weißem Pulver aus der Tasche seines schwarzen Sakkos. Es handelt sich vermutlich um sog. Drogen, Crackkokain wahrscheinlich, ein Teufelszeug, ich habe davon gehört, es soll dir den ultimativen Adrenalin-Kick oder irgend so einen Scheiß geben. »Auch was?«, will der Thorsten wissen.

»Na gut.« Ich nehme eine Höflichkeits-Line und sage: »Eigentlich mag ich ja gar kein Kokain. Eine Tüte richtig guter Alleskleber ist mir immer noch lieber. Aber heutzutage bekommt man einfach kein gutes Pattex mehr.«

»Puh, da sagst du was ...«, sagt der Thorsten und hat rein technisch gesehen Recht.

Ich sehne mich nach meinen richtigen Freunden. Ich besitze Fotografien von ihnen, ich sollte nach Hause gehen. Vielleicht komme ich auch noch rechtzeitig für *Ally McBeal*.

Zuhause habe ich irgendwie doch keine Lust auf *Ally McBeal*. Ich setze mich lieber an meinen Heimcomputer und beschäftige mich mit dem Computerspiel *Kiss: Psycho Circus: The Nightmare Child*. Man muss gottlob kein Fan der Band sein, um in ihrem Namen ein paar Monster abzuknallen. Als engagiertes Spielen kann man meine Beschäftigung mit dem Spiel nicht bezeichnen, dafür hat mich der Alltag in zu hohem Maße ermattet. Bei *Kiss: Psycho Circus: The Nightmare Child* muss man mit verschiedenen Waffen aus der zu Recht so genannten Egoperspektive auf verschiedene Monster schießen, aber auch auf deren Brutkästen. Wenn man nicht auf die Brutkästen schießt, kommen immer mehr Monster, bis man nicht mehr kann. Ich stelle mich direkt vor diese im Fachjargon Spawner genannten Brutkästen, schieße aber absichtlich nur auf die Monster, die in immer größerer Stückzahl ausgebrütet werden und auf mich zukrabbeln. Monsterteile fliegen durch die Luft, wenn ich treffe, was ich oft tue. Bald habe ich keine Munition mehr für MagmaCannon, Windblade, ZeroCannon und Energie-Peitsche. Ich kann mich noch ganz gut mit meinem Nahkampfsäbel wehren, aber auf die Dauer macht das keinen Spaß. Ich stelle die Kampfhandlungen ein und lasse mich bereitwillig von den krabbenartigen Monstern zerfleischen. Das dauert lange, denn die Monster sind einzeln nicht so stark. Aber es kommen ja immer mehr. Der Bildschirm färbt sich zusehends rot, ich grunze schmerzverzerrt aus den Lautsprechern, die Monster machen Ritsch- und Ratschgeräusche mit meinem Körper. »Du bist tot«, steht auf dem Monitor. Ich überlege, ob ich neu laden soll, aber lasse es.

Tobias' kleine Schwester und neue Methoden der Literatureinschüchterung

»Vielleicht sollten wir mal Bücher verbrennen«, meint Jens. Tobias' kleine Schwester guckt alarmiert. Tobias' kleine Schwester ist noch nicht ganz volljährig, also ist sie politisch. Mit Bücherverbrennen, selbst aus Spaß, hat sie Probleme.

Tobias' kleine Schwester ist in der Antifa-AG ihrer Schule und in einem Star-Trek-Fanklub organisiert, was ihrem großen Bruder Sorgen bereitet. Verständlich. Tobias stand schon einmal kurz davor, einen Sorgenbrief an die Sorgenbriefkastentante eines Frauenmagazins zu schreiben: »Meine kleine Schwester ist ein Trekkie, aber sonst ganz in Ordnung. Ist das normal?« Er hat es aber doch nicht getan. Tobias' kleine Schwester hat retrogrüne Haare und guckt klug. Eigentlich hat sie auch Humor. Wenn es nicht gerade ums Bücherverbrennen geht. Ich denke, sie wird diese Star-Trek-Phase eines Tages überwinden.

Aus Langeweile und einem vagen sexuellen Interesse beschließe ich, auf ihrer Seite zu sein. »Bücherverbrennen find ich scheiße. Da könnten wir Applaus von den falschen Leuten kriegen.«

»Stimmt«, räumt Jens ein. »Aber wie wär's mit Bücher*ertränken*?«

Ich denke kurz darüber nach. Die Vorstellung von Büchern, die in einem riesigen Wasserbecken hilflos mit den Seiten wedeln und schließlich, vom todbringenden Nass vollgesogen und aufgebläht, leblos zu Boden sinken, gefällt mir.

»Bücherertränken hat was«, sage ich.

Tobias' kleine Schwester schnaubt empört. »Das ist doch genau dieselbe Ideologie!«, findet sie.

Ich begehre sie noch immer, aber das Bücherertränken erscheint mir jetzt wichtiger. Ich bin wieder auf Jens' Seite. Wir schmieden Bücherertränkungspläne. Wir vernachlässigen Tobias' kleine Schwester.

Tobias' kleine Schwester gähnt und steht auf. »Ich geh dann auch mal ins Bett.« Tobias' Haftentlassungsparty ist seit einigen Stunden vorbei. Wir sind die letzten Gäste. Im Fernsehen läuft Gazastreifen, wir haben den Ton runtergedreht. Heute ist nicht viel passiert, nur eine Autobombe und wie-durch-ein-Wunder nur ein paar Leichtverletzte. Der Fernseher ist gut, wir haben ihn Tobias anlässlich seiner Entlassung geschenkt. Der KV-28FC60C

ist das Top-Modell der Art Couture Linie von Sony. Völlig plane Bildschirmoberfläche, perlweißes (aber Schmutz abweisendes) Gehäuse, digitale Rauschunterdrückung, digitales Kammfiltering und 100-Hertz-Plus-Technologie, was ein Vorteil ist, auch und gerade in Krisenzeiten.
 Ich schalte kurz um auf VIVA, aber da ist nur Atomic Kitten, darum schalte ich aus. Jens und ich wünschen Tobias' kleiner Schwester eine gute Nacht, glaube ich. Sie verlässt uns. Tobias selbst ist schon längst im Bett.
 Wir durchsuchen den Partykeller nach Büchern.
 Ein Partykeller ist keine Bibliothek. Wir beratschlagen, ob wir nicht doch lieber CDs ertränken sollten, finden dann aber immerhin das Telefonbuch und die Gelben Seiten. Eine kurze Diskussion entbrennt, ob es okay ist, diese beiden Bücher zu ertränken. Wir einigen uns auf einen Kompromiss. Das Telefonbuch muss dran glauben, weil da teilweise voll die Schweine drinstehen. Vergewaltiger, Glatzen, Kriegsverbrecher. Die Gelben Seiten bleiben verschont, weil da die Nummer von dieser coolen Videothek in der Bismarckstraße drinsteht, die Jens neulich entdeckt hat.
 Wir begeben uns ins Badezimmer und lassen Wasser in die Wanne. Mir fällt Tobias' schwarzer Vinyl-Duschvorhang auf. Ich bin neidisch, weil ich so einen immer gesucht habe. Habe aber nur rote und blaue gefunden und schließlich einen von den roten gekauft. Als ich Tobias' schwarzen Vorhang zur Seite ziehe, spüre ich eine leichte sexuelle Erregung. Kann auch an den Todesdrogen liegen, die wir meiner Meinung nach genommen haben. Als Jens gerade nicht guckt, lecke ich schnell den Duschvorhang. Die Erregung steigt. Liegt wohl doch am Vorhang. Ich bin mir auch gar nicht sicher, ob ich heut wirklich schon Todesdrogen genommen habe.
 Jens dreht den Wasserhahn auf. »Kalt oder warm?«, fragt er.
 »Kalt«, sage ich. »Und kein Badeschaum.«
 Plötzlich geht die Tür auf. Tobias steht im Rahmen. Er ist verschlafen und verkatert, und er ist nicht zu Scherzen aufgelegt.
 »Was macht ihr denn da?«, fragt er. »Könnt ihr nicht bei euch zu Hause baden?«
 »Wir baden nicht«, kläre ich ihn auf. »Wir ertränken das Telefonbuch.«
 »Da stehen Faschos drin«, ergänzt Jens.

»Spinnt ihr? Lasst den Scheiß und geht heim!«
Das tun wir.
Auf dem Heimweg fragen wir uns, ob Tobias' kleine politische Schwester uns verpfiffen hat. Widerstand is here to stay.
»Vielleicht war das wirklich ein bisschen krass«, meine ich.
»Ja«, sagt Jens. »Wir sollten klein anfangen. Den Büchern erst mal ein bisschen Angst machen.«
»Genau. Sie einschüchtern.«
»Zum Reden bringen.«
»Genau. Bücher zum Reden bringen. Das ist gut. Das machen wir.«
»Aber erst morgen.«
»Morgen muss ich meine Festplatte partitionieren.«
»Übermorgen dann?«
»Übermorgen bin ich an der Uni.«
»Sehr lustig.«
»Nein, wirklich.«
»Was gibt's denn übermorgen?«
»Gyros.«
»Ach ja.«
»Ich kann mal gucken, ob die Bücher haben.«
»Wer?«
»Die an der Uni.«
»Das wäre super. Lass uns noch mal telefonieren.«
Eigentlich wollte ich Jens fragen, ob wir heute Nacht noch Liebe machen wollen, wo schon mit Tobias' kleiner Schwester nichts geht. Ich komme aber irgendwie davon ab, und dann ist Jens weg. So wichtig war es auch nicht.

Stephan Potratz
ännchen
eine besprechung

1

{die welt ist alles was der fall ist}

sie hatte beschlossen, nicht länger sein einziges kind zu sein. papa, auch in der freizeit seinem auftreten nach gymnasiallehrer deutsch und englisch, fiel seiner guten bekannten, wie er sie penetrant vor der familie seines bruders und der mutter betitelte, durch ein unangenehmes schweigen auf. seine tochter, dieses einvernehmliche wandeln im städtischen forst, in grünen schatten lag der ort, alles war ungeeignet, nähere physiologische rezepte auszutauschen. das kind hatte, als er soeben der lieben freundin zumindest botanische botschaften übermitteln wollte, plötzlich an seiner stelle wild keuchend auf ihr gelegen, es spuckte trotzige schwüre und als es endlich abgeworfen war, rief es seinen wunsch nach einer schwester heraus. baldige elternschaft verpflichtet, die überraschten zeugen schwangen wie spillwürmer aufrecht im moosigen waldboden. der witwer wünschte sich nur, die andere frau würde noch einmal lebendig, einen tag, eine halbe stunde, damit er nachprüfen könne, ob sie wirklich so gewesen war, wie er meinte, sich an sie erinnern zu müssen. rote flecken krochen über seinen hals hinaus, über den großen, knochigen adamsapfel zum schmallippigen mund. der mutter lohnte die erinnerung an eine person, die stets bloß depressiv und asthmatisch und mondsüchtig gewesen war, gar nichts. er aber fragte die tochter, von der er eigentlich gehofft hatte, sie käme bald in ein bestimmtes alter, zu fragen, warum sie die gute freundin in jener weise überfalle und überhaupt alles, was sie sich da ausmale, ihre liebe mutter sei ihm doch unvergesslich, er sich manchmal wünsche, sie wäre noch da, sich um sie zu kümmern.
er wünschte, er könnte den blödsinnigen handlungen seiner jugend bereits jene bewusste ironien einschreiben, die später zur allgemeinen kultur erhoben wurden. die mutter erachtete eine neue

verheiratung zumal mit einer kollegin töricht und überflüssig und meldete sich nach der hochzeit vier monate nicht mehr zu wort.
wenn man sich irgendwann wieder begegnet, das ist wie beim abflug eines ballons oder dem zögerlichen start einer schildkröte, man vergisst die bewegung, weil sie zu langsam ist, um noch wahrgenommen zu werden, dennoch gibt es sie, dann sieht man, wie sich die dinge von ihrem ausgangspunkt entfernt haben und die zeitzeugen schlecht gealtert sind. wenn ein mann ein gewisses alter erreicht hat, braucht er keine überflüssigen erinnerungen mehr. unter seinen besten freunden ist übrigens kein einziger ehemaliger schüler und er pflegt dies als persönliche auszeichnung zu betrachten.
mit 45 jahren begreife er sich jetzt im körperlichen und seelischen maximum seines lebens, das bedeute (auf die besorgte frage seiner frau nach seiner geistigen gesundheit), dass er dieses niveau – betonte: im allerbesten fall – einige jahre noch halten könne, bald darauf aber werde der schleichende verfall sicher einsetzen, so wie bei der frau nach beginn ihres klimakteriums. damit er sich nun nicht irgendeiner idiotischen, unklar begründeten religiösen sentimentalität anschließe, nur um dann später einen pfarrer in der trauerhalle sprechen zu lassen, habe er schriftlich festgelegt, dass sein körper nach dem *ableben* naturwissenschaftlicher verwendung zugeführt wird. leider sei es ihm nicht vergönnt gewesen, seinen neigungen in dieser richtung nachzufolgen, doch im tode bedeute dieser schritt doch ein vollkommenes leben. die neue frau, geborene, geschiedene, wieder verheiratete, kroch in den cordfarbenen sessel zurück.
auf der vorbereitung zu einem pfingstausflug, zwei jahre später, papa hoffte noch vergeblich, sein erschrockener schweissstrom würde unbemerkt bleiben, ein stummes reißen irgendwo innerhalb seines körpers, es verwandelte ihn, ein dauerhafter pflegefall.

2

{in bild und abbild muss etwas identisch sein damit das eine überhaupt ein bild des anderen sein kann}

als ännchen drei jahre alt war, brachte ihr von drüben ein großonkel ein hörspiel zum geschenk, papa witterte kulturelle unterwanderung. traumzauberbaum blieb aber doch im kinderzimmer, ungeliebte plastikleibchen wanderten in unterbesuchte gemeindebasare, wechselten die besitzerin für nie erlebte freundschaften, hielten nicht, was kein hersteller je versprochen hatte. papa lernte wieder endlos zu dozieren, weniger überzeugend, nur zäher, seine stimme verschwand in geranien, wandschränken, selbstangelegten gartenteichen, aus denen der frühling vierzig erfrorene frösche auswarf. traumzauberbaum fristete ein unerhörtes dasein. er wurde nur eingelegt, um die tölpeleien der kindertage neuen, kurzzeitigen freundschaften und einem dummem lachen zu opfern. wer ihm doch aufmerksam zuhörte, lauschte: um sich alle tiere des märchenwaldes, meister uhu, den patriarchen, der in jedem seiner sätze ein apartes hu-hu! unterbrachte, imbezile wanderschnecken, marodierende gartenzwerge, unförmige hundedarsteller. schwarzwurzel und honigkreuch grillten einen storch und übernahmen die letzte hilfe für ähnlich waidwund geschlagene märchenwaldbewohner.

fing mir eine mücke heut// hat ihr nicht mal wehgetan// summt sie doch um hilfe// hab ihr einsicht eingebleut// briet sie nächtelang// überm warmen kohleofen// frau elstern und herrn fuchs// lud ich gern zu gast// mit dicker brauner soß begossen// die erste hat das mahl genossen// der zweite rülpst erst laut// und hats dann schnell verprasst.//

immer wieder neue anfänge, setzt euch und erzählt, ein ewiges beginnen, hinhocken und den mund auftun, sätze wie braunkohlebrocken, die nur eins im sinn hatten: jemand hub an, eine neue geschichte erzählen zu wollen. ännchen überlegte, wenn sich all diese unfertigen männlein, grottenzauberer und ungeretteten prinzessinnen, obstverwerter aufraffen, der teppichboden im kinderzimmer sich auftun und aus der wunde des aufgezeichneten verkehrsgartens protest! geschrieen würde, angesichts hundsmiserablen, unfairen unrechts, jawohl, nie nicht zu ende gedacht, zu einem glücklichen ende auserzählt worden zu sein. ach. –

es gab auch kaum noch amerikanische filme, die zum schluss: the end einblendeten. wahrscheinlich traute sich das keiner mehr, weil die meisten ihrer geschichten schon zu ende waren, ehe sie begonnen hatten.

am ersten schultag eine rosarot getünchte aula, die ganze hosenscheißerbande: mädchen links, rechts knaben; aufstellen! der rektor funkelte aus dunklen hosenknöpfen über das ganze schweinskugelgesicht. jeder ziehe sein los, nein nur eins, was hast du für ein symbol, was ist das, los, stell dich nicht so an, na also, kennst du doch, hast du noch nie einen marienkäfer gesehen; frösche, enten, äpfelchen bitte an die tischchen setzen, nach den tafeln richten. ännchen apfel, mochte roswitha marienkäfer seit der vorschulklasse und dem kartoffelsalatplastiktöppe mit matschehunde-igitti-dreck-sand füllen; sie setzte sich zu ihr. der verrat wurde entdeckt, nach fünf minuten, eine szene vor der ganzen rosarot getünchten aula. schweinskugel lieferte ein wütendes blau. die überlebenden versicherten sich, dass sie genau getan hatten, was man ihnen gesagt hatte, ja, nicht wahr.

3

{das logische bild der tatsachen ist der gedanke.}

beleidigter ochsenfrosch am pult des provisorischen festraumes erklärt, dass keine festrede folge. schockierte elternpaare senden angestrengt wütende blicke. die beleidigung eines geschätzten mitgliedes des kollegiums unter einsatz des götzzitates rechtfertige, nichts länger als eine einseitige klarstellung abzugeben. er verbläst sich in moralischen sentenzen, unwahrscheinlich gehaltener regimentstreue, endlich endigt er, schaufelt unerklärlich viele manuskriptblätter zusammen. eine unbewältigte unruhe schwimmt im raum, das musikalische laienensemble versprengt sich hoch, höher in die ersten töne, ein schwedisches volkslied von abschied und wiedersehensfreude im satz des gatten und unbegabten zwölftonliebhabers der gruppenleiterin, darin der **kommotion** näher als der kommunion, meint süffisant der in der letzten reihe sitzende fachkollege.
 der von pickeln und mitessern ersterlöste schreitet zur antwort nach vorn; im übrigen seien sie doch ein scheißlangweiliger jahrgang gewesen. er suchte die dankbarkeit, doch er fand nur sein gestell gerade gerückt, fahndete nach worten und erblickte sein schleierndes grinsen widergespiegelt auf von innen durchgekneteten gesichtern, die gerade über einer bebenden, eigenen rede sinnierten. als er fertig war, konnte er nicht wiederholen. der unmerklich grinsende fachkollege streichelte seinen spanischen bart und parlierte am clavichord über einer gavotte hinweg alle strei-

tigkeiten, die hüsteleien am beginn verkrochen sich in den untergrund, er lächelte, eine unbemerkte improvisation, die niemand aufzeichnen würde, sein geschenk an diesen augenblick, er modulierte auf die grundtonart zurück und finalisierte geschmackvoll. sah in angstvoll selige gesichter, den applaus zog er, des dankens voll, langsam bis in seine letzte reihe mit.

der direktor erledigte gewissenhaft den akt der auszeichnung, ännchen sollte nach seinem händetusch weiterschleichen, um platz zu machen, aber sie ging entschieden an das pult, rückte das mikrofon auf ihre größe zurecht und sagte:

ich glaube, entschuldigungen haben nur ihren sinn, wenn sie von echtem bedauern getragen würden. wir werden uns niemals für dinge oder absprachen entschuldigen, die wir nicht zu verantworten haben. keiner von ihnen würde das tun, weder zu hause, noch am arbeitsplatz. die entscheidung, so zu schreiben, lag in der verantwortung weniger. sie werden es mir bitte nicht vorwerfen, dass ich eine prüfung, deren ergebnis mein weiteres leben entscheidend beeinflusst, für wichtiger gehalten habe, als solche kindereien. namentlich gekennzeichnete beiträge geben nicht unbedingt die meinung der redaktion wieder, sie kennen das, es steht als klein gedrucktes am anfang jeder zeitung, auch bei dieser. wer sich meinte, übergeben zu müssen, war völlig frei, dies zu tun, er kann es nicht mehr daraus streichen. was uns wirklich geprägt und ausgezeichnet hat, darf darüber nicht vergessen werden, darf es einfach nicht. nicht für sie, unsere eltern, die uns vom beginn an halfen, diesen weg zu finden, nicht für unsere lehrer, die uns leiteten und auch nicht für uns, die wir über und von dieser welt lernen wollten, also auch von ihnen. noch sind wir jung, nicht ganz frei von fehlern, solange sie uns gestatten, was wir dabei doch erreicht haben, so wie heute, hier, dann können wir alle insgesamt nichts falsch machen. ich danke ihnen.

nahm ihre urkunde und ging, durch den beifall, dem sich nun auch der verwirrte zeugnisverteiler eifernd anschließen musste, zu ihren eltern, ihre mutter räumte platz auf ihrem stuhl frei, sie saß aufrecht zwischen ihnen beiden. der clavichordspieler betrachtete eifersüchtig ihren schönen, spitzenumrankten nacken. sie aber schien erhöht durch ihren körper auszudrücken: es ist so, wie ich es euch gesagt habe, gegen die vernunft der ochsenfrösche, man sah, bebend vor überzeugung, eine kleine, strafende, winzig begeisterte prophetin.

4

{der satz stellt das bestehen und nichtbestehen der sachverhalte dar}

als alles vorüber war, peinigende befragungen bezüglich deutungen des schwänzeltanzes und hormonhaushalts, die kommission vereinbarte sich über einen waffenstillstand wegen gegenseitiger kräfteerschöpfung der kombattanten. der gruppenleiter schickte ein befriedigtes lächeln an ihre rehaugen, die thesen verteidigt und diagramme seitenlang; die heilige johanna der bienenstöcke wurde von japsenden kommilitonen in peinliche farben gewandet und mit transparent über die schieferböden des instituts gekarrt. ännchen erinnerte sich an einen einsamen moment ihrer mutter, der mensch täusche sich gern, wenn er glaube, endlich sei wieder ein neuer lebensabschnitt hereingebrochen; dann stellt er fest, es war bloß das fieberende vom alten.

an ihrem wagen angekommen; noch ein paar verabredungen, die sie leider nicht einhalten könne, man verkniff sich eine ungalante bemerkung, roch erpresste tränen und wollte gehen, ein kommilitone versuchte sich an einer tief schürfenden weisheit, mit deren formulierung er vor drei monaten hätte beginnen sollen, so wusste niemand damit etwas anzufangen, alle vergaßen sie auch gleich wieder, aber irgendwas schönes hatte er doch noch gesagt, weißt du, nein, na ja, is ja auch wieder egal, vorbei, die schauderhaften farbfetzen halbwegs nett, danke noch mal, zusammengefaltet und bloß rasch weg.

in seinem hobbykeller hatte papa noch zwei stunden zuvor alle verfügbaren familienalben mit ihren fotos um sich herum ausgelegt. er konnte sich nicht mehr daran erinnern, wer sie als kind gewesen war. da ist meine kleine, meine große, muss ich ja jetzt wohl sagen, ännchen, das hast du gut gemacht, gutgut! er versuchte, seine zusammengefallene gestalt zu respektabler größe aufzustemmen. ännchen überlegte, vor wie vielen jahren sie zuletzt ein kompliment aus seinem munde vernommen hatte, sah das wehen um seinen nüstern, das ihr ankündigte, er würde gleich wieder zum dozieren ansetzen über themen, von denen er auch nur die zeitungsüberschriften kannte, doch ganze enzykliken herbei zu beschwören wusste. ihre mutter pensionierte früh, operationen am rücken, sie fiel, eine lethargische ziehhar-

monika, auseinander und wurde immer wieder zusammengestaucht.
hast du den vorlauten bengel deiner schwester da draußen gesehen, nimmt wahrscheinlich gerade unser wohnzimmer auseinander, keine erziehung heute, damals war noch was anderes, nach dem letzten besuch habe ich sein saftglas in meinem bücherschrank gefunden und er hat sogar noch die tür zugemacht, dieses kind ist so dumm, wie seine mutter und deren mutter auch. wenn du jetzt nicht aufhörst, geh ich gleich ganz weg. ja, ja, ich mein ja auch nur, die wollen alles beschränken. pass da bloß mal auf, das mit den genen, wenn einer nichts davon wissen will, meinetwegen, seine sache, aber die gesellschaft, hat die pflicht, alles zu wissen. (pause) weiß schon, hab damals zu früh geheiratet, heut bin ich froh darüber, sonst gäb's dich nicht, oder? scheues lächeln. geh ruhig zu deiner mutter, sie schaute zu, wie er sich äußerst umständlich setzen musste, plötzlich tat er ihr leid.

ich hab's bei vielen von meinen freundinnen mit ansehen müssen, die warn auch nur verheiratet, um sich nicht einzugestehen, dass sie sonst ihr ganzes leben lang allein geblieben wären.

aber mama, als *mich* das alles genervt hat, bin ich einfach nur gegangen, und ich weiß, das war richtig.

war es für dich auch, kind, aber irgendwann siehst du, dass all die träume, die du da vor dich hin geträumt hast, die ganzen jahre vielleicht zu dir gehörten, bloß man *du* nicht zu ihnen, nicht wirklich.

5

{die grenzen meiner sprache bedeuten die grenzen meiner welt}

warum? (kalter krieg) nicht leicht zu erklären, es war noch nicht der zeitpunkt, du warst es vielleicht schon. (entspannungsfrieden) ich bin linguist geworden, weil ich mit niemandem aus meiner familie ein vernünftiges wort wechseln konnte, du warst anders. ich habe mich verliebt. ich auch, ich doch auch. ich könnte mit dir über alles reden, für meine familie bin ich ein snob, wenn schon. dann lass uns reden, jetzt. ja, aber nein, du zuerst, *du* hattest schluss gemacht, das bist du mir schuldig. wenn du es *so* siehst. ich sah dich, wie du hereinkamst und dachte: da kommt es ja, das arschloch. wirklich. danke, das bestätigt mich ungeheuer. ich höre ich höre ich höre. (atemnot) nun schön, ich ziehe mich jetzt weiter aus, hör nur gut zu. was! hab ich deine ungeteilte aufmerksamkeit? immer, du anal-f... bitte nicht zum mondscheintarif. anal-phabetin. **leck-astheniker.** also: solipsistisch und kallipygisch? sollypsrygisch, unterarschlöchlein. beim ersten oder zweiten mal? *doch* zweimal, karla bestand darauf, ich hätte es ihr so gesagt. deine freunde können sich *immer* ganz genau daran erinnern, was die wahrheit ist, kunststück, alles andere danach mussten sie sich ja nicht merken. spiel dich nicht als psychologe auf, sonst wirst du degorgiert. säume nicht, o holde, mich in meiner stolzen mitte zu fassen und zu drehn, du kleines thekenluder. das gespröch – ähm – gespräch wird gleich beendet. (seufzen) berichte mir von deinen sicherlich zahlreichen liebhabern. dich werd ich auch noch vergessen können. ah, mon dieu, sie kennen mich ja! komm mir nicht durch den hörer. (pause) bei dem mechaniker dachte ich noch, er wäre da besonders gut bestückt, aber dann merkte ich, dass es seine schwimmhilfe war. bei allem anderen musste ich ihm auch helfen. jedes tier kann es, die drohnen werden doch schließlich auch rausgeworfen. er wühlte und grabbelte wie ein erschossener maulwurf. an meinem geburtstag hat er schluss gemacht, kurz vor elf, er wollte mir den tag nicht versauen, das schwein. selber! die stützräder an seinem fahrrad hatten dich nicht stutzig gemacht? witzig, ausgesprochen witzig. (pause) als ich kurz darauf karla meinen neuen mister wonderful vorstellen wollte, antwortete die: du, ich hab heut leider keine zeit, den überspring ich, okay? (schnaufen) ach, was machst du eigentlich jetzt genau? hab noch ein paar semester rangehangen, examen und dann gleich auf die schule. ah. (pause) ich mach es jedenfalls nicht wegen meiner eltern. nein, klar, natürlich nicht. hör auf, das nervt langsam. ich wollte. lass es einfach, genügt jetzt. okay. (pause) und wie geht es deinen eltern? mama geht es wieder besser, papa überprüft irgendwelche theorien. kann man sie hören? er denkt, man sollte hier in deutschland regeln ähnlich der englischen orthographie einführen, nur radikaler, so gut wie *alles klein*, außer satzanfängen und eigennamen. seiner meinung nach wäre das viel demokraphischer, demokratischer und ließe den einfachen leuten und den künstlern mehr freiheiten. mehr *freiheiten*? ja, um zu experimentieren usw. **experimente gehören in die naturwissenschaften.** meinetwegen. die ganze sache hat wenigstens *einen* positiven aspekt auf ihn, ich meine effekt: er ist anders geworden, zugänglicher, gott, beinahe hätte ich gesagt, zutraulicher, bei meinem vater. er meinte auch, neulich, er würde sich mittlerweile richtig gut tun mit deinem vater, sie haben alle viel gelacht und sind freunde geworden. hier irrt dein vater.

6

{der sinn der welt muss außerhalb ihrer liegen es gibt in ihr keinen sinn und wenn es ihn gäbe so hätte er keinen wert}

zwei weißgeschminkte harlekine eilten vor den eingang des lokals und drückten jedem gast ein los in die hand, darauf ein fragezeichen, deren zwei, drei oder: überraschung! geschrieben stand.
vogelhochzeit. kerzenlyrik. kuchenkränzchen, verendet in **serviettentechnik**. was bringt bloß diesen lyrischen harndrang hervor, sobald ein fest oder ein abschied auch nur näher rückt. das war schon in der schule so, wann kommt man schon dazu und wenn es aussieht wie ein gedicht, hilft es dir vielleicht, oder nicht. wir hätten ihnen wohl auch sagen sollen, alles bitte nur in elfchen zu schreiben, nur elf wörter und es muss aussehen *wie ein gedicht*. so sieht das hier auch aus. ich weiß nicht, sie ist mit uns verwandt, meinte es auch bestimmt nett, es ist ja auch mutig von ihr, vor hundert leuten was selbstgedichtetes zu singen, so. das sei nicht nett und das habe auch nichts mit mut zu tun, beschied er sie, das sei die schiere ignoranz.
papa klaubte seine karteikärtchen zusammen, rückte seine lesebrille gerade. verehrte hochzeitsgaste. es fällt mir nicht leicht, als vater der braut die passenden worte zum heutigen ereignis zu finden, als erstes möchte ich auf diesem wege alle begrüßen, dass niemand auch einen weiten weg aus holstein, dem oldenburgischen oder aus mitteldeutschland gescheut hat. zwar habt ihr euch ja gestern schon vor dem standesamt, nur als notwendige formalie und vorhin in der kirche vor gott das jawort für den künftigen gemeinsamen lebensweg gegeben. dennoch möchte ich euch nochmals von dieser stelle aus dazu gratulieren, auch im namen der brautmutter, die leider heute nicht hier sein kann, aber sie lässt euch aus dem krankenhaus wissen, dass sie ganz intensiv

an euch denkt, möge dadurch die freude, die am beginn eurer ehe stehen sollte, nicht zu stark beeinträchtigt sein. damals, vor etwa vier jahren, war offenbar die zeit für eine entscheidung, den weiteren *weg des lebens* gemeinsam zu gehen, noch nicht reif. ihr habt diese prüfung bestanden, jetzt kommt die eigentliche bewährungszeit im gemeinsamen eheleben, in dem auf und ab der alltagsanforderungen und der täglich wiederkehrenden pflichten und sorgen. wir haben in unserer familie zwar zwei töchter, aber keinen sohn, den wir uns eigentlich immer gewünscht hatten. zum schluss möchte ich euch daher eine reihe von ratschlägen mit auf euren weiteren *lebensweg* geben zusammen mit herzlichen wünschen für eine glückliche gemeinsame zukunft. möchten wir jetzt also mit euch und allen unseren gästen hier anstoßen mit dem sprüchlein: glück und segen mögen zu allen zeiten durch ein langes leben euch begleiten. amen. auf euer wohl!

vater klatschte nicht, ordnete seine papiere und sprach in die erste pause: liebes brautpaar, um kurz zu bleiben, sage ich euch: ihr seid jetzt eine institution, die älter ist als alle anderen dieser art. in unserem kulturkreis gilt folgende definition: die ehe ist die auf dauer angelegte verbindung zweier menschen verschiedenen geschlechts, nebenbei, man sagte mir, der indische kulturkreis kenne achtzehn, man stelle sich die juristischen folgen vor, zu einer gemeinschaft auf wirtschaftlicher und eben sexueller grundlage, keimzelle für eine familie. es wird dazu ohne gelegentliche streitereien nicht abgehen, jeder möchte auch einmal ein kleines geheimnis für sich behalten, was menschlich und nicht tragisch ist, wenn in einer diskussion wenn und aber stets ausgeschlossen werden. eure ehe wird weniger vollkommen sein, als dichter sie beschrieben haben, aber alle guten wünsche bleiben bei euch und ihr dürft sie in anspruch nehmen, wenn ihr sie denn braucht. ich wünsche arbeit, die nicht frustriert, genügend einbringt, anspannung/entspannung, vor allem gesundheit, viele kinder, uns allen eine rundum gelungene feier. danke, dankeschön.

das bukett schoss in die höhe, surfte über erste fingerspitzen, lackteile sprengten seitlich weg, die wucht zurück, stagediving und bojen-kopfball, abgewehrt, aus dem hintergrund müsste rahn schiessen (er schoss aber nicht und hier wurde ungarn weltmeister), lärmpegel eines kurörtlichen wellenbades, die matrone sackte flachlängs auf das parkett, als sie sich schon als gewinnerin sah, die erste rose setzte auf, 7 sekunden nach abschuss,

kullerte dem gerüstbauer vor die füße. erwartungsvolle spannung auf den umherliegenden gesichtern, er hob ihn, mühsam, dann wehte er aus seiner hand, strauchelte im fliegen, prallte den alten direkt auf den kaffeeteller. entsetztes stöhnen. the end.
zwei mischlinge trollen über der nasskalten wiese, ihre maulkörbe deuten ihre gefährlichkeit an. mein bruder olli leidet unter einer gewissen unterkomplexität seines daseins, freundlich ausgedrückt. es kommt der tag, da will die säge sägen und sei es nur zum festtagsbrauch. die klinge gräbt sich fest, die geschrägten zacken verbeißen sich, maulkörbe lösen sich, rhythmisches klatschen rund ums paar. heyheyhey. neuansetzen, enttäuschte rülpser. wachhunde jagen einen dritten mischling. heyheyhey. er blickt voll verachtung um sich und auf sie gegenüber, sie will nicht verzweifeln und reißt von ihrem weißen tüll alles herunter, was sie hindert, sein sakko kann der angetrunkene bruder nicht mehr beaufsichtigen, als er in den clinch mit dem anderen hundehalter gerät, die gesellschaft schwankt, welchem ringen und schlagen sie ihre größere aufmerksamkeit widmen soll, rufe und beleidigungen aus der anderen ecke klingen bereits viel versprechend. heyheyhey. *wieder* abgebrochen. blinde wut, das biest muss sterben, alle würden noch jahrelang davon sprechen, dass das kein gutes zeichen für die kommende ehe war, leichter punktsieg für olli, bis der andere verstärkung holte, endlich die letzten zentimeter, holzholz sägespäne durchdurch. durch! er vergisst beinahe, ihr den obligatorischen kuss zu geben, geht schnell ab, sein hemd zu wechseln.
ein grober klotz in deinem schwarzen erdbeerwald. sorry, ich bin jetzt nicht mitgekommen. er mag es, den rest von allem unterzumengen, was er mal gelesen hat. wofür standen eigentlich die harlekine vom anfang? welches spiel war denn das? keine ahnung.

7

zwangsumtausch// zugehörigkeitsgefühl// notlösung
drei ausgetragene schwangerschaften// eheauflösung
der rest ist

Stefanie Richter
Aufsuchen

Alles fängt mit A an. Und ich höre nicht auf, mich mit ihm in Verbindung zu bringen. Wie die letzten Schulmädchen lassen wir uns die Köpfe verrücken. Drehen uns hin und weg, denn schließlich hat man gar nichts dazugelernt. Die Regeln sind immer dieselben. Anschauungsunterricht hin oder her, was bleibt einem übrig, wenn sich alles auf Rückbildung eingestellt hat.

Damit geht es los: als letztes Glied der Viererkette wundere ich mich, nicht ordnungsgemäß anzukommen. Die anderen vorschicken, sobald es spannend wird, aber nicht in der Lage sein, der Natur freien Auslauf zu gewähren. Im Gegenteil. Die Spannung will es, dass man sich so zusammen nimmt, dass für andere kein Platz mehr ist. Bedrückend eng hat man's im eigenen Verfolgungswahn. Hingehen gehört dennoch dazu. Auffinden heißt das in der Fachsprache, die wir ab jetzt bedienen wollen. Wegbleiben liegt mir mehr als vernünftig wäre, aber deshalb bin ich hergekommen. Ich will was lernen, nachdem ich schon alles verstanden habe.

Immer steht etwas zwischen uns. Tische, Tresen, Temperamente. Also ist da was. Aber weil ich alles dreh und wende, finde ich auch hier was auszusetzen. Klar, der will gar nicht näher rankommen, die feinstoffliche Auseinandersetzung geht am besten übers Telefon. Aber weil das kein Mensch aushält, werden Aktionen gestartet, Kurse gebucht, Pläne überholt, der Schlaf bringt mich noch um, wenn das so weiter geht.

Wie weit man gehen kann. Die Schrittfolge ist eigentlich klar. Drei A's gibt es zu bedenken, aus denen die leichtesten Schlüsse zu gewinnen sind. Und deshalb sind wir ja hier. Wir wollen den Eindruck bekommen, dass noch was zu retten ist. Ich denke an seine Zunge, an der schon andere fast erstickt wären. Bloß nicht alles runterschlucken. Sauber ausräumen, nein, das ist nichts für mich, sauber abfließen lassen, noch viel weniger. Schmutzige Wäsche waschen, das wollen wir sehen. Das ist mein Krisenherd, auf dem ich nichts anbrennen lasse. Das Vollprogramm wählen, unbedingt. Ich kann sagen, was ich will, solange sich nichts tut. Überlaufen oder abkühlen, beides muss verhindert werden. Also ran an Regel Nummer eins.

Regel Nummer Eins. Anschauen. Ich muss ihn immer wieder anschauen. Schon in meiner Vorstellung sieht das sehr gut aus und bringt mich zum Lachen. Keine Liebesgefahr auf den ersten Blick vielleicht, aber weil der täuschen kann, und weil man alles lernen will, nochmal und nochmal hinschauen. Dazwischen kann viel Zeit vergehen. Unter vier Augen hat man aber keine Wahl. Wer jetzt nicht handelt, hat den Bedarfsfall nicht gedeckt, wird mit Entzugserscheinungen nicht unter einem Monat bestraft. Im Härtetest den Kandidaten unter einem Vorwand in den Nebenraum locken, nach draußen ziehen oder im Gang abstellen. Es gibt viele Möglichkeiten, unausweichlich zu erscheinen. Komm, ich zeig dir mal was. Wer ist wer und was denkst du darüber. Einfach ineinander reinschliddern, besser geht es gar nicht. Die Umwelt ausblenden, das war ein Noteinsatz, wo Leichtsinn und Übermut nicht voneinander lassen können. Im Normalfall gilt: immer erst den Tatort absichern. Solange jemand schreit, kann es so schlimm nicht sein. Meistens gucken aber alle weg, dann hast du freie Bahn, also mach was draus.

Ich kann ihm ansehen, dass mit mir alles in Ordnung ist, muss aber trotzdem an allem verzweifeln. Nein nein, ich kann nicht, ich will nicht, ich werd nicht mehr. Aufruf zum Übergriff abblasen, das ist das dümmste, was mir einfällt, die anderen schütteln die Köpfe, dieser Frau ist nicht zu helfen. Ich winde mich auf meinem Stuhl, Blässe – ja, Herzrasen – ja, Stromausfall – in der Dunkelkammer brennt noch Licht. Denn obwohl ich alles besser weiß, bin ich Maßnahmen unterworfen, die entstanden, als noch gar nichts geschah. Wer ist also hier das Opfer, da kann man sich gleich dazulegen, wie ich mich anstelle. Auszuhalten ist das jedenfalls nicht, das kann dir jeder bescheinigen.

Ich will hier mein Notopfer kennen lernen. Da muss ich auch mal hingucken, wenn es Dias gibt, wenn demonstriert wird, wie man den anderen antrifft. Wenn ich schon mal da bin, leg dich einfach zu mir. Nein, stop, kein Rückzieher fällt noch mehr auf. Hier hast du die Chance, an originalgetreuen Nachbildungen auszuprobieren, worauf es im Ernstfall ankommt. Du weißt doch, Rollenspiele, in denen sie dich vollends einwickeln. Silberfolie, Mullbinde, Winterknochen. Die Schweißbänder abnehmen, beidhändige Vorsicht üben, falls doch jemand dazwischen steht. Der Kurs hat bestimmt was mit Auffrischen zu tun. Was wir schon kennen, dürfen wir jetzt endlich anwenden. Ich stelle mir das vor, mache alles nach und mit und durch, aber die Praxis kommt nicht an mich ran. Man wartet auf mich anderswo, und ich hab zugesagt, aber unmöglich schrei ich die zusammen. Das geht so nicht, nächste Lektion, nichts begriffen, aber unbedingt voranschreiten wollen. Typisch Hochschule. Alle Erfahrung zu Hause lassen, die Eltern sind eh zu doof, das Lerngesicht aufsetzen geht schon ganz automatisch, und sofort mit dem Nachbarn das Tuscheln anfangen. Sich selbst ein- und ausreden, dass man einen Grund hat aufzuhören. Mit allem und jedem sofort streiten, die Klassenbeste in der letzten Reihe ist sich zu fein zum Mitmachen. Immer müssen die anderen ankommen, herhalten, Extraeinladungen ohne Gewehr.

Wie findest du ihn?, fragt sie ihre Mitschüler. Auf der Wiese, mit der Lupe, auf dem Absatz, unterwegs. Und fährst du mit ihm mit? Nein, mit dem Fahrrad, immer mit dem Fahrrad geht's nach Hause. Und wie macht ihr das? Vorsehung, aufpassen, dass man übereinander ins Stolpern gerät. Die Freude hundertmal vergrößern, weil nichts abgesprochen ist, weil man hinnehmen kann, nicht aneinander vorbei zu kommen. Das Aufsuchen einer Person, die schön gefunden wird, ist von größter Bedeutung. Aufeinander zusteuern, den Umfall verursachen, weil man sich dem anderen hinwirft, mitreißt, schließlich irgendwo zum Liegen kommt. So ist es passiert, das ist der Hergang, auch wenn das keiner im Detail hören will. Ich finde ihn aufrichtig umwerfend. Erfolgversprechende Gegenbewegung. Wir wollen uns nicht schonen, sondern die zweite Phase einleiten. Alles immer noch in liebesrettender und risikofreundlicher Absicht, das richtige Fenster geöffnet zu haben.

Regel Nummer Zwei. Ansprechen. Die Beifahrertür klemmt schon seit Wochen. Ich weiß nicht, wie ich ihn anreden soll. Sein Nachname gleicht einem Mauerfall. Es bröckelt in meiner Einbildungskraft, in unseren Köpfen gibt es Verbindungen und Schlupflöcher, durch die wir uns ab und zu reinwinken. Das reicht leider nicht, die Bestimmung zu erhellen. Es heißt, er hat ein ansprechendes Wesen, aber das sagt mir noch lange nichts. Solange er den Mund nicht öffnet und sich was rausnimmt, weiß ich nicht, was ich ihm mitgeben kann. Immer nur das Dauergrinsen drauf haben, gibt den Eindruck ab, man habe sich aneinander aufgeklärt. Was ich ihm sagen will, kommt aus gut unterrichteten Kreisen. Man passt auf, wie die Umwelt reagiert, aber wenn es nicht anders geht, haben's alle mitgekriegt. Ich sage noch, bloß nicht die Verunsicherung durchblicken lassen. Am Schauplatz mit hochgekrempeltem T-Shirt aufwarten, dass er sich damit befasst. Sich solange herablassen, ihn auf seine Teerflecken hinzuweisen. Ich meine, an die kann man nicht nah genug rankommen, außer man beugt sich dem frohen Mutes vor. Bitte tu das, sagt er, na gut, denke ich, besser als abkratzen.

Dann stelle ich fest, man kann sich alles sagen. Es bringt nichts, nur den Mund zu halten. Hin oder her, ohne die richtige Einstellung kommt kein Bild heraus, das man sich an die Wand hängen möchte. Es ist eine Frage des Ausschnitts, der Blendung und nach der anderen. Oberbelichtung, Unterbelichtung, Einfallswinkel gleich ausfallend werden. Es tut mir Leid, wenn ich dazwischen gehe, aber wenn mir keiner sagt, was Sache ist, kommt jede Scham zu spät. Den Abgang kann nur der Arzt feststellen. Darauf verlassen wir den Unfallort, der bei Lichte besehen keiner ist. Ein Spielfeld wie jedes andere. Wir können auf jedem umgehen, Hauptsache unbedacht und ausgehoben.

Fernsprecher und was sie sich leisten können. Stundenlang die Sitzung strecken, das Liegenbleiben genießen. Als wolle er untertauchen, macht er sich am Ausziehen zu schaffen. Nimm mich mit, sagt sie, okay, meint er, aber nicht auflegen, solange ich dran bleibe. Man versteht sich von selbst. So war das schon immer. Überwindung der Deutungsgrenze, das muss man mal erlebt haben, erst allein, dann jeder für sich, und schließlich hat man sich drauf eingelassen, das Badewasser gemeinsam auszukippen. Einfließen lassen, dass man nicht will, wenn alles nur dahinplätschert. Nein nein, sagt er, das Vollprogramm ist automatisch mitgemeint. Wenn ich sage, jederzeit, dann sind die Nachtspeicher und Vorabendserien ausgeschaltet. Dann gibt es nur noch erste Maßnahmen und oberschweres Guthaben. So will ich es auch, wir treffen uns immer wieder schwarz, das heißt, es bleibt unter uns. Nichts als Vermutungen, die einer ausspricht, um es einmal hinzustellen. Ich sage, zeig mir, wie das aussieht mit der Fotoserie. Ja, komm, wenn alles vorbei ist. Er hat nachts keine Zeit, sich ansprechen zu lassen. Abschleppen ist keine Hilfestellung, denn wo nichts fehlt, kommen wir hoffentlich noch hin. Der Maßnahmenkatalog muss folglich angereichert werden. Gucken, reden, da ist noch was zu holen.

Regel Nummer Drei. Anfassen. Wir wollen ran da, keine Frage. Aber wie soll man das anpacken? Einfach hinlangen, sich langlegen, obwohl noch nichts abgeklärt ist, kriegen wir nicht hin. Die Anatomien zusammenbringen ist ein guter Vorsatz, Anfang und Zielgerade. Oder etwa nicht. Ich zeig dir was, was du nicht hast. Das darfst du auffassen, wie du willst, am besten mit Karacho. Ich bin also hinmarschiert. Hab mich hinter meiner Freundin versteckt, dass er mich nicht sehen kann. Dann hab ich ihn angerufen, und es war unerhört. Mein Ohr wurde heiß, der Mund trocken, seine Füße schrumpelten davon. Die Kontaktaufnahme an dieser Stelle abzubrechen kam, wie gesagt, nicht in Frage. Nichts sehen, nichts hören, aber fühlen muss er, na warte. Es berührt mich, wenn ich an seine Urlaubswoche denke. Hawaii, und zwar kurzärmelig. Oder noch kürzer, Freizeitoberhemd. Ganz in weiß den Vogel abschießen, den ich mir in den Kopf gesetzt habe. Die Schirmmütze in den Nacken schieben, die Stoppuhr überstrecken, was hab ich gesagt, schwitzen oder nicht, das geht allemal zusammen. Aber wie an ihn rankommen. Wenn ich schon nicht die Hand aufhalten will, wie soll er dann auf mich einschlagen. Oder besser, der Weg ist längst frei, wenn ich mich entsinne. Der Gefahrenverlauf geht mich nichts an. Ich hab hier nichts verloren, die Risikogruppe wird von anderen betreut. Wenn ich ihn antreffen will, wo es mit uns hingeht, Berührungsängste ausschalten, und zwar sofort. Gar nicht über Restlaufzeiten debattieren. Was du hier und jetzt anfassen kannst, ist gleich vielleicht schon abgestorben.

Hast du die Vitalfunktionen überprüft, hat die Beatmung schon eingesetzt. Natürlich kann das immer so weitergehen. Von alleine würde ich damit nicht aufhören, aber man kommt ja sonst zu nichts, und das muss man sich mal vorstellen. Es war in der Tat schön, reicht aber hinten und vorne nicht. Hinten den Nacken klarmachen, während vorne von Austausch die Rede war. Seinen Namen buchstabieren, stumm mit der Zunge rollen, die Augen ziemlich geschlossen, es ist angekommen, es hat geklappt, eine Wiederbeliebung aus dem Bilderbuch. In Hochglanz, mit vibrierenden Flötenkörpern, die ganz heiße Nummer, und das war erst der Anfang. Der zweite Versuch, eine glänzende Karriere, eine strahlende Zukunft, auf beiden Gesichtern epileptische Freude.

Nachts aufwachen, weil man lächeln muss. In so dämliche Fressen wird schnell dreingeschlagen, deshalb bloß an etwas anderes denken. Einen Keil dazwischen schieben, oder in Brieftaschen machen. Du hast gesagt, dass wir baden gehen! Davon wird sie nicht abrücken. Sie zeigt auf die Vorteile der Nahkommunikation. Freie Hände, die den heißen Dreck auffangen. Unter Wasser Tretboot fahren und drauf bestehen, dass die Wanne noch nicht voll ist. Das könnte uns beiden so passen, na klar. Nachts zum Überlaufen kommen. Überall hinreichen, sich vergewissern, dass alles am rechten Ort ist, ihm nichts fehlt, sie nicht genug kriegen können. Beste Lage. Stabile Verbindung, in der Leitung tropft es und dampft und rötet sich. Was sie sah und hörte, hat ihre Reaktionen beschleunigt. Von seiner Seite regen sich ihre Lieblingslieder, aber der Tennisarm bleibt ausgestreckt. Jetzt dranbleiben, in die richtige Richtung ziehen, testen, ob ihm noch zu helfen ist. Er war da und saß im Garten. Sie fielen übereinander her, doch unverletzt, bloß angestachelt, warten sie auf Folgeschäden. Was sie über den Schock weiß, kann sie nicht bestätigen. Die Zusammenhänge werden unleugbar, ganzheitliches Aufsuchen und Finden und Reinfallen wird nicht ausbleiben. Was wir ausheben, ist abgesichert durch Lernschulen, die wir schwänzten. Was wir suchen, sehen wir einander an. Nur wenn alles nichts nützt, gehen wir zum Letzten über. Den anderen bewusstlos schlagen, regelrecht zur Besinnung bringen. Verstand einhauchen, wo ein Kopf war, wo ein Atem ging, wo man sich hingeben wollte. Ich halte fest, keiner kann uns hindern, im Notfall absichtlich auszuweichen. Alles, was wir auf dem Kasten haben, wollen wir auch anwenden können.

Paula Schneider
Baby Tom

Manche Babys sind dünn und kleinköpfig. Tom ist nicht so. Tom ist proper und fett. Sein Haar liegt in flauschigen Lappen um den Kopf, die Augen sind blau und tief.
Am liebsten wird Tom im Wagen durch das Städtchen gefahren. Wenn das geschieht, bleiben die Leute stehen und wollen ihn anfassen, weil er so prall ist. Der Wagen hat ein dunkelblaues Verdeck, den idealen Rahmen für sein Blondgesicht. Meist trägt Tom einen nachdenklichen Zug um den Mund, so dass man ihn für klug halten kann. Das nimmt die Leute vollends für ihn ein.
»Ist das dein Baby?«, fragen sie Sandra, und strecken alle Finger nach ihm aus. Sie nickt und kann nichts sagen, weil ihr die amerikanischen Brocken in der Kehle würgen. Sandra kommt aus Deutschland. Sie ist zierlich und hat eine Narbe am Kinn. Da sie sich für eine der Frauen hält, die, wenn überhaupt, ein dünnes und kleinköpfiges Baby zur Welt bringen würden, glüht sie bei dem Triumph, dass die Leute glauben, Tom wäre von ihr.

Cathy und Bob wohnen am Rand des Städtchens, wo es noch eine Tankstelle und eine Post gibt, und sonst bewaldete Hügel. Von ihrem Haus aus sieht man Nachbarhäuser nur im Winter. Jeden Morgen fahren sie mit den Saabs los, Bob nach rechts, Cathy mit Tom nach links. Für ein paar Monate ist Sandra im Saab nach links dabei. Während der Fahrt beobachtet sie Tom, wie er Spuckefäden an seine Klapper bindet.
Im Städtchen wohnen nicht viele Leute, aber es gibt eine Universität. Dort arbeitet Cathy, dort setzt sie Sandra ab. Trotz Säulenstuck und weitem Rasen kann Sandra den Campus nicht leiden. Angrenzend ist ein ärmlicheres Viertel. Das mag sie. Weil es gammelnde Schwarze gibt und ein, zwei nackte Brandwände, kommt sie sich wild und frei wie im Film vor.
Wenn es regnet, schiebt sie den Wagen in die Hauptstraße. Die Verkäuferinnen in den Läden werfen sich für Tom in die Brust,

der kneifäugig nach den Farben hascht. In einem Antiquariat findet sie eine Übersetzung von »Die Frau vom Meer«, so deutsche Buchstaben, dass ihr die Tränen kommen.

In den besseren Vierteln beginnt Sandra, Tom zu lieben. Seine Augen sind Meere, seine Arme aus duftendem Plunder. Die Ellbogengrübchen winken den geharkten Gärten der Holzpaläste, und Sandra findet, dass sie's an den richtigen Stellen tun.

Dann hat Bobs Computerfirma eine Flaute, und Cathy nimmt Urlaub. Im Haus der beiden ist es gemütlich. Es gibt einen Videoraum und eine Sauna, trotzdem schlägt Cathy alle möglichen Dinge vor, die Sandra unternehmen soll. Sandra ist noch nie so viel spazieren gegangen wie in dem Land, in dem Spaziergänge so gut wie verboten sind.

Wenn sie in Sichtweite des Panoramafensters kommt, duckt sie sich hinter Büsche oder Schuppen. Sie weiß, dass Toms Eltern Sex haben, wenn sie sie wegschicken. Sie sind noch jung. Cathy hat ihr erzählt, dass sie Kondome benutzen, weil es sonst bald wieder passieren könne. Nachts hört Sandra, wie gut sich die beiden auf der Matratze vertragen. Hinter dem Panoramafenster liegen sie mit Tom neben sich, auch das weiß Sandra.

Sie streunt an Biberteichen vorbei. Sogar der Berg hinterm Haus gehört Cathy und Bob. Sandra klettert eine Weile, bis es ihr unheimlich wird. Sie kehrt um, versucht eine Abkürzung. Sie sehnt sich nach dem ernsten Blondgesicht von Tom.

Wo sie aus dem Wald kommt, steht ein fremdes Haus, ein Gebäude aus Glas und ganzen Stämmen. Sandra schleicht sich vorbei, durch ein Tal, *eine Schlucht*, denkt sie, wo orangegelbe Pilzsprossen aus dem Boden lecken. Dann ist sie zurück. Cathy und Bob sitzen rotwangig beim Essen, Sandra setzt sich dazu und starrt in Toms Wippe. Sie würde ihm gern was von der Suppe abgeben, es ist eine dicke Kürbissuppe.

Am Wochenende ist eine Radtour mit Freunden dran. Jede dritte Woche trifft man sich, gemeinsam Sport zu machen. Bergsteigen, Segeln, Skifahren. Bob dehnt sich vor dem Panoramafenster in einer knappen Radleruniform. Die Mountainbikes werden aufs Saabdach geschnallt, eine Stunde dauert die Fahrt bis zum passenden Berg. Bob hupt den Freunden im Tross. Tom in seinem Sitz macht das grämliche Gesicht. Wenn er mit einem Schluchzen aufwacht, sucht er ihren Blick, da ist sich Sandra, die neben Bob vorn sitzt, sicher.

Bob holt für Tom einen zusammenklappbaren Wagen aus dem Kofferraum, einen mit drei Rädern. Cathy hebt das Bündelchen hinein. Die Freunde zurren ihre Helme fest.

»Und beim nächsten Mal fährst du mit«, sagt einer zu Sandra und klopft ihr auf den Rücken. Das ist Pete, ein Nachbar.

Sandra fühlt sich gut im Indian Summer. Sie hat den Mantel nicht angezogen und freie Schultern. Am Morgen hat sie kaum etwas gegessen, doch das macht ihr nichts. Sie fährt den Dreiradwagen zur Aussichtsplattform. Es ist wie am Meer. Sie hört die kleineren Berge plätschern.

Als sie sicher ist, dass der Trupp mit den Mountainbikes weit genug in die Brandung hinabgeschossen sein muss, beugt sie sich zu Tom. Er streckt, ein Fischchen, ein paniertes, seine Hände zu ihr aus.

»Na du Schätzchen, du Schatz«, sagt Sandra. »Ist das dein Kind?«, wiederholt sie sich die Frage der Passanten. Toms Hände tappen nach ihrer Wange, streifen ihre Nase. Sandra möchte weinen, weil er so nach Kuchen und nach Semmelbröseln riecht.

Der Nachbar fährt zehn Tage weg, mit seiner Frau. Bevor Cathy wieder arbeiten muss, soll Sandra in seinem Haus wohnen, es ist das supertolle, aus Glas und ganzen Stämmen. Scheu inspiziert Sandra die hellen Zimmer, auch viele Zwischenwände sind gläsern. Im hohen Wohnzimmer hat der eingebaute Stamm sogar Äste. Auf den Tischen liegen Fotos von Petes Frau mit dunklen Locken; die Salatblumen im Kühlschrank kennt Sandra schon von Cathy.

Nachmittags besucht sie die Gasteltern, »du bist wohl einsam«, sagt Bob, und Sandra betrachtet Tom auf seinen behaarten Armen. Sie beeilt sich, bevor es dunkel wird durch das Tal zu kommen. Die Pilzsprossen glühen. Sie schließt im Haus alle Jalousien vor das Glas und schaut Videos, die sie zu wenig versteht. Das deutsche Buch hat sie ausgelesen. Wenn sie ans Meer denkt, dann an das verwandelte Gebirge unter der Aussichtsplattform. Sie träumt von Tom und seinen Händen, sie fasst sich an bei »Panoramafenster« und bei »dunklen Locken«. Nachts telefoniert sie nach Europa, weil sie Heimweh hat. Niemand hört zu, sie legt schnell wieder auf.

Es wird kühler. Sandra kauft sich im Secondhandladen einen neuen Mantel. Die Hosen, die es gibt, sind ihr alle zu groß. Nachts schneit es etwas. Cathy ist es zu gefährlich, mit Tom im Auto die steile Abfahrt hinunterzurutschen. Sie gibt Sandra ihre und Bobs Nummern vom Büro und lässt sie mit Tom zu Hause.

Sandra wickelt Tom das erste Mal. Schwitzend zieht sie ihn aus, mit Seitenblicken aus dem Panoramafenster, als könnte sie beobachtet werden. Tom streckt seine dicken Kinderflossen nach ihr aus. Sein Bauch wölbt sich wie ein Fladenbrot. Die Brüstchen sind zwei helle Petits fours.

»Was bist du lecker«, flüstert sie. Sie säuselt deutsch und englisch, damit er sie in jedem Fall versteht.

Tom strampelt. Er lächelt sie an. Er scheint zu sagen: »Alles wird gut. Nur kümmre dich um mich.«

Sandra fängt dankbar an zu weinen. Sie küsst ihm seine kleinen Augen, und sie holt die magere Brust aus ihrem Hemd. Sonst tut sie nichts an diesem Tag.

Pete kommt zu Besuch, er hat Cathy um Erlaubnis gefragt, und holt den Tragesitz aus dem Schuppen.

»Wir machen einen Ausflug, wir drei«, sagt er zu Sandra. Er schnallt sich Tom auf. »Es ist die letzte Möglichkeit«, erklärt er, »bevor das Wetter schlecht wird. Im Regen oder Schneesturm macht das keinen Spaß«.

Sie gehen durch die düstre Schlucht, die Pilzsprossen sind zerbröselt. Pete leuchtet mit treuen Blicken. Sie wandern an seinem schönen Glas-Haus vorüber und in die nächste Schlucht.

»Zieh den Kopf ein«, sagt Pete.

Sandra, die mit Pfläumchen Tom geschäkert hat, erschrickt. Ihre Stirn stößt an eine schwarze Linie. Die Linie ist ein Gummiband, ein Schlauch. Sie weist zum nächsten Baum, nach links; verhakt sich in allen Richtungen mit roten und mit blauen Linien. Oben drüber sitzen als Dach die Baumkronen.

»Sie machen hier Ahornsirup«, sagt Pete. Er freut sich, weil Sandra lächelt.

Wieder unterm Panoramafenster, stellen sie fest, dass Bob und Cathy noch nicht da sind.

»Ich warte hier auf Bob«, sagt Pete. Er steigt hinter Sandra die Treppe hoch.

Sie setzt Tom in die Babywippe. Pete geht zum Kühlschrank.

»Ich päpple dich, mein Lieber du, mein Kluger du«, flüstert Sandra nah an Toms Kuchenwangen. Der Kleine wedelt mit den Armen, er kann schon beinahe sitzen. Sie füttert ihn mit aufgeweichten Keksen, wenn es niemand sieht. Selbst mag sie keine Kekse.

Am Montagvormittag erscheint Pete mit Fotos.
»Musst du nicht arbeiten«, fragt Sandra.
»Ich dachte, dass dich die Fotos interessieren«, sagt er, »Da sind welche von Wien und München dabei.« Er packt auch Eiscreme aus, und streckt sich neben Sandra auf das Sofa. Als barocke Skulpturen zu sehen sind, räuspert er sich. Er fragt heiser: »Und du, liebst du jemand?«
»Tom«, sagt sie nach einem Zögern.
Pete lacht erleichtert. Seine Augen wispern. Sandra kann braune Augen nicht verstehen. Ihr erster Freund hat sie mit blauen angeschaut, mit Teichenaugen, unter denen ihr modrig wurde, das hatte ihr gefallen, einer kleinen Seejungfrau.
Sie sucht mit dem Blick Tom, der in seiner Wippe am Fenster brabbelt. Er ist halb von Petes Schulter verdeckt. Petes Nähe macht sie nervös.
»Woher ist die«, fragt er, und zeigt auf ihre Kinnnarbe.
»Von früher halt«, sagt sie.
»Du hattest nicht viel Glück mit Männern«, sagt Pete nach einer Pause.
»Das ist doch egal«, sagt Sandra.
Er berührt ihre Wange, und seine Hand ist warm. Sie schließt die Augen, ohne es zu wollen. Ein Fetzchen von Toms Plundergeruch weht in ihre Nase. Pete streichelt ihre Knochenhüften, vorsichtig, damit sie nicht zerbrechen, und ihren Rücken. Die Schenkel sind doch ziemlich weiblich.

Pete klopft fast täglich, wenn Bob und Cathy fort sind, an der Tür.
Er kocht für Sandra Kastanienmus und Erbspüree. Sie füttert alles dem süßen Tom. Pete will ihn beim Sex in den Nachbarraum schieben, aber ohne kriegt er Sandra nicht. Er fasst sie an, und sie macht die Beine breit wie eine Mondsüchtige, kieckst kurz, wenn er kommt, manchmal kommt sogar sie. Sobald Pete weg ist, nimmt sie Tom auf ihre Arme, lauscht in die Tiefen seiner

Augen, wartet, dass er lächelt. Sie spricht mit ihm und leckt ihm jeden Schlafsand, jedes Stäubchen ab.

Wenn Cathy oder Bob mit Tom allein sein wollen, wird Sandra unruhig. Sie streunt hinter den Schuppen umher, sie trinkt Bourbon und testet, ob sie friert, wenn sie betrunken im dünnen Schnee sitzt. Sie nimmt Petes Einladung, einmal bei ihm zu essen, an. »Es fällt doch auf, wenn wir uns zu sehr aus dem Weg gehen«, sagt er. Seine Frau beäugt sie misstrauisch, aber weil Sandra wie ein krankes Äffchen in der Küche steht, holt sie die größten Weinkelche aus dem Schrank, und sie schneiden zusammen den Salat. Sandra nippt nur.

»Kranke Maus«, säuselt Pete an der Tür, »du bist wirklich was Besonderes.«

Beim nächsten Treffen zeichnet Sandra den nackten Tom und den nackten Pete. Tom scheint es zu genießen, er reckt sich, brabbelt, richtet sich auf. Sandra flüstert ihre Beschwörungen: »Engelchen, Törtchen, Fischlein, ich bring uns ganz nach oben«. Ihre Lippen sind rissig. Petes Erektion sieht sie nicht.

»Mein Gott, er sitzt«, sagt sie.

Tom schwenkt seine prallen Ärmchen, sein Rumpf wankt, er lallt glücklich.

Pete bezieht »sitzt« auf sich, er kichert blöd und kriecht zu Sandra.

»Zeig mir deine Kunst«, sagt er.

Auf halbem Weg hält er inne. Sandra beugt sich zu Tom, sie schnalzt ihm entgegen, in einer eigenen Sprache, Äffchensprache. Sie spitzt die Lippen und nimmt Toms Händchen in den Mund, das fliegt und krabbelt. Sie lässt es frei, gurrt: »mein Oktopus« und schnappt es wieder. Der kleine Rumpf kippt um vor Lachen.

Petes treue Augen klappen von Kuh zu Stier, er zerrt Sandra vom Kind weg. Sie biegt so den Nacken, dass sie trotzdem Tom sehen kann, und hält, wie's Pete gewohnt ist, still. Er keucht, unterbricht sich, reißt Sandras Kopf wieder zu sich hin.

»Du bist pervers«, sagt er, als er danach hastig seine Sachen sucht.

Sandra zieht sich ruhig an und trägt Tom an sich gedrückt durchs Haus. Sie torkelt, stürzt beinahe die Treppe runter.

»Erst mal müssen wir uns ausruhen«, sagt sie mütterlich, schleppt sich zum Sofa. Schwach liegt sie neben Tom.

»Du hast keine Angst, du Brotlein, Semmelchen«, sagt sie und saugt seinen Geruch ein. Seine Augen sind klein über den prallen Wangen, aber das mindert nicht die Strahlkraft.

Sie holt ihn nah zu sich und feuchtet ihren Mund an seinem.

»Wie lieb«, flüstert sie, »dass du mir zu trinken gibst«. Sie spürt seine Wärme, fasst unter das Hemdchen, blättert es ab, löst die Hose, die feuchte Windel.

»Was bist du für ein leckres Schrimpschen«, sagt Sandra und lutscht an seinen Halsfalten. Sie presst das Püppchen an die Brust. Sie tätschelt ihm den Hintern, saugt an den Wangen, greift fest um die zeternden Schenkel. Sie reibt ihm Sack und Schwänzchen rosig. Tom hat Vertrauen, hält still, weil's warm ist, dann sind ihm die Rippen zu hart. Er quakt und windet sich. Sandra schlägt die Zähne in seine Schulter. Ihr Griff lockert sich. Sie träumt von zuckergepuderten Armgrübchen, von Meeren voller Kinderhintern, kleinen Ohren voller Eiscreme. Sie fällt in Ohnmacht.

Im Krankenhaus zwitschern die Schwestern mitleidig um Sandras Bett: »So jung und so dünn und so weit weg von zu Hause.«

Pete kommt zu Besuch. Die Schwestern halten ihn für Sandras Freund. Sie deliriert: »Mein Liebling, süßes Plunderchen. Ich päpple dich, mein Held, mein Äpfelchen, dann fahren wir zusammen weg.«

Petes Augen weiten sich vor Rührung und vor Skepsis. Eine Schwester tröstet ihn: »Die Nervenverbindungen funktionieren nicht ganz normal jetzt, Sie wissen schon, weil sie so mager ist. Aber es wird ja wieder, so wie sie vom Essen spricht«.

Er nickt. Die Schwester bleibt neugierig in der Nähe. Sandra hat die Augen geschlossen und saugt mit bewusstlosem Mündchen Luft ein. Sie liegt ganz wie ein Kind. Ihre dünnen Finger streicheln das Laken, das sauber ist wie Babyhaut. Dann wird ihm übel. Er stürzt an der Schwester vorbei, die erwachsene dunkle Locken hat.

Als Cathy und Bob anrufen, macht Sandra die Augen auf. Cathy erzählt, dass sie eine neue Babysitterin nehmen mussten, weil sie nicht wüssten, wie lange Sandra krank sei, und ob sie jetzt nicht zurück nach Deutschland wolle. Cathy ist ganz arglos:

»Komm und besuch uns, wenn du gesund bist. Rita wird dir gefallen«.
Manche Babys sprechen erst nach zwei Jahren. Tom ist nicht so. Bobs Stimme im Hörer kippt vor Aufregung: »Er hat Mama gesagt!«. Cathy meint, es hätte sich nach »Hunger« angehört. Wie auch immer, sie klingt überglücklich.

Tanja Schwarze
Die Sache mit A.

Ich bin losgezogen mit dem Wohnmobil, allein, und habe mich auf die Suche gemacht, und was ich gefunden habe, war A.

Möchtest du schwimmen gehen, hat A. gefragt, es war Nacht und wir saßen in seinem Wagen. Möchtest du schwimmen gehen, es war mein letzter Abend, und ich habe ihn angesehen und habe gedacht: warum nicht. Wir sind schwimmen gegangen im See, und die Fische sind uns auf den Rücken gesprungen, und wir sind hinter die Absperrung geschwommen, und von da an war alles anders.

A., frage ich, A., nimmst du mich mit in den Osten, und A. sieht mich an mit den sanftesten Augen und erzählt.

Einmal, erzählt er, einmal, da saß ich in einem Straßencafé im Osten und alles war grau und es war Winter. Ich saß am Fenster, der Tisch klebte ein wenig, die Bedienung hatte eine Laufmasche in der Strumpfhose, und ich saß da und sah aus dem Fenster. Draußen gingen Leute vorüber, ich saß da und nippte an meinem Tee und sah den Leuten zu, und einer war da, der hatte eine Mütze auf aus roter Wolle, genau wie mein Vater, als ich noch ganz klein war.

Und während A. erzählt, wie es sich im Osten sitzt und was sein Vater für einer war, darf ich neben ihm liegen und zuhören. Es ist mitten in der Nacht, in den Bäumen lärmen die Zikaden, ich liege und schaue mir seine gebogene Nase an, und mir ist ganz wohl und warm.

Du blöde Kuh, schreit K., du Nutte, wie konntest du mir das antun, er ist mein bester Freund und ich gebe dir seine Adresse und ich schicke dich dahin und ich sage dir: der ist nett, der wird sich um dich kümmern, und ich bestehe darauf, dass du ihn anrufst, ich schreibe dir seine Nummer ins Adressbuch, eigenhändig schreibe ich dir seine Nummer auf, ich liefere ihn dir auf einem silbernen Tablett und du gehst hin und du rufst ihn an, und du hast nichts Besseres zu tun, als ihn dir zu schnappen und rumzuvögeln mit ihm, am See, und im Sand, und in der Nacht, wie romantisch.

K., heule ich ins Telefon, es tut mir so Leid, K., ich weiß nicht, wie das passieren konnte, es tut mir unendlich Leid, was soll ich nur tun.

Haut doch ab zusammen, schreit K., ich will nichts mehr mit euch zu tun haben, ich bin euch doch sowieso egal. Am See und in der Nacht, so romantisch, wann ist das letzte Mal, dass du mit mir so romantisch? Nie! Niemals würdest du mit mir so romantisch, mit mir wäre dir kalt und der Sand würde dich kratzen, und du würdest sagen: lass uns jetzt gehen, ich will gehen, ich finde das albern.

Willst du schwimmen, fragt A. und wir gehen schwimmen im See. Es ist stockduster. Dreh dich weg, sagt A., und ich: aber man sieht doch gar nichts, es ist viel zu dunkel, trotzdem, sagt A., blöd, sage ich und drehe mich weg. Wir gehen ins Wasser, ich gehe voran, es ist schweinekalt, aber wir dürfen nicht prusten, denn schwimmen im Dunkeln ist verboten, und dunkel ist es wahrhaftig, oh ja. Es ist schweinekalt, flüstere ich, und: hsssss, macht A., aber wir gehen rein, immer weiter, und auf meinen Rücken springt ein Fisch. Pfui, quieke ich, was ist, flüstert A., ein Fisch auf mir, japse ich, zappelig und kalt. Komm näher zu mir, komm ganz nah, sagt A., als ob das helfen würde, und ich komme. Wir schwimmen weit raus und tauchen unter der Absperrung durch, denn wenn schon verboten, dann richtig. Wir schwimmen nebeneinander her, es ist immer noch schweinekalt, aber nach und nach geht es besser und wir kriegen wieder Luft, und wir schwimmen ruhig und lange, und das Wasser ist ganz still.

Es war so romantisch, erzähle ich meiner Freundin, du glaubst nicht, wie romantisch es war, er war so sanft und er hatte so lange Wimpern, und wenn er in seiner Sprache gesprochen hat, dann ist mir ganz warm geworden und heiß, und ich wäre auf der Stelle mit ihm mitgegangen, wohin auch immer.

Hast du einen Knall, sagt meine Freundin, du kanntest ihn gerade zwei Tage, wie kannst du mit ihm mitgehen wollen, nach zwei Tagen, du hast sie ja nicht mehr alle, oh Mann.

Ja, sage ich, du hast ja Recht, wie Recht du hast, und ich bin ja auch weg gefahren, gleich am nächsten Tag bin ich von ihm weg gefahren, denn meine Reise ging ja weiter, aber nach einer Woche bin ich wieder zurückgefahren, und eins will ich dir sagen: das war die schönste Woche meines Lebens.

Ich kannte ein Mädchen, erzählt A., und ich liege neben ihm und höre zu und betrachte seine Nase, ich kannte ein Mädchen, und es war anders als alle, die ich sonst kannte. Ich war siebzehn, und ich war sehr verliebt, sie war meine Dshamilja, so erzählt A. und erzählt, wie er auf sie gewartet hat, kurz nach Sonnenaufgang, an einer Ecke, und wie er ihr Dinge gebracht hat, eine Blume oder ein frisches Gebäck, jeden Morgen, und wie sie eines Tages nicht gekommen ist, dafür aber ihr Verlobter, und der hat A. die Meinung gesagt mit seiner Faust.

Ich liege neben ihm und lausche und stelle mir vor: A., wie er sich abhetzt im Morgengrauen, A. mit einer Blume in der Hand, A. blutend im Staub.

Und danach war es nie wieder so, erzählt A., auch nicht mit J., schon gar nicht mit J., aber ich bin müde vom Suchen und vom Alleinsein kriege ich Asthma und wenn die Vorteile die Nachteile überwiegen, ist das schon viel, mehr kann man nicht verlangen.

Was redest du da, rufe ich und setze mich auf, Asthma, Vorteile und Nachteile, das passt jetzt nicht, so ein Blödsinn, erzähl lieber weiter, erzähl mir vom Osten und von dem Mädchen, von deiner Dshamilja.

Das bist jetzt du, flüstert er und ich lege mich zurück und in den Bäumen weht der Wind, willst du meine Dshamilja sein, flüstert er sanft, so sanft, meine wunderschöne Dshamilja, ich bin so froh, dass ich dich gefunden habe.

Mein Gott, sagt K. und stöhnt vor Schmerz, du bist so naiv, wie kann man nur so naiv sein. Ich kenne ihn, glaub mir, oh, wie ich ihn kenne. Seine Märchen, seine Stimme, so ein Kitsch, unerträglich. Eine geile Nacht wollte er und sonst gar nichts.

Ja aber, sage ich und starre in den Hörer, wie kommst du darauf, dass ich was anderes wollte.

Warum zum Teufel bist du dann noch mal hingefahren, schreit K., war einmal nicht genug? Musstest du es dir noch mal besorgen lassen? Lass es dir doch mal von mir besorgen! Ich hätte auch gern mal eine geile Nacht mit dir, das kannst du mir glauben, aber mit mir ist es doof, mit mir ist es albern, hast du ihm eigentlich einen geblasen, sag schon hast du?

Und dann, eines Tages, überfielen mich eine Millionen Mücken. Das heißt, es waren in Wahrheit gar keine Mücken, viel zu klein waren sie, lächerlich klein, so klein, dass sie durch das Fliegengitter des Wohnmobils passten, und selbst nachdem ich alle Fenster geschlossen hatte, kamen sie immer noch rein durch irgendeinen winzigen Spalt, so klein waren sie, und ich konnte nichts gegen sie tun, gar nichts. Sie setzten sich auf mich und bissen, und es juckte wie verrückt und blutete, und ich versuchte, sie alle zu zerquetschen mit dem Finger. Sie rochen merkwürdig, wenn ich sie zerquetschte, eine Mischung aus etwas scharf Pflanzlichem und einem ranzig gewordenen Stück Seife, und schließlich roch das ganze Wohnmobil nach ihnen und ich kratzte mich und zerquetschte sie, und immer noch krochen welche nach, und mir blieb nichts anderes übrig, als zu flüchten.

Ich weiß doch auch nicht, sage ich zu meiner Freundin, K. und ich, wir lieben uns doch, wir sind doch glücklich, wir sind schon so lange zusammen, ich bin einsam ohne ihn, ich bin verloren ohne ihn, keine Ahnung, wie mir das passieren konnte.

Außerdem kannte ich A. erst zwei Tage, sage ich, wie kann ich ans Weglaufen denken nach zwei Tagen.

Wahrscheinlich wolltest du sehr doll, sagt meine Freundin, was denn, frage ich, weglaufen, sagt meine Freundin, das wird es sein, antworte ich.

K., sage ich, K., komm mal her. K., willst du mein Bruder sein? Ich brauche einen Bruder. K. guckt mich an. Du meinst, sagt er, wir schlafen dann nicht mehr miteinander? Das brauchen wir dann nicht mehr, sage ich.

Eine Woche fahre ich weg von A., eine ganze Woche, und nach der Woche komme ich zurück und klopfe an seine Tür, komm rein, ruft A., und da sind wir und stehen und starren uns an. Er trägt ein Hemd mit Kragen, es ist in die Hose gestopft, und hatte er etwa schon immer so dünne Lippen?

Ich stehe vor ihm und versuche zu lächeln, um mich herum meine Haare duften frisch gewaschen. Er steht da in seinem Hemd und lässt die Arme baumeln, sie sind unendlich lang, und ich denke: wer ist dieser Mann.

Ich sage: ich habe Rehe gesehen, eine Eule gesehen, zwei Murmeltiere und einen Haufen Leute, aber dann bin ich von Mücken überfallen worden, zwar waren es gar keine Mücken, doch es war so schlimm, dass ich fliehen musste, und jetzt bin ich hier.

Er sagt nichts.

Ich starre auf seinen Kragen, und ich sage: ich war an einem See, an vielen Seen war ich, denn in den Städten habe ich mich nur verirrt, so ist das: in Städten verirre ich mich, aber am See, da geht's mir gut.

Und ich sehe ihn an und sehe, wie er grübelt: wer ist diese Frau.

Er tritt von einem Fuß auf den anderen, er steckt seine langen Finger in seine Haare für einen Moment, dann sagt er: komm näher zu mir, komm ganz nah, als ob das helfen würde, aber es hilft nicht, und so müssen wir es lassen.

Und dann gehen wir wandern im Wald, wir wandern um den See, und es ist Vollmond, und er fragt nicht: willst du schwimmen. Wir reden von der Uni, wir reden vom Leben an sich, und dann reden wir von J., und er sagt: ich wünschte, sie würde mitkommen in den Osten.

Der See liegt vor uns, und es ist Vollmond. Es ist nicht sehr dunkel, das Licht spiegelt sich im Wasser. Ich frage: aber hättest du denn, ich meine wärst du denn, also ganz theoretisch, mit mir?

Spielt das denn jetzt noch eine Rolle, fragt er. Ich sehe nach ihm beim Gehen, ich schlucke an einem Kloß in meinem Hals, da geht er neben mir und der Mond scheint hell, und ich traue mich nicht zu fragen: aber was dann.

Stattdessen sage ich: willst du schwimmen, und wir gehen schwimmen, aber beim Reingehen prustet er und flucht, obwohl es doch verboten ist, und ich flüstere: sei still, gleich kommt noch wer, und er prustet: kalt, mir ist so kalt, und ab da ist nichts mehr anders, alles ist beim Alten.

Und dann sehen wir uns zum letzten Mal, und er schreibt auch nicht, und ich vergesse sein Gesicht. Wir sitzen uns gegenüber zum letzten Mal und essen Pfannkuchen, und auf meiner Brille ist ein Fleck. Gib her, sagt er und putzt meine Brille, an seinem Hemd reibt er sie und haucht darauf und beugt sich tief darüber und reibt und putzt und sieht mich nicht an. Ich kaue an meinen Pfannkuchen und kaue und schlucke und sehe ihm zu, wie er meine Brille putzt, und seine Wimpern sind ganz lang, und seine Augen ganz müde, und seine Nase rot.

Ich bin allein losgefahren mit dem Wohnmobil, K. ist zu Hause geblieben, ich weiß nicht, wonach ich gesucht habe und bin nicht sicher, was ich gefunden habe.

Aber eine Woche lang, eine ganze Woche lang, da wusste ich und war sicher. Ich bin gelaufen wie auf Samt und habe gesessen wie auf heißen Kohlen und habe geschnappt nach Luft, mit weit aufgerissenem Maul, so gierig, ihr hättet mich sehen sollen.

Ich bin übers Land gedüst in meinem Wohnmobil, kreuz und quer, von See zu See, und manchmal auch durch eine Stadt, dort habe ich mich verirrt, doch das machte nichts.

Ich bin gelaufen, bin über Straßen gelaufen, durch Wälder, über Felder und in Einkaufsmalls, habe Sachen gekauft, die ich nicht brauchte, habe mit Leuten gesprochen, die ich nicht kannte, habe mir fette Steaks kommen lassen von mütterlichen Kellnerinnen, die ich dann nicht essen konnte, ich war viel zu aufgeregt, doch das machte nichts.

Einmal, ich brauchte vielleicht ein Telefon oder etwas Schokolade, bin ich in eine üble Spelunke gelaufen, aus Versehen, und zwanzig saufende Kerle glotzten mich an aus dem Dunkel, und ich knapp bekleidet und ohne Schuhe, und ich wusste nicht mehr, was ich gebraucht hatte, und es machte nichts, ich lachte nur, ich bin sonst nicht so, müsst ihr wissen, ich bin sonst ganz anders.

Es machte nichts, es war egal, es war gut, denn ich spürte den Sand auf der Haut im Dunkeln, wo ich auch war, ich spürte den Wind in den Haaren oder sind es Finger, was ich auch tat, ich spürte Wasser, das ums Gesicht läuft, kühl im heißen Gesicht. Das alles spürte ich, und war aufgeregt, und hoch am Himmel kreisten die Raubvögel, und alles andere war fern. Ich lag auf dem Rücken an den Seen, und die Steine pieksten mir in die Wirbel, und mein Hintern wurde kalt, und ich sah den Raubvögeln zu, ich *war* die Raubvögel, eine ganze Woche lang, und man muss sich fragen, ob es sich dafür nicht gelohnt hat.

Torsten N. Siche
Eine Frage des Stils
Romanauszug

Kalt ist mir. Lange könnte ich es nicht aushalten, hier unten. Der alberne Wunsch mit Lars an irgendeiner Tankstelle zu stehen. Croissants zu essen, Kaffee zu trinken. Oben lärmen sie noch, die Musik wird lauter gedreht. Meinen Stuhl ziehe ich über den bloßen Beton, um ihr etwas entgegenzusetzen. In der Ecke eine Kiste mit nicht mehr jungen Kartoffeln. Zu dunkel ist es dort, um sich nicht Bewegungen einzubilden. Und plötzlich glaube ich den Geruch feuchten Fells zu riechen. Noch immer zittert die Hand, vor Kälte oder vor Hunger. Kleinstück hat mir Essen angeboten, aber ich habe abgelehnt. Die Haut rissig, was sonst weich wirkt, erscheint mir karg. Die Nägel abzukauen, habe ich mir untersagt, bis zuletzt. Linas Husten in eine plötzliche Stille hinein. Sie würgt. Dann wieder Musik, getragen, Klassik, vielleicht ein Requiem. So genau kenne ich mich nicht aus. Der Wein wärmt einen Augenblick. Châteauneuf du Pape, Jahrgang 1975, mein Geburtsjahr. Kleinstück hat lange gesucht, bis er ihn gefunden hat. »Eine Frage des Stils«, hat er gesagt und sich verabschiedet.
Ich hätte mich bedanken sollen, für den Wein und für seine Gelassenheit. Aber ich war zu aufgeregt. Bereit für Rechtfertigungen, nach denen er nicht fragte.
Wie Lars empfunden hat in diesem Moment, kann ich nicht aufhören zu denken. Sehr still stelle ich ihn mir vor, sein Gesicht, das keine Regung mehr zeigt. Sehr gefasst. Das Gleiche würde er von mir erwarten. Noch ist die Flasche halb voll, die Hände reibe ich aneinander, lautlos.
Meine Stimme möchte ich hören, wage aber nicht zu schreien. Würdelos, würde Kleinstück denken. Und auch Lars hätte dafür sicher kein Verständnis.
Die Waffe sehe ich nicht an.

—

Schwindel. Die Wärme des Weins ist eine Täuschung. Starr werde ich, nur die Hand zittert beständig. Als gehöre sie bereits nicht mehr mir. Wie es angefangen hat, will ich denken. Um nicht auf die Übelkeit zu achten. Der Stuhl unter mir scheint nachzugeben, mit beiden Händen greife ich nach dem Tisch, finde wieder Halt.

—

Lars geht voran. Die Jungen in der Schlange blicken uns nach, gehässig, jemand versucht mir ein Bein zu stellen. Lars fängt mich auf. Lässig verschränken die Türsteher die Arme, in die Menge sehen sie nicht. »Kroaten«, sagt Lars, »die wissen, was läuft.«

Wir dürfen passieren, kommentarlos.

Drinnen werden wir begrüßt, schulterschlagend, Freunde von Lars, keiner, den ich kenne. MERRY X-MAS WÜNSCHT DIE FACTORY steht in Barbierosa über der Bar. Die Mädchen dahinter tragen Weihnachtsmützen. Lars schiebt mir eine Zigarette zwischen die Finger. Wir rauchen. Einer seiner Freunde tänzelt mir entgegen, brustboxend, am Hals sitzt eine Schlage mit gelber Zunge.

Sein Blick ist verschwommen, als hätte er eben erst geweint. Er umarmt mich.

»Langsam«, sagt Lars.

Den Freund mit der Schlange stoße ich weg, Lars geht an die Bar, ich bleibe hinter ihm, er holt Bier und Wodka. Ein Mädchen springt ihn an, ganz stumm macht sie das, küsst ihn auf den Mund, ihr Haar ist nass, kornfarben klebt es an Hals und Wange. Als Lars sie absetzt, muss er sie halten, alleine würde sie fallen. Noch immer sagt sie nichts, sieht ihn nur an, ein kindliches Staunen, als hätte nichts sie mehr überraschen können, heute Nacht. Jemand zieht mich weg, der Freund mit der Schlange.

»Willst du kickern?«

Ich nicke, weil ich nicht unhöflich sein will. Als er mich weiterzieht, drehe ich mich nach Lars um. Der spricht auf das Mädchen ein, er hat sein schönes Gesicht, seinen entferntesten Blick. Sie beißt sich in die Lippe.

Lars bleibt zurück. Wir teilen die Menge. Berührungen, denen ich nicht ausweichen kann, Haare zwischen meinen Lippen, ich huste, immer wieder feuchte Haut, in die ich greife, weil ich mich abstützen muss. Niemand scheint das zu stören. Gregor heißt der Freund mit der Schlange. Lars und er sind Freunde. Kein Grund ihm zu misstrauen. »Das dauert«, sagt er, als ich ihn nach Lars frage. Er stellt eine Flasche Wodka auf den Kicker und schaut entschlossen.

»Um die spielen wir.«

Ich bemühe mich ebenso entschlossen zu schauen und nicke.

Er kann nicht spielen, ich gewinne ohne mich anzustrengen, der Raum ist fast leer, das Mädchen hinter dem Tresen gähnt. Sie bemerkt meinen Blick nicht, kratzt sich am Bauch, sehr langsam bewegt sie ihre Finger, als genieße sie die Berührung. Ich sehe, wie es unter ihren Fingern glänzt, auch sie schwitzt. Nach dem sechsten Spiel trinken wir den Wodka, das Mädchen lässt uns gewähren.

Neben der Bar steht ein Tannenbaum. Statt Kugeln hat man ihn mit Engeln geschmückt. Die grinsen listig, aus allen Körperöffnungen sprießen Kerzen. Hinter uns wird es laut, ich werde gepackt, geküsst. »Fröhliche Weihnachten«, schreit es in mein Ohr. Zwei Freundinnen umarmen sich, lachen über mein erschrockenes Gesicht, ihr Atem riecht nach Lachs und Bier. Bevor ich nach ihnen greifen kann, stolpern sie davon.

Danach jemand mit wulstigen Lippen, daneben eine Flasche, abgebrochen.

Ich soll aufpassen, was ich sage. Dass ich nichts gesagt habe, will ich antworten, aber es gelingt mir nicht. Speichel sammelt sich in meinem Mund. Was ich schließlich sage, ist unverständlich, selbst für mich. Beschwichtigend hebt sich meine Hand, jemand schlägt sie weg.

Lars ist neben mir, dahinter liegt Gregor. Mir ist schwindelig, auch kalt. Das Mädchen an der Bar hält die Hand vor den Mund. Sie sieht, dass ich sie ansehe. Da lächelt sie und kommt auf mich zu. In der Hand hält sie ein Glas Wasser.

Gregor gekrümmt. Mit den Händen bedeckt er sein Gesicht, die Beine hat er angezogen. Die Schlangenzunge bewegt sich stoßweise auf und ab. Lars hält meine Hand fest, ich sollte etwas suchen, weiß ich noch.

Lars spricht mit jemandem in meinem Rücken. Unnahbar gibt

er sich. Er will nichts hören von den Bitten, dem drohenden Unterton. »Brauchen wir nicht«, wiederholt er. Dabei hält er noch immer meine Hand, als sei mir nicht zu trauen.

»Gregor geht es gut«, sagt Lars. Frierend nehme ich den Kaffeebecher aus seiner Hand. Die Tische sind in den Farben der Tankstelle gestrichen, das Gelb erinnert mich an die Haare des Mädchens in der Factory. Ich wollte Lars fragen, wer sie ist, aber jetzt sieht er nicht aus, wie jemand, der Antwort geben will. »Gregor geht es gut«, wiederholt er. Dem ist nichts hinzuzufügen, höre ich ihm an. Jetzt erst sehe ich den Schorf an seiner Oberlippe. Die Wärme der Croissants beruhigt. Ich folge Lars' Blick nach draußen. Der Himmel ist stahlfarben, fest und unverrückbar, so wie Lars sich denkt, so wie ich ihn mir wünsche.

»Nach Hause?«, fragt Lars.

»Nach Hause«, sage ich und kann nicht verhindern, dass es enttäuscht klingt.

Früher bekamen wir am ersten Weihnachtsfeiertag Besuch, die Großeltern, manchmal auch Tanten und Onkels. Dieses Jahr werden wir mit Vater alleine sein.

Erst denke ich, Lars will mich streicheln, aber es sind nur die Krümel, die er mir aus dem Gesicht wischen will. Dann sind seine Hände wieder am Lenkrad, unbeweglich, als könnten wir uns noch anders entschließen.

Ob Vater gekocht hat, frage ich ihn. Lars zuckt mit der Schulter. Minuten später halten wir an einem Take-away.

—

Sie könnten kommen, um es mir leicht zu machen. Mir die Verantwortung nehmen, der ich nicht gerecht geworden bin. Aber sie haben Geduld, mit mir. Noch.

»Wir verlassen uns auf dich«, hat Kleinstück gesagt. Vorhin, als er ging und damals, als ich zur Factory fuhr. Das erste Mal ohne Lars.

Kleinstück nahm mich in den Arm, ließ mich erst wieder los, als wir beim Wagen waren. Rainer lehnte an der Fahrertür, er rauchte mit geschlossenen Augen. »Endlich«, stieß er hervor. Kleinstück winkte ab.

»Lars braucht dich jetzt.«

Er sah mich an, als suche er einen Grund, nicht zu zweifeln. Ich wand mich aus seinem Griff.

—

»Hey Nigger«, ruft Rainer, als er Noah sieht. Noah bleibt ruhig, er grüßt mich mit einem Nicken, setzt sich hinter das Lenkrad. Und sagt nichts.
»Noah ist der Beste«, hat Kleinstück gesagt. Und niemand hat widersprochen. Auch Rainer nicht. Aber jetzt verdreht er die Augen und sucht nach Zigaretten.
»Lass Rainer reden«, sagt Kleinstück. Er ist irgendwo in der Nähe, ich halte den Sprechkontakt.
Die Musik haben wir ausgestellt. Auf Kleinstücks Befehl. Rainer findet das albern, er braucht den peitschenden Bass, sagt er und grinst. Er hat die Zigaretten gefunden.
Draußen ist es unübersichtlich, Scheinwerfer werden auf- und abgeblendet, Flaschen kreisen, die Mädchen halten sich aneinander fest, die Jungen gehen allein, mit federndem Schritt. Über allem der Geruch warmen Asphalts. Manche knutschen bereits zwischen den Autos, andere sehen ihnen zu. Kleingruppen, die ihr Revier abschreiten, sie sehen Rainers Zigarette und schlagen gegen die Scheibe. Dann sehen sie, dass wir zu dritt sind, sehen Noahs gelassenen Blick und gehen weiter. Nicht ohne zu lachen oder zu schreien. Einer wirft eine Flasche, sie trifft das Auto neben uns.
Hier ist es gewesen, kann ich nicht aufhören zu denken. Hilflos fühle ich mich dabei, als wäre sie geblieben, die Angst, die er empfunden haben muss. Der Schreck, als er begriff, leise stelle ich ihn mir vor, den Moment.
Hier bin ich jetzt. Und warte. Wie etwas, das Lars zurückgelassen hat. Fast feige, fühle ich mich. Wäre Kleinstücks Stimme nicht, ich würde gehen.
»Zehn Minuten noch. Ihr seid so weit?«
Rainer zündet sich eine neue Zigarette an. »Immer nur Luckies«, erklärt er nicht zum ersten Mal. Ich frage ihn nicht, warum.
Er sagt, dass es bei ihm nicht so lange gedauert hätte, was Gregors Problem sei, solle ich Kleinstück fragen. Aber ich winke ab.
»Wir sind so weit.«
Noah legt die Hände ans Lenkrad, seine Finger sind zart, aber

auf eine unangenehme Art gespannt. Rainer legt die Zigaretten weg, sein Gesicht wird fest, keine Spur mehr von der eben noch greifbaren Nervosität. Ich ahne, warum Kleinstück ihn ausgewählt hat.

Die Ladefläche riecht nach Scheuermilch. Sie haben sie mit Matratzen ausgelegt, auch an Decken und Wasser hat Kleinstück gedacht. Rainer tastet nach der Waffe. Er nickt mir zu. Ich nicke auch, obwohl ich das albern finde. Rainer bleibt auf der Ladefläche, ich soll zurück zu Noah, sagt Kleinstück. Vom langen Sitzen ist mein Hintern verschwitzt, es juckt, ich will mich kratzen, denke aber daran, dass Kleinstück mich sehen kann und lasse es.

»Nervös?«

Ich wage nicht, Noah anzusehen, zu gleichgültig ist sein Ton.

»Ein wenig.«

»Das gibt sich.«

Jetzt klingt er beinahe freundlich.

»Das erste Mal, dass du so was machst?«

»Ja.«

»Wenn du nicht mehr nervös bist, hörst du besser auf.«

Ich lache gequält.

»Und wie ist es bei dir?«, frage ich, um auch etwas zu sagen.

»Konzentrier dich. Auf die, die Angst vor dir haben. Mich macht das locker.«

Hinter uns Rainers Schritte auf der Ladefläche. Er wird ungeduldig.

»Sie kommen.«

Erst als Noah das sagt, erkenne ich Gregor. Er steht bereits vor dem Ausgang und sieht sich um. Er trägt eine Sonnenbrille. Wegen des blinden Auges. Davon habe ich schon gehört. Die beiden Mädchen hinter ihm sind kaum zu erkennen. Auffällig lange sieht er sich um, dann erst kommt er direkt auf uns zu. Die Mädchen irritiert das nicht. Folgsam gehen sie ihm nach.

»Seht ihr sie?«, fragt Kleinstück.

»Ja«, sage ich mit seltsam rauer Stimme.

Aus der Nähe sieht Gregor kraftlos aus, fahl, den Kragen seiner Jacke hat er hochgeschlagen. Damit man die Schlange nicht sieht, denke ich. Seine Schritte sind schnell. Das eine Mädchen redet, das andere lacht, Gregor bemüht sich erst gar nicht, so zu tun, als höre er zu, aber die Mädchen scheinen das nicht zu bemerken.

Gregor geht an uns vorbei, ohne Regung. Vielleicht weiß er nicht, dass ich hier bin, vielleicht wird er Lars später erzählen, wie gelassen er gewesen ist. Und ich werde daneben sitzen und schmunzeln. Wir hören, wie Rainer die Mädchen in Empfang nimmt. Es dauert nicht lange, dann wird die Tür zugeschlagen.
Ein Wimmern, das immer schneller um sich selbst zu kreisen scheint. Rainer flucht. Dann das verabredete Klopfzeichen. Noah startet den Wagen.
Gregor steht da, die Hände in den Taschen. Er blickt zu Boden.
Gregor geht es gut, höre ich Lars sagen und frage mich, ob die beiden noch immer befreundet sind. So wie sie es damals waren.
Warum sonst sollte Gregor hier stehen, denke ich noch, dann fällt mir auf, wie still es geworden ist. Hinter uns.
Noah fährt ohne Hast. Noch sind wir nicht in Gefahr. »Bis die sich sortiert haben«, sagt er, um mich zu beruhigen. Dennoch sehe ich ständig in den Seitenspiegel. Als würde das etwas ändern, denke ich.
»Das ging doch sauber ab.«
Ich nicke, und frage mich, ob ich Lars erzählen werde, dass ich bis jetzt nichts getan habe, außer mit Kleinstück zu sprechen.
Noah legt eine Kassette ein, die Aufnahme knackt, die Stimme hat keine Angst vor Kitsch, sie schmilzt. Ich unterdrücke das Bedürfnis zu weinen, weshalb sollte ich auch, es ist nur diese Stimme, die sich verletzlich gibt. Um dem Drang nicht nachzugeben, konzentriere ich mich auf den Mittelstreifen. Sehe ich den Umriss eines toten Tieres, schaue ich weg.
Noah zieht ein Taschentuch aus der Tasche, sorgsam wischt er das Lenkrad trocken. Als er fertig ist, mustert er mich, einen Moment lang argwöhnisch. Dann räuspert er sich.
»Wenn ich das höre, muss ich an meine Tochter denken. Als Baby habe ich ihr das vorgespielt, damit sie einschlafen konnte.«
»Und?«
»Na, es hat funktioniert.«
»Wie alt ist sie jetzt?«
»Kein Baby mehr.«
Hinter Lyon halten wir an einer Tankstelle, es ist bereits warm, wir verreiben den Schweiß im Nacken. Noah holt Kaffee, Rainer sieht nach den Mädchen.
»Kein Grund nervös zu werden«, sagt er, als er zurückkommt, sein Tonfall, seine Gestik, gönnerhaft.

Nahe am Zielgebiet sind wir jetzt. Und dennoch können wir uns nicht freuen. Noah schlägt uns auf die Schultern.
»Was ist los?«
Wir wissen es nicht. Wahrscheinlich sind wir nur müde.
Noah hat Gras dabei. Beim Rauchen lassen wir uns Zeit. Hier sind wir sicher, nicht mehr beobachtet zu werden.
»Entspannt euch. Die Susis sind geklärt«, lacht Noah, aber wir lachen nicht mit.
Noah verliert seine gute Laune nicht. Planmäßig kommen wir an.
Das Gehöft macht einen gepflegten Eindruck. Katzen springen weg, als wir einfahren. Die Luft riecht nach Lavendel. Am Rücken sind unsere Hemden nass. Rainer und ich begehen das Haus, während Noah am Wagen wartet.
Wir haben Einzelzimmer, mit Balkon und Dusche. Nicht unter unserem Niveau, höre ich Kleinstück lächeln. Nur die Mädchen teilen sich ein Zimmer. Sie dürfen zusammenbleiben, aus humanitären Gründen, wurde mir gesagt.
»Das sieht gut aus.«
Rainer kontrolliert den Kühlschrank, die Bar. Wir trinken Bier und ziehen die Hemden aus. Verabredungsgemäß melden wir uns bei Kleinstück. Er will wissen, ob wir zufrieden sind.
»Ja«, sage ich nur.
»Behandelt sie gut«, sagt Kleinstück und seine Stimme wird fest.
»In Ordnung«, sage ich steif.
»Ich melde mich.«
Eine Woche sollen wir warten. Dann informiert Kleinstück die Presse. Unsere Forderungen sind klar. Lars wird freikommen. Das ist nicht verhandelbar. Das werden sie einsehen müssen. Sobald Lars frei ist, gibt uns Kleinstück Bescheid. Auch, wo wir die Mädchen frei lassen sollen, wird er uns dann sagen. Das ist der Plan. Wenn jeder an seinem Platz bleibt, wird er funktionieren.
Kleinstück verlässt sich auf uns. Dass wir uns im Griff haben, erwartet er. »Wir sind keine Tiere«, sagte er, wenn wir anfingen zu scherzen. »Vergesst das nicht!«
Sehr ernst wurde sein Gesicht, wenn er das sagte, und wir schwiegen, entschlossen, ihn nicht zu enttäuschen.
Die Mädchen sind entkräftet, ihre Hände gefesselt und über den Augen tragen sie eine Binde. Als ich meine am Arm berühre,

zuckt sie zurück. »Keine Angst«, sage ich, so sanft ich kann. Ihre Haut ist kalt. Vorsichtig führe ich sie ins Haus. Dort nehme ich ihr die Binde ab. Sofort wird ihr schwindlig, ich muss sie stützen. Im Kühlschrank steht das vorbereitete Essen. Nudeln mit Tomatensauce. Wir brauchen sie nur warmmachen.

Das Füttern ist nicht so einfach. Meine Hand zittert wie die des Mädchens. Die Sauce tropft ihr über das Kinn. Ihr Blick ist matt, undurchsichtig, ein Abort, denke ich. Das ertrage ich nicht, ich konzentriere mich wieder auf die Gabel in meiner Hand. Sie schluckt, obwohl es sie Überwindung kostet. Das kann ich sehen. Das andere Mädchen ist nicht so vernünftig. Sie wendet den Kopf ab, bis Rainer keine Lust mehr hat.

»Dann eben nicht.«

Rainer lässt das Essen stehen. Rauchend geht er an die Tür und beobachtet mich. Als könne er es nicht wagen, mich mit ihnen alleine zu lassen. Sauce tropft auf den Boden, auf ihr Shirt, immer noch.

Nach ihren Namen frage ich sie. Rike heißt meine, die sich jetzt beginnt, die Sauce vom Shirt zu reiben, plötzlich einen wütenden Ausdruck in den Augen. Die andere heißt Lina. Ich gehe zu ihr, knie mich vor sie hin. Meine Hand an der Gabel, ruhig.

»Nichts essen ändert nichts.« Ich klinge wie ein Prediger.

»Lass sie.«

Rainer verliert die Geduld. Ich warte weiter, bis Rike mich fragt.

»Was werdet ihr machen? Mit uns?«

Rainer lacht. Rau, er genießt ihre Unsicherheit. Dann reißt er sich zusammen. Wir erklären ihnen den Plan. Sie wirken erleichtert. Aber Essen will Lina noch immer nicht.

Herbert Christian Stöger
Bewegung lebhaft lau

Bewegung, die: 1. ›*Platz-, Lageveränderung*‹ eine hastige Veränderung brachte ihn über sie, ihre bedächtige Handhabe veränderte nicht sein Verlangen, ihre anmutige Bewegung ließ ihn träumen, eckige Büromöbel machten diesen Akt nicht leichter, leidtragender, ja, gleitende Bewegungen fügte sie den seinen an, gleichmäßige, die seine und ihre Unvernunft beschleunigt, gleichförmige Bewegungen, die jeder schon so oft vollführte, vorgestellt hatte, Tage, Wochen zuvor, erdacht am Arbeitsplatz, zu Hause, zum oder von einem Ort zum anderen; eine [leichte] B. des Kopfes hatte alles ausgelöst, entfachte den inneren Motor, das Boot glitt ins Wasser, der Anhänger kippte ein wenig nach, doch dem Boot geschah kein Leid, es trieb zur Besteigung bereit im See; eine [wegwerfende] B. mit der Hand hatte ihn das Gleichgewicht verlieren lassen, und flach platschte er ins Wasser, wie ein Fisch vom Angler, der nicht in die Größe vertraute, sondern an sein weiteres Anglerglück || nun eine B. machen, dachte der Angler, der nun seine Beute neben sich liegen spürte, den Geschlechtsakt von neuem vollziehen, wie ehedem, noch einmal in diesen Taumel verfallen entgegen der Leeren der Eintönigkeit es ganz einfach ausführen zu können, aber nur den Gedanken spielen lassen, wie früher, wie ehedem; [jmdm.] eine B. nachmachen (*umg*), hatte er oft gedacht, als er den Männern in den Büros zugesehen hatte, wie sie einen Umgang mit ihren Händen führten, die ihn selbst immer abstieß und die er sich verbot, aber sich dennoch ertappte, ansetzte und dann beschämt zurückzog und seinen rot angereicherten Kopf forttrug; »ich mache, schaffe mir [immer] etw. B. (*umg;* gehe spazieren; betätige mich körperlich)«, wenn er solch eine Regung verspürte; »der Arzt hat [mir] viel B. in frischer Luft, viel körperliche B. verordnet«, sagte er nun seiner Frau, die ohne Büstenhalter neben ihm die Sonne suchte, ihn plötzlich packte und ins Wasser warf. Er hätte ihr solche Plötzlichkeit nicht zugetraut. Im Auto hatte er ihr über die Arbeit erzählt. Auch daß er die Stunden, die sich über die normale

Arbeitszeit hinaus bewegten gerne in der Firma verbrachte. Sie mochte es in die falsche Kehle bekommen haben. Anders konnte er ihre Reaktion nicht zuordnen; die ganze Stadt war in B. (auf den Beinen, geschäftig unterwegs), als er auf der Suche nach einem geeigneten Hotel an einem Schaufenster vorbei kam; beobachtete, Erdmassen gerieten in B., hörte die Nachrichten dazu nicht durch die Scheibe, nur die Bilder flimmerten vor seinen Augen, wie Einstellungen zu seinen Gedanken; später mietete er ein Auto und dachte nicht daran, wie schwer es sein konnte bei den winterlichen Temperaturen einen Motor in B. zu setzen; »du hast mich heute ganz schön in B. gesetzt, gebracht!« (*umg*), sagte sie auf dem Rücksitz liegend; der Zug setzte sich in B. und sie erreichte ihn nicht mehr; er setzte sich erneut [in Richtung Bahnhof] (*umg*) in B., um sie zur nächsten Bahnstation zu bringen; Himmel und Hölle, alle Hebel in B. setzen, war sein einziger Gedanke (*umg;* er mußte alles aufbieten, was an technischer Fahrleistung und eigenem Können vorhanden war, um doch noch diesen Zug zu erreichen). – 2. ›*Bestrebung*‹ was ihm angesichts der alten DDR-Bauten durch den Kopf segelte: »die sozialistische, eine fortschrittliche, demokratische, überparteiliche B.« hatte er irgendwo zuvor in einem Buch gelesen ‖ ihre Angst ließ sie eine B. auslösen, der Wagen schlitterte auf der eisglatten Fahrbahn dahin, in diesem Augenblick wurden ihm wesentliches Glück und scheinbar Unwesentliches ins Leben gerufen; das Auto überschlug sich ... ins Leben rufen, dachte er, ins Leben rufen; und er redete auf sie ein – 3. ›*Rührung* machte er in sich fest, *Erregung* ließ ihn nicht mehr los‹ eine innere, fühlbare B. [unter den Zuhörern], als sie die Augen wieder aufschlug, erfaßte die unbeteiligt Umherstehenden ‖ seine innerliche B. konnte er nicht zeigen, wollen hätte er es sehr wohl, aber alles sprach noch immer dagegen, alles war noch immer ein Geheimnis, bis zum Schluß, und den Schluß konnte, wollte er nicht denken, nicht herrufen, [nicht] verbergen [können] wollte sie ihre Erleichterung; vor B. zittern, schluchzen vor dem, was noch kommen würde, nachdem dies vorbei, anders wieder beginnen konnte, so wie zuvor würde es nie wieder werden, dennoch würden die gleichen Motoren in ihnen weiter laufen.

lau: 1. ›*mild; zwischen warm u. kalt*‹ das mochte er nicht, das mochte sie, was mochte er an ihr, daß sie mit ihm spielte, und dachte, er spiele mit ihr ein Spiel, wer es länger aushalte, weil ihn an ihr störte, daß sie es gerne lau mochte und alles nicht schöner sein konnte als an diesem Abend; eine laue Nacht stand nicht nur bevor, er würde neben ihr liegen und nichts weiter tun, liegen, nicht lieben, weil sie nichts weiter wollte; ihn störte diese Genügsamkeit, nebeneinander zu liegen. Er sprang auf und sprang in laues Wasser, laue Lüfte zogen über die Wasseroberfläche, wie sie es liebte, wie er es liebte, dies zu hassen, und er entließ Winde, und Luftblasen stiegen empor, sie hörte es nicht, es hätte sie gestört ‖ einem Kranken macht man laue Umschläge, so mochte sie ihn haben, um sich dann, wenn er mürbe genug wäre, über ihn herzumachen, und er begann sich zu wehren, nahm sie, wie sie es gerne hatte, um sich zu befreien von der Last, es könnte doch nichts weiter geschehen als zu versagen; ein laues Bad nahm sie danach. Im Nehmen war sie gut, er vertrug es leidlich, gerne hätte er von ihr genommen, um ihr Herz im Geben zu spüren; die Milch l. zu trinken machte ihm nun doch noch Freude. Der Frühstückstisch war von ihr stets schon am Vorabend gedeckt, bereit in jeder vorhersehbaren Gelegenheit. Die Vorahnung, nicht dem Zufall zu überlassen, anderes eintreten zu lassen. – 2. ›*sehr gut schlief sie in solchen Nächten, er mäßig*‹ lauer Eifer erfaßte ihn, und er konnte ihrer erfrischten Freude über seinen Anblick nur entgegenbringen, sich schnell fortzubewegen; ihre laue Anteilnahme war er gewöhnt, gleich, was seine Begeisterung schürte, ‖ er brachte es vor, und sie legte ihm nur eine laue Freundschaft entgegen; heiße Liebe hatte er immer gewollt, sogar versucht zu fordern, aber das machte sie nur lachen und weicher in den Fauteuil fallen; ihre Gefühle füreinander waren l. geworden.

laufen: 1. ›[*zu Fuß*] lief er immer einige Minuten durch anliegende Straßen] dazwischen ging er einige Meter zu Fuß. Er brachte seinen Kreislauf endlich in diese Spannung zwischen Anstrengung und Erleichterung. In die Arbeit wollte er eigentlich *nicht fahren*, aber wie jeden Tag war er spät und nahm wiederum den Wagen‹ »das Kind seiner Schwester hat gerade, schon l. / das Laufen gelernt!«; diese Mitteilung mittels Mobiltelephon mußte er über sich ergehen lassen. »Die Mutter hat das Kind / dem Kind l. / das Laufen gelehrt.« Sie war aber keine Mutter. Noch nicht. »Noch immer bin ich keine Mutter«, wollte sie sagen, aber Hinweise verstand er;

lebhaft: 1. ›*körperlich beweglich*‹ das mochte er an ihrer schwindelnden Art von Bewegungen lieben. Frei von der Bedrückung des Tages zuvor, und des Tages zuvor, und den beiden Nächten, die nur als Nähte für die Übereinstimmung seiner Lauerstellung auf das Vorhersehbare dienten. Es war so. So war sein Wesen erfreut über die Art, wie sie **lauern** konnte: Sitzend hinter ihrem Schreibtisch, immer gewahr der Kommenden und Gehenden, und dem Besonderen schenkte sie ihre ganze Aufmerksamkeit. Und er war beschenkt, indem er auf etw., jmdn. l. konnte, dass sie ihm wieder schenken würde, würde er auf ihr Lauern reagieren; sie war eben nicht nur ein lauerndes Wesen, einen lauernden Blick mochten viele haben, aber Versprechen auch wahr machen nicht.

Seine **Lebenslage** bedurfte einer Veränderung. Sie schloß die Türe und er öffnete seine Schuhe. Weiter mochte er nicht gehen: Er war nicht müde, geladen von Vorstellungen jedoch, die er nun in die Wirklichkeit entließ, und sie blieb und schrieb ihre Träume in diesen Nachmittag. Dies war eine Lage, die ihm gefiel, nun zeigte er sich in jeder L. und war auch gewachsen; oder es waren Umstände, in denen er alten Lebenslagen nun entgegenzutreten wagte, auch wenn er ihnen nie gerecht werden konnte. Mochte er gewachsen sein? Er hatte ihre Bluse geöffnet; »du weißt dir in jeder L., in allen Lebenslagen zu helfen«, sagte seine Geliebte, sagte seine Frau zu ihr; sagte sie: »er meistert [spielend] jede L.«. Erlegen ihrem Blick, änderte sich sein Nach-Außen nicht. Seine Träume waren stille Übereinkommen mit ihr; daß es wieder so werden würde wie mit ihm, so dachte sie, so nahm er wieder ihre Blicke, auch an nächsten Tagen, in den nächsten Wochen entgegen, und weiter machte sie ihr Spiel hin und her wahr.

»Wärst du gerne **ledig**?« fragte ihn seine Frau, die auf der Terrasse dem Liegen frönte. Er legte sich auf sie, öffnete seine Hose und sank in sie; dachte an ihre Blicke während der Geschäftszeiten, wenn er in ihr Büro, gefolgt von seinem, kam: 1. Ja, weil ›*frei sein, befreit sein ...*‹ »wie ein lediges Pferd (ein Pferd ohne Reiter)«, brachte sie heraus, und hinaus entfloh sein Glied, schmerzhaft für ihn, stand sie einfach auf, als wäre kein ehelicher Kontakt zwischen ihnen geschehen ‖ »ich fühlte mich los und l., damals auch frei und l. (unbehindert), aller Pflichten l.; aber dann hast du mich in dich gedrückt«, sagte er im Liegen, stand auf, wiederholte Ähnliches, und sie entgegnete mit Lachen: »Er ist seiner Sorgen l. (poet), wenn er geht, und Geld gibt ...«, als sei es Zeit für ein Zitat. – 2. ›unverheiratet‹ ein lediger Mann, ein Bursche einfach, das waren seine Gedanken ‖ »seine Tochter ist [noch] l.«, hatte er einem Geschäftspartner gesagt. Der war gleich erpicht auf deren Alter, Haarfarbe, vielleicht auch ein Photo *Er habe gar keine Tochter, und er wolle auch keine, nicht mit seiner Frau,* wandte er ein.

Die Wahrheit nahm er unbestürzt als Witz. Und deren gab es viele zu erzählen. Ein lebhaftes Kind habe er – sagte der dunkelkariert gekleidete Partner aus derselben Stadt, woher seine Frau gebürtig war – jung, verspielt, aber leider oder glücklicherweise seine Frau. Sein Grinsen machte eine Übereinstimmung in beiden Männergesichtern frei. Der Abend, das Geschäft, das Leben war wieder ein Stück weit weitergelaufen; ohne Sorge, ohne Rast, leicht. Er ist von lebhaftem Wesen in seiner Umgebung gezeichnet durch Langeweile, aber seine Sekretärin hat lebhafte Bewegungen.

Die Ohren des Pferdes spielten **lebhaft**; seine Bewegungen gingen mit den Gelüsten weiter, und er ergab sich seinen Gedanken in Tagträumen. Vom Pferd abgeworfen, fand er sich wieder inmitten einer Jagdgesellschaft: »[nun] aber l.!«, prosteten sich die Herren zu, und er bekam auch einen Schluck zur Aufmunterung. Er machte sich fort aus der Wirtsstube, drängte eine Kellnerin zur Seite, und sie verstand seine Aufforderung *(umg;* Aufforderungen zur Eile) falsch, nahm ihn nahe zu sich, streichelte seine Hodentasche, und erwartete; l., l. wollte sie seine Zutraulichkeit in dringender Hinsicht! *(umg)* – 2. Alles war nur Spiel, und genauso ein Zuhause wie sein Daheim, und so spielte er mit ihr wie seine Frau mit lauer Ablehnung ›*geistig beweglich, angeregt, anregend war dieses zufällige Zusammentreffen*‹ ein lebhafter Geist ‖ vergeßlich wurde er ob solcher Belebsamkeiten, dachte an die Sprachlosigkeit seiner Frau – sie waren in lebhafter Unterhaltung begriffen, als ein Jagdgast sich hinzumischte; er gab eine lebhafte Beschreibung des Vorgangs, der Szene, laut in die Gaststube weiter; das ist mir noch in lebhaft[est]er Erinnerung; sie schilderte alles sehr anregend, ungemein l.; »ich bedauere den Vorfall l. (sehr) miterlebt zu haben«, sagte seine Frau, die ihn mit den Herren in der Gaststube später wieder in Verbindung bringen konnte. Auch sie war zugegen. Sie hatte ihn auflesen lassen. Ihn aber dann aus den Augen, wie sie meinte, verloren. – 3. ›rege‹ waren die Jäger hinter seiner Frau her, sagte sie, und er konnte sich nichts darunter vorstellen. Ein lebhafter Handel mit einigen der Jäger brachte ihn schließlich doch wieder aus dieser Situation in die Freiheit vor der Gaststätte. ‖ Wieder stieg er auf das Roß, und wie durch ein paar Worte erinnert, entfaltete der Hengst eine lebhafte Tätigkeit; auf Straßen und Plätzen herrschte ein lebhaftes Treiben unter deren Aufscheinen – 4. ›kräftig‹ lebhafte Farben erlebte er erneut nach neuerlichem Abwurf, wie bestellt vor dem Handelskammergebäude in dieser Kleinstadt. ‖ Soweit er sich entsann: Der Saal ist in lebhaftem / in einem lebhaften Rot gehalten; die umherstehenden Passanten glotzten ihn an. Jemand mußte ihn erkannt haben und seine Sekretärin geholt haben. In ihrem Schoß liegend, erwachte er – wie bestellt von ihm –, und er sah ihren Blick oberhalb ihrer Bluse, der ihn lebhaft in sie vertrauen ließ, wie weit würde sie wohl mit ihm gehen … er hoffte und wandte sich an sie: der Stoff ist [mir] zu l. [gemustert].

genau: 1. ›*übereinstimmend waren die Gedanken, die Schifffahrt gebucht, sorgfältig packte seine Frau die Wäsche für die Reise, damit er pünktlich zum Hafen kommen würde*‹ Aus dem Hafen der Ehe entfliehen mit Hilfe der Frau, die ihn umsorgt. Wie lange würde sie dieses Spiel nun noch mitmachen. Ein Vertrauter hatte ihr die Situation von seiner Arbeitsstätte mitgeteilt. Eine genau Waage brauchte sie nun nicht, um diese Situation zu deuten; ein genaues Augenmaß reichte schon dem Beobachter. Seine Frau hatte ein g. gehendes Meßgerät; die genaue Schilderung kannte sie, die Wiedergabe eines Ereignisses wie dieses entließ sie alsbald auch in ihrer Mutter Ohr per Telephon. Dieses Gespräch hatte er von ihrer Seite mitgehört. Wie die Alte reagiert hatte, war ihm nicht bekannt. ‖ Seine Frau schwieg sich ein Geheimnis. Sie wollte auch keine genauen Angaben machen, was sie nun während seiner Abwesenheit tun wolle.

Das Taxi war vorgefahren. Seine Frau brachte den Koffer hinaus. Er betrachtete die leere Wohnung des Hauses, als wäre sie schon so leer wie unbewohnt. Er stieg ins Taxi: »Können Sie mir [bitte] die genaue Zeit sagen?« Die Antwort machte ihn ruhig. Er lehnte sich noch einmal aus dem Fenster und gab ihr den erwarteten Kuß. Dann deutete er dem Fahrer, und der wußte, wohin es ging; »es stimmt genau«, wandte er sich noch einmal um zu seinem Haus oder zu seiner Frau; würde er beide so noch einmal treffen? »Am besten Sie nehmen einige Nebenstraßen, damit wir nicht im Verkehr stecken bleiben«.

»Halten sie da vorn beim Postamt ... und warten Sie, ich komme gleich wieder«. Drinnen standen einige in einer Schlange. Daran heftete er sich und brachte Ungeduld in die Menge, worauf ihn zwei Damen vorließen. »Der Brief wiegt g. 20 Gramm, soll er per Flugpost ...?«, beschloß der Postbeamte in der Übersicht seiner Gerätschaft. »Nein, langsam genügt.« Eilig hatte er es nur jetzt; zu spät wollte er auf keinen Fall zu ihr kommen. Das war eine alte Berufung auf frühere Qualitäten seiner Vorehezeit. Sein Telephon meldete sich. Er nahm das Gespräch entgegen. »Der Stoffrest ist g. 2 m lang, was soll ich dir aus diesem Rest noch machen?« »Mutter es ist«, blickte auf die Uhr im Postamt, »g. 12 Uhr, und ich muß in einer Stunde am Hafen sein.« »Diese Uhr«, und zeigte während seiner Frage zur Uhr oberhalb des Schalters, »geht [sehr, ganz] g.?« »Ja«, der Postbeamte. Er nahm einen Blick auf seine Armbanduhr, verglich und wandte sich zu der Dame hinter ihm: »Beide Uhren stimmen g. überein«, worauf diese nickte. »Ich rufe dich ..., ruf mich ... morgen wieder an«, und trennte das Gespräch; genau auf die Minute kam er bei Lisa, seiner Sekretärin an. Sie wartete bereits straßenseitig auf ihr Taxi, auf ihren Chef, auf diesen Beginn der Reise. Er sprang hinaus.

»**vielleicht**: Punkt 1. ›*möglicherweise*‹ liebe ich dich«, sagte sie ohne ein Wort des Grußes zuvor. »Vielleicht hast du geträumt ...« – »Bestimmt, aber ähnlich dir, der du ein Wandelnder zwischen Tag und Traum bist.« Ohne Antwort packte er die Koffer dem Taxilenker in die Hand und wies ihr die Tür zum Wagen.

»V. hast du doch Recht gehabt, meine Frau ahnt, weiß etwas ..., ›v. ist er besser, als wir denken‹, hatte sie zu ihrer Mutter am Telephon gesagt, aber ob sie mich dabei meinte ...?« »Was würde es ändern?« »Eine andere, v. [eine] bessere Erklärung ist die, daß«, folgerte er gleich mit einer Antwort, die nicht bezogen auf ihren Einwand war. »Und übermorgen ... werden sie sagen, ›er blieb aus, v. weil er nichts von der Veranstaltung wußte ...‹?«. Sie küßte ihn zur Ablenkung, der Taxifahrer schrieb mit im Kopf.

Er hatte die Worte seiner Frau in seinen Gedanken: »V. bist du so freundlich und ...« (sie verwendete eine Höflichkeitsformel, die ihn erstaunte, aber trotz dieser Verwunderung nicht behielt) »rufst mich an, wenn ...«; als würde sie meinen, wenn er früher nach Hause käme: »Gehst du mit mir ins Kino?« »V.!« antwortete er, vielleicht hätte er ehrlich sein sollen, einmal zum Abschluß, v. hätte sie ehrlich sein sollen, und ihn nicht mit Floskeln in eine Gedanken- und Reisewelt entschwinden lassen sollen, die alles aufhebt und dennoch in der Schwebe hält. Als wäre Schweben ein vorstellbarer Zustand. Sie sagt »v.« und meint »ja«, während er es umgekehrt versteht, weil er es immer so meint. – 2. wahrscheinlich ›als Verstärkung ihrer Sicherheit, ihn zu verunsichern versucht sie ihm Vertrauen angedeihen zu lassen‹ »Du bist [mir] vielleicht ein Früchtchen.« (*umg*) Hatte er auch damals zu seiner Frau liebkosend gemeint. »Läßt mich ohne Gruß dein Gepäck einladen«. Küßte sie. »Ich habe v. [eine] Angst gehabt!« (*umg*), und verwundert blickte er sie an. »Du könntest v. doch nicht kommen.« Und dabei senkte sie ihren Blick, filmgewandt; »das war v. ein dummes Zeug!« (*umg*) und damit umarmte er sie nochmals, und dabei hielt das Auto abrupt, der Hafen war nahe wie das Aussteigen der Gäste.

»**Genau** auf die Minute«, sagte der Taxilenker. / »Auf die Minute g. kommen«, er, »das liebe ich, dich liebe ich ...« und setzte an zu einem Kuß. Die zuschnalzende Autotür riß sie auseinander. Die Eintreffenden wurden wie erwartet vom Schiffspersonal in Empfang genommen; »etwas genau wissen, berechnen, das war immer schon meine Stärke«, sagte er zu Lisa und mußte gleichredend an seine Frau denken und ihre unberechenbare Seite wieder in seinen Gedanken erkennen. »Etwas sehr genau nehmen ist eines, aber es auch meinen ein anderes«, meinte sie in einer Rückschau auf das Festland. ›Er nimmt es mit seiner Arbeit sehr genau; dafür läßt er sich mit der Wahrheit Zeit und nicht so genau, als wäre die Freizeit eine uneinnehmbare Freiheit, die man nehmen oder bleiben läßt.‹ In frischer Erkenntnis mutete sich Lisa diese Feststellung zu. Er stieg die Stufen hinauf zum Oberdeck. Spürte seine Freiheit weit schweifend auf, und der Wind machte seinen Haaren Luft. Hielt sich an der Reling fest und blickte auf die Menschen, die das Schiff betraten. Peinlich g. auf etw. achtend, ließ sich seine Aufmerksamkeit nie ausblenden, immer ist er auf Aufnahme und Kontrolle erpicht. Erspähte eine Frau, die

seiner Frau ähnlich, zu ähnlich, als daß er sich täuschen konnte. Auf einer anderen Etage ging Lisa. Sie blickte auf, er erblickte sie, winkte ihr zu, seine Frau erblickte ihn, er erblickte sie, mochte sein Winken zurücknehmen, und winkte nun beiden, während sein Blick hin und her trieb, wie seine Gedanken, am Nerv getroffen, reagierten. Beide begannen sich zu ihm zu bewegen. Er ging ihnen entgegen, zweigte aber ab und gelangte in den Bereich, der für Gäste nicht zugänglich war. Von einem Matrosen aufgehalten, wehrte er sich, konnte jedoch die Kraft von seinem Körper nicht abwenden: »Ich halte mich g., aufs Genauste an die Vorschriften«, währenddessen ihn der Schiffsmann fortzerrte, ohne Worte zu verwenden. Drückte ihn in einen Seitengang im Mannschaftstrakt: »Nichts Genaues über etw. wissen, das kann man glauben, aber ich weiß, worum es geht, und jetzt ist Schluß«; worauf sich der Matrose wieder abwendete und fortging. »Damit ist es nichts ...«, stammelte er, ging hinaus und suchte wieder einen Überblick. »Nichts Genaues« (*umg;* der Sache ist nicht zu trauen), spielte sein Kopf nun verrückt? – Seine Frau lächelte ihn an, er vertraute auf die Entfernung und winkte seiner Sekretärin abweisend. Die verstand sein Getue nicht und kam eilend näher.
2. In die Enge getrieben ›*sehr sparsam wollte er sein*‹ versuchte er zu erklären: Und [in Geldsachen] sei er ja sehr genau. Ergriff dabei den Nacken seiner Frau und küßte sie unbeholfen, als wäre er noch ungestüm wie ein frisch Verliebter und unerfahren in Zärtlichkeit. Sein Rücken brannte ihm von Lisas Blicken. Mit einem Ruck trennte er sich von ihr, bückte sich: »Es mit dem Pfennig g. nehmen, das war immer schon die Devise meines Vaters«; worauf er nach einer Ablenkung suchte und präsentierte das Fundstück. »Das ist auch meine Sekretärin«, versuchte er die beiden bekannt zu machen. »Ihre Frau wird wohl genau rechnen ... müssen« verbiß sie sich, fügte es aber im nächsten Augenblick an, da sie seine Verletzlichkeit ausnützen wollte. – »Was machst du eigentlich hier an Bord?« wies er seine Frau zurecht. »Dir Gesellschaft leisten«, »mir«, »so wie du gerne Gesellschaft hast«. Nach einer Minute des Schweigens: »Ja, recht so, du hast eine Kabine, natürlich ... bei mir, ja, aber ...«, stammelte er und wurde beinahe gleichzeitig von seinen Frauen unterbrochen: »Natürlich schlafe ich ...«, hetzten beide, »bei dir«, sagte seine Frau, und Lisa: »In einer Kabine daneben, wohin ich nun auch gehe«. Wandte sich ab und verließ die Reling.

3. **Akt** einer Gefängnisansicht, dachte er, war er nun ›knapp‹ schon mit genauer Not davongekommen oder war es nur der Beginn seiner Not nicht zu entrinnen – Er legte sich in seine Gefängniszelle und wartete. Ließ schließlich seine Frau allein zum Essen gehen mit dem Vorwand einer Übelkeit. Das Schiff schaukelte keineswegs und trotzdem drehte sich in ihm alles.

4. Erweckt von seiner Frau und der völlig verirrten Frage ›ob sie nun hungrig sei‹ worauf sie ihn mit einem unmißverständlichen Blick erklärte, und er erkannte ›*ja, richtig ... du hast schon gegessen, genau!*‹ (*umg*); Sie: »Ich glaube, wir müssen das Licht einschalten«, um im gleichen Moment den Schalter zu betätigen. Er: »Genau!« (*umg*), um etwas Zustimmendes zu sagen.

Ins Nebenzimmer hatte sich ein Matrose verirrt. Das **Gellen** war: 1. nicht zu überhören, das, ihr Geschrei gellte durch die Nacht, Stille, mitten in ihre in die Nacht hinein / auffangen in den Ohren; einen gellenden Schrei, Ruf hörten einige, worauf aber seine Frau sich an den Darniederliegenden wandte: »Ich möchte keine Kinder von dir, oder doch, oder wir lassen einander scheiden, es ist möglich, eins wie's andere. Vor dieser Reise wollte ich dich noch heimlich hintergehen neben deiner und ihrer Anwesenheit, aber schließlich habe ich abgelassen von dieser Matrosengelegenheit. Es ist mir doch an etwas gelegen, wovon ich mich genauso gut trennen kann, aber genau das Gleiche kann in ein zwei Jahren wieder mit jemand anderem geschehen, und dann ist es – vielleicht – schon hinter uns.«

Er mußte ein gellendes Lachen ausstoßen; drehte sich, wand sich vor Bauchschmerzen, um schließlich hinauszustürmen und gellend um Hilfe zu rufen, stolperte und fiel die Treppe hinunter. Seine Sekretärin und seine Frau stürmten blitzartig hinaus. Auch andere konnten diese Begebenheiten nicht ungesehen lassen und tummelten zählig draußen um die drei. In ihrem Schoß liegend, erwachte er – war es diesmal wie bestellt von ihm –, und er sah ihren Blick oberhalb ihrer Bluse, der ihn wieder lebhaft in sie vertrauen ließ, wie weit würde sie wohl noch mit ihm gehen ... er hoffte und wandte sich an seine Frau: Der Stoff ist [mir] doch zu lebhaft [gemustert].

Die Autoren

Niklas Bender wurde 1976 in Braunschweig geboren und studiert in Berlin Literaturwissenschaften und Philosophie. Er ist journalistisch aktiv und war im Sommer 2001 Stipendiat der Autorenwerkstatt der Bundesakademie für kulturelle Bildung in Wolfenbüttel.

Ruth Johanna Benrath ist derzeit Wissenschatliche Mitarbeiterin an der Freien Universität Berlin und Lehrerin für Deutsch und Philosophie. Sie war Stipendiatin im Künstlerhaus Schloss Wiepersdorf und veröffentlicht in diversen Zeitschriften.

Nico Bleutge wurde 1972 in München geboren und studierte Neuere Deutsche Literatur, Allgemeine Rhetorik und Philosophie. Er promoviert in Tübingen und arbeitet als Kritiker für verschiedene Tageszeitungen. Veröffentlichungen in Literaturzeitschriften (zuletzt in ndl) und Anthologien.

Jan Christophersen wurde 1974 in Flensburg geboren und studiert am Deutschen Literaturinstitut Leipzig die Fächer Prosa und Dramatik. Im Jahr 2000 war er Stipendiat im Künstlerdorf Schöppingen und im Frühjahr 2001 hat er ein dreimonatiges Aufenthaltsstipendium im Künstlerhaus Kloster Cismar/Grömitz erhalten.

Crauss. lebt in Siegen und ist Mitglied der Literaturgruppen AKTIONMUSENFLUCHT + *Literarische Liaison Berlin*; Redakteur der Zeitschriften *Konzepte + Kritische Ausgabe*; Herausgeber im HAND Verlag Siegen; zahlreiche Veröffentlichungen, u.a. in Prairie Schooner (Univ. of Nebraska, Lincoln), zuletzt: Crausstrophobie, texte & remixes, LYRIKEDITION 2000

Martin Felder wurde 1974 in Rheinfelden (Schweiz) geboren, studierte in Genf und Zürich Philosophie, Spanisch und Germanistik. 1995 gewann er für seinen ersten längeren Text den Förderpreis von Luzern. Veröffentlichte in Anthologien, in einer

Literaturzeitschrift und in Zeitungen. Fernmitglied des Forums junger Autorinnen und Autoren, Hamburg. Er lebt in Spanien.

Andreas Filipovic wurde 1966 in Großburgwedel geboren und lebt in Berlin.

Mia Frimmer wurde 1972 in Hannover geboren, studierte Anglistik, Germanistik, und Theaterwissenschaft in London und Berlin und arbeitet als Übersetzerin und Projektmanagerin in Berlin.

Andreas Haslinger wurde 1977 in Traunstein geboren, nach einer Lehre als Schauwerbegestalter und einer Ausbildung zum Schauspieler, ist er als Schauspieler in der freien Theaterszene tätig.

Martin Heckmanns wurde 1971 in Mönchengladbach geboren. Er erhielt 1998 für sein Thaterstück »Finnish« den Kulturförderpreis des Kreises Herford und 2000 für sein Stück »Disco« den Jürgen-Ponto-Förderpreis. Er lebt in Berlin.

Dorothea Klein wurde 1976 in Kassel geboren. Sie studierte in Bonn Germanistik und Kunstgeschichte. Sie gewann beim Jungen Literaturforum Hessen/Thüringen 1999 und 2001, sowie bei der Literarischen Gesellschaft Arnsberg 2001 und publizierte in Literaturzeitschriften. Derzeit ist sie Mitglied der Werkstatt für Junge Autoren der Neuen Gesellschaft für Literatur, Berlin.

Sten Kühlk lebt in Rüsselsheim-Bauschheim und arbeitet nach einem Studium der Soziologie für ein Kulturamt.

Erika Anna Markmiller wurde 1973 in Dingolfing/Niederbayern geboren. Noch während der Schulzeit absolvierte sie eine Ausbildung zum nebenamtlichen Kirchenmusiker und später die zum Kirchenmaler in Regensburg. Sie studiert Kunstgeschichte, Bayer. Landesgeschichte und Neue Deutsche Literatur in München und fand im Jahr 2000 Aufnahme ins 2. Manuskriptum-Seminar der Bertelsmann-Buchstiftung. Im Jahr 2001 erhielte sie den Leonhard und Ida Wolf-Gedächtnispreis für Literatur.

Juraj Miler wurde 1972 in München geboren, besitzt die kroatische und deutsche Staatsbürgerschaft und studiert Germanistik in München. Mit der *Group 99* absolvierte er zahlreiche Leseveranstaltungen und wurde 1999 ins 1. Manuskriptum-Seminar der Bertelsmann-Buchstiftung aufgenommen.

Nils Mohl wurde 1997 in Hamburg geboren. Er ist Mitglied im Forum junger Autorinnen und Autoren in Hamburg und veröffentlichte in Anthologien, Zeitschriften, Zeitungen und im Internet. Er erhielt den Limburg-Preis 2000 und das Stipendiat der Prosa-Werkstatt im Literarischen Colloquim Berlin 2001.

Thomas Naedler wurde 1974 in Lübz geboren und studierte in Berlin Geschichte und Philosophie. Er ist in der IT-Branche selbständig, veröffentlicht Toncollagen und verschiedene Textgattungen im Internet und ist textender Sänger in *gottes eigene band*.

Andreas Neuenkirchen wurde 1969 in Bremen geboren, arbeitete als Journalist und ist Online-Redakteur.

Stephan Potratz wurde 1969 in Berlin geboren und studiert Geschichte und Germanistik.

Tilman Rammstedt wurde 1975 in Bielefeld geboren und studierte Philosophie und Komparatistik in Edinburgh, Tübingen und Berlin. Regelmäßige Lesungen mit dem *Visch&Ferse-Konglomerat*. Außerdem ist er Texter und der schlechteste Musiker der Gruppe *fön*.

Stefanie Richter wurde 1973 in Hamburg geboren und promoviert derzeit in Philosophie. Sie erhielt 1999 den Förderpreis für Literatur der Stadt Hamburg und ist u.a. Mitherausgeberin der Anthologie *For[u]m Lit* (Achilla Presse 1999) und veröffentlichte in *ndl*, der Literaturschachtel *Die Außenseite des Elementes* und unter *www.digitab.de*.

Paula Schneider wurde 1976 in Leipzig geboren und wuchs in Berlin auf. Sie studiert am Deutschen Literaturinstitut Leipzig.

Tanja Schwarze wurde 1972 in Aachen geboren, studierte Deutsch und Englisch in Bielefeld, Göttingen und Iowa City, USA. Sie lebt in Hamburg, ist dort Mitglied im Forum junger Autorinnen und

Autoren und hat im Jahr 2001 den Hamburger Förderpreis für Literatur bekommen.

Torsten N. Siche wurde 1971 in Berlin geboren und lebt in Heidelberg.

Herbert Christian Stöger wurde 1968 in Österreich geboren, studierte an der Kunstuni Linz, Hochschule der Künste in Berlin und ist Zeichensetzer, Schriftsteller und bildender Künstler. Er veröffentlichte in Literaturzeitschriften und Kunstkatalogen, zuletzt *Inzwischen* (Triton Verlag Wien, 2002).

Die Jury

Die Jury: Julia Franck, Adolf Muschg, Jens Sparschuh

Julia Franck

wurde 1970 in Berlin (Ost) geboren. 1978 reiste die Familie nach Schleswig-Holstein aus. Ihr erster Roman »Der neue Koch« erschien 1997. Seitdem erhielt sie u.a. das Alfred-Döblin-Stipendium und das Stipendium der Stiftung Niedersachsen. Julia Franck lebt in Berlin, wo sie Altamerikanistik und Literatur studiert. Beim Wettbewerb um den 24. Ingeborg Bachmann Preis in Klagenfurt erhielt sie für die in »Bauchlandung« enthaltene Erzählung »Mir nichts, dir nichts« den 3sat-Preis 2000. Zuletzt erschien ihr Roman »Liebediener«.

Adolf Muschg

wurde 1934 in Zollikorn (Schweiz) geboren. Er gilt als einer der wichtigsten Autoren der Schweiz. Bis vor kurzem war er Professor für deutsche Literatur an der ETH Zürich. Das SP-Mitglied Muschg äußert sich immer wieder kritisch zu politischen Zeitfragen. Zu den wichtigsten Werken des Büchner- und Hesse- Preisträgers gehören »Albissers Grund«, »Im Sommer des Hasen« sowie »Der Rote Ritter. Eine Geschichte von Parzivâl«. Zuletzt erschien sein Roman »Sutters Glück«.

Jens Sparschuh

wurde 1955 in Karl-Marx-Stadt (heute Chemnitz) geboren. Von 1973 bis 1978 studierte er Philosophie an der Universität von Leningrad (heute St. Petersburg). 1978 bis 1983 lang wissenschaftlicher Assistent an der Ostberliner Humboldt-Universität, promovierte 1983 auf seinem Spezialgebiet der Philosophie der Logik. Seitdem schreibt er freiberuflich. Ist als Herausgeber und Verfasser von Gedichten, Essays sowie Romanen und vor allem als Hörspiel- und Feature-Autor bei verschiedenen Rundfunkanstalten auch international hervorgetreten. Erhielt das Anna-Seghers Stipendium der Akademie der Künste der DDR, den Ernst-Reuter-Hörspielpreis und 1989 den Hörspielpreis der Kriegsblinden. Er ist Mitglied des P.E.N. Zuletzt erschien sein Roman »Lavaters Maske«.